LETTRES, MAXIMES
ET AUTRES TEXTES

*Du même auteur
dans la même collection*

LETTRE À MÉNÉCÉE (édition avec dossier)

ÉPICURE

LETTRES, MAXIMES
ET AUTRES TEXTES

Introduction, traduction, notes, dossier,
chronologie et bibliographie
par
Pierre-Marie MOREL

GF Flammarion

LISTE DES ABRÉVIATIONS

CErc	*Cronache Ercolanesi.*
DK	H. Diels, W. Kranz, *Die Fragmente der Vorsokratiker*, rééd. Berlin, 1956.
DRN	Lucrèce, *De rerum natura* (*De la nature*, trad. José Kany-Turpin, GF-Flammarion, 1998).
Fin.	Cicéron, *De finibus bonorum et malorum* (*Des termes extrêmes des biens et des maux*).
Hrdt.	Épicure, *Lettre à Hérodote.*
Long-Sedley	A. Long, D. Sedley, *The Hellenistic Philosophers*, Cambridge, 1987 (*Les Philosophes hellénistiques*, trad. Jacques Brunschwig et Pierre Pellegrin, GF-Flammarion, 2001).
MC	Épicure, *Maximes capitales.*
Mén.	Épicure, *Lettre à Ménécée.*
Pyth.	Épicure, *Lettre à Pythoclès.*
PHerc.	*Papyrus d'Herculanum.*
SV	Épicure, *Sentences vaticanes.*
Us.	H. Usener, *Epicurea*, Leipzig, 1887.
Vies	Diogène Laërce, *Vies, doctrines et sentences des philosophes illustres.*

INTRODUCTION
Une philosophie de l'esquisse

Concernant Épicure, comme pour beaucoup de philosophes de l'Antiquité, on pourrait désespérer de l'histoire : il est l'auteur d'une œuvre considérable, mais elle tient aujourd'hui en quelques pages. Qu'elle ait été monumentale, nous le savons grâce à notre principale source antique, Diogène Laërce. Celui-ci mentionne quarante et un titres d'Épicure et précise qu'il ne signale que ses meilleurs ouvrages [1]. Parmi ceux-ci, le traité *Sur la nature* (*Peri phuseôs*) comptait trente-sept livres et devait être, à tous égards, le plus important. Or, de cet ouvrage, il ne reste que quelques rares fragments, et la plupart des autres traités ne nous sont connus que par les brèves citations qu'en donnent les témoins antiques. Les textes qui sont aujourd'hui les plus consistants sont précisément ceux que transmet Diogène, au IIIe siècle de notre ère, soit près de six cents ans après Épicure (341-270 av. J.-C.). Ce sont trois lettres et une collection de quarante maximes : *Lettre à Hérodote*, *Lettre à Pythoclès*, *Lettre à Ménécée*, *Maximes capitales*. On y ajoute traditionnellement un autre recueil de maximes, les *Sentences vaticanes*, qui ne figurent pas dans le traité de Diogène et qui ont été éditées pour la première fois au XIXe siècle. Le tour des maximes est généralement celui de l'aphorisme et les *Lettres* sont des abrégés, des résumés limités aux données élémentaires, qui ne font qu'esquisser la doctrine. Le testament d'Épicure, que Diogène restitue également [2], n'apporte guère à la connaissance de sa

---

1. *Vies*, X, 27-28.
2. *Vies*, X, 16-21.

philosophie. Ainsi, nous n'en possédons plus que des « miettes » et celles-ci ne contiennent que rarement le détail de la doctrine.

Diogène Laërce, cependant, procède d'une manière très instructive. En premier lieu, il réserve à Épicure un traitement particulier : il lui consacre le dixième et dernier livre des *Vies* et présente les maximes épicuriennes qu'il cite pour finir comme la couronne de tout l'ensemble. Surtout, il fait pour lui ce qu'il n'a pas fait dans les livres précédents, en reproduisant les écrits qu'il choisit de mettre en exergue. Est-ce le signe d'une obédience discrète à l'épicurisme ou une simple marque d'admiration intellectuelle ? C'est en tout cas une mesure singulière : alors que pour exposer les doctrines des autres philosophes, Diogène doit lui-même résumer, paraphraser, extraire, compiler, il ne se contente plus ici de ces procédés. Il trouve dans le *corpus* des œuvres d'Épicure des abrégés en quelque sorte « tout faits » et, qui plus est, complets : « trois lettres de lui, dans lesquelles – précise-t-il – toute sa philosophie est présentée sous forme abrégée [1] ». Sans doute Diogène a-t-il tendance, par endroits, à lisser, voire à déformer la philosophie d'Épicure. Il applique par exemple au Maître du Jardin une tripartition de la philosophie [2] qui doit probablement plus à l'ambiance générale de la période hellénistique [3], et notamment à la conception stoïcienne des parties de la philosophie, qu'aux intentions d'Épicure lui-même. Il n'en demeure pas moins que Diogène restitue ce qu'il est véritablement fondamental de savoir. Les textes qu'il produit ne se contentent pas de dire en bref ce qu'il serait fastidieux de présenter dans le détail : la

---

1. *Vies*, X, 28.

2. Voir la division de la philosophie d'Épicure selon Diogène Laërce en canonique (ou doctrine des critères de connaissance), physique et éthique (*Vies*, X, 29-30).

3. Période qui va, globalement, de la mort d'Alexandre le Grand, (323 av. J.-C.), à la bataille d'Actium (31 av. J.-C.).

forme de l'abrégé, le choix d'une exposition résolument schématique de la doctrine traduisent un aspect essentiel de la pensée d'Épicure. Les *Lettres* révèlent en fait une authentique philosophie de l'esquisse.

Le début de la *Lettre à Hérodote* est à ce sujet particulièrement significatif [1]. Il annonce un abrégé (*epitomê*) qui conviendra tout aussi bien aux débutants en matière de physique atomiste qu'à ceux qui ne disposent pas du temps nécessaire pour en étudier le détail, ou qui, à l'inverse, sont déjà familiers de cette science. On suppose, de fait, que les lettres d'Épicure ne s'adressent pas seulement au destinataire individuel qui donne son titre à chacune, mais aussi à un groupe, notamment une communauté d'amis, acquis à la philosophie du Jardin, ou en passe de l'être. Il s'agit dans tous les cas de présenter les thèses essentielles, les « données élémentaires [2] » de la théorie, ses rudiments ou éléments de base – par exemple que les composants ultimes de toutes choses sont des corps indivisibles, les atomes. Cette présentation forme un corps doctrinal susceptible d'être immédiatement reconstitué grâce à un rapide effort de mémorisation. L'objet propre de la *Lettre à Hérodote* est de construire un condensé de physique, de figurer une image densifiée de l'élémentaire. C'est donc un abrégé, mais celui-ci n'est pas livré par défaut, comme le substitut imparfait d'un propos plus développé. Il est destiné à exprimer l'ensemble par une empreinte ou schéma (*tupos*) intellectuellement efficace. Seule en effet l'appréhension d'un tel schéma permettra au lecteur de parcourir rapidement et continûment l'essentiel de la *phusiologia*, la philosophie naturelle, passant aisément des principes les plus généraux au détail de la physique et inversement.

Il est remarquable qu'Épicure parle ici d'un *tupos* : à la fois schéma, empreinte et esquisse, c'est une représen-

---

1. *Hrdt.*, 35-37.
2. Voir l'expression *stoicheiômata* en *Hrdt.*, 36.

tation matérielle qui porte les traits essentiels de l'ensemble. Cela signifie principalement deux choses. En premier lieu, l'usage de ce terme suggère que la présentation même de la doctrine est analogue aux empreintes qui émanent des objets visibles par l'intermédiaire d'effluves ou de simulacres [1], et analogue également aux images mentales, dérivées de la sensation, qui forment spontanément les notions ou préconceptions générales que nous avons des choses [2]. Dans tous ces cas, en effet, Épicure désigne la structure en question par le terme *tupos*. En second lieu, et par voie de conséquence, parce qu'il désigne un état matériel, ce terme indique très clairement que la pensée elle-même est matérielle, que les états mentaux par lesquels nous appréhendons les objets de pensée ne sont pas d'une nature différente de celle qui compose les corps en général. Tout comme l'on dit dans le français d'aujourd'hui que l'on « s'imprègne » d'une pensée ou d'une doctrine, on doit entendre en son sens le plus littéral et le plus concret l'exhortation initiale à *s'imprégner* des éléments de la philosophie épicurienne.

Ainsi, pour définir et justifier sa pratique de l'abrégé, Épicure emploie une expression qui s'applique à la physiologie des opérations mentales. Il nous apprend par là même que le genre de l'abrégé permet de produire une véritable image mentale de la doctrine, un schème intériorisé de ce que nous devons avoir sans cesse présent à l'esprit à propos de la nature et des conditions du bonheur. On doit donc concevoir ce choix d'écriture, non pas simplement comme une commodité, mais comme une véritable décision méthodologique et philosophique en accord avec la nature même de la pensée.

Cette décision a trois aspects : une fonction didactique, qui se justifie de la manière la plus claire par l'apprentissage des principes de la physique exposée par la *Lettre à*

---

1. *Hrdt.*, 46.
2. Voir, dans le résumé de Diogène Laërce (*Vies*, X, 33), l'explication de la formation des prénotions ou préconceptions.

Hérodote ; une fonction épistémique et critique, dans la mesure où elle permet de rapporter nos différents jugements à une connaissance sûre des principes élémentaires ; enfin une fonction éthique et par conséquent thérapeutique – notre tâche la plus urgente est le « soin » de notre âme –, qui est à l'œuvre de manière exemplaire dans la *Lettre à Ménécée*. À chaque fois, c'est au plus simple, à l'élémentaire qu'il s'agit de revenir : aux éléments respectifs de la nature, du savoir et du bonheur.

Les éléments de la nature

La *Lettre à Hérodote* a pour objet principal les principes les plus généraux de la physique. Après le préambule que l'on vient d'évoquer, ces principes sont définis dans les paragraphes 38 à 45, puis sont appliqués à l'explication de la formation des sensations (§§ 46-53), à la définition des propriétés des atomes, composants élémentaires et ultimes de toutes choses (§§ 54-62), à l'âme (§§ 63-68), aux propriétés des composés et à la conception du temps (§§ 68-73), à l'organisation générale des mondes et aux phénomènes célestes (§§ 73-77). La *Lettre* s'achève par une réflexion générale sur l'utilité de la science de la nature (§§ 78-83), d'où il ressort que la connaissance densifiée de l'élémentaire, concernant la nature, œuvre directement à notre ataraxie ou absence de trouble.

La *Lettre à Pythoclès* (§§ 84-116), bien qu'elle examine plus précisément les phénomènes célestes et atmosphériques, relève elle aussi de la méthode de l'abrégé, se présentant comme un exposé ramassé et une vue d'ensemble des questions concernées [1]. Après un exposé général sur la genèse et l'organisation des mondes (§§ 84-90), elle étudie la constitution et les mouvements des astres (§§ 91-98), les phénomènes atmosphériques et géologiques (§§ 98-111), certains phénomènes astraux particuliers

---

1. *Pyth.*, 84-85 ; 116.

(§§ 111-115). Elle s'achève par une mise en garde contre la divination et par un appel aux explications rationnelles des phénomènes en question, par opposition aux fausses croyances héritées des mythes (§§ 115-116).

La méthode employée dans la *Lettre à Pythoclès* – selon des règles que son auteur rappelle à plusieurs reprises – a une double caractéristique. D'une part, elle consiste à recueillir toutes les hypothèses envisageables à propos d'un même phénomène et à refuser l'explication unique lorsque aucune explication ne s'impose absolument. C'est la méthode dite des « explications multiples » ou de la « pluralité des causes ». D'autre part, elle exige de toute hypothèse concernant les phénomènes éloignés ou difficilement perceptibles qu'elle soit en accord avec les phénomènes évidents qui leur sont semblables en quelque point, et qu'elle soit toujours compatible avec les choses apparentes qui sont proches de nous. C'est une application typique de la méthode épicurienne d'inférence, sur laquelle nous reviendrons.

La section de la *Lettre à Hérodote* consacrée à la formulation des principes généraux (§§ 38-45) est sans doute celle qui révèle le mieux la fonction didactique ou pédagogique de l'abrégé. Elle permet de dégager un schéma d'ensemble qui peut se décomposer en six propositions fondamentales :

1. Rien ne vient du non-être et rien ne disparaît dans le non-être (§§ 38-39) ;

2. Le tout est composé de corps et de vide, qui sont les seules natures complètes ou les seuls êtres existant par soi (§§ 39-40) ;

3. Parmi les corps, les uns sont des composés ; les autres – les atomes –, ceux dont les composés sont faits (§§ 40-41) ;

4. Le tout est illimité, ou infini, en quantité pour les corps, et en grandeur pour le vide (§§ 41-42) ;

5. La quantité des différentes formes d'atomes est inconcevable (§§ 42-43) ;

6. Les atomes se meuvent continûment et éternellement, du fait de l'existence du vide (§§ 43-44).

Les autres propositions sont des développements complémentaires destinés à expliciter ces thèses fondamentales. Ces dernières sont en quelque sorte les « têtes de chapitre » de la doctrine physique, comme le montre, prise à la lettre, la formule conclusive de la fin de la *Lettre* : « Voilà pour toi, Hérodote, les énoncés capitaux [1] portant sur la nature dans sa totalité, présentés sous une forme abrégée pour que ce discours puisse être retenu avec la précision voulue [2]. »

Rappelons l'essentiel de la théorie. Héritier de l'atomisme de Démocrite d'Abdère, qui vécut entre 460 et 360, Épicure soutient que la totalité de ce qui existe est composée de corps et de vide et que les corps sont soit des corpuscules insécables, soit des composés de corpuscules insécables. L'adjectif grec *atomos* signifie en effet « insécable », ce qui ne peut pas être coupé. On parlera donc de « corps » (*sômata*) insécables [3] ou de « natures » (*phuseis*) insécables [4]. Lorsqu'il est substantivé, ou lorsque le substantif est sous-entendu, il est d'usage de rendre le mot par « l'atome », « les atomes ». Cette thèse est le véritable cœur de la doctrine, qui se caractérise donc, sur le plan physique, comme un « atomisme ».

Ces atomes sont en nombre infini et les formes d'atomes sont en nombre non pas strictement infini, mais indéfini. En d'autres termes, pour chaque forme atomique – par exemple une sphère, un cône ou une pyramide déterminés –, il y a un nombre infini d'atomes, tandis que le nombre des formes est non pas infini, mais seulement inconcevable. De même, il y a une très grande

---

1. Le grec dit même : « les plus capitaux » (*kephalaiôdestata*). Sur cet aspect de l'écriture des *Lettres* d'Épicure, voir Delattre [2004].
2. *Hrdt.*, 83.
3. Voir par exemple : *Hrdt.*, 42.
4. Voir par exemple : Diogène d'Œnoanda, fr. 6, col. 2, l. 10-11 Smith.

variété de grandeurs parmi les atomes, mais pas une
stricte infinité, puisque les atomes sont imperceptibles.
Or supposer une stricte infinité de grandeurs nous obli-
gerait à admettre l'existence d'atomes perceptibles et
même d'un volume considérable. Leur taille varie donc
dans les limites de l'infra-perceptible [1]. Ils sont sans cesse
en mouvement dans le vide, lui-même illimité, et qui ne
leur oppose, par définition, aucune résistance. Ils se meuvent donc en tous sens et à vitesse égale, n'étant ralentis
dans leur progression que par les chocs avec les autres
atomes ou par leur insertion dans des agrégats corporels [2]. Ils engendrent spontanément une infinité de
mondes, dont chacun est voué à destruction. Les atomes
sont physiquement indivisibles, mais comportent ce que
l'on pourrait comparer à des « parties », mais des parties
non séparables les unes des autres et qui équivalent à des
unités de mesure [3]. Chaque atome est en effet composé
d'unités égales, des parties minimes ou, plus exactement,
des « limites » ultimes de grandeur, sans existence indépendante. Les atomes sont par ailleurs dépourvus de
qualités perceptibles [4]. Nous n'en avons pas de perception directe ; ils font donc partie des réalités cachées ou
non manifestes (*ta adêla*), à propos desquelles nous faisons des inférences en nous référant aux phénomènes
apparents.

Lorsque l'on parle d'« atomisme », concernant la physique épicurienne, il convient cependant de ne pas perdre
de vue deux points cruciaux : d'une part, il n'y a pas *que*
des atomes dans la nature et, d'autre part, la thèse
atomiste n'est pas seulement une théorie de la composition matérielle, mais encore une théorie de la génération
des corps, qu'il s'agisse des corps composés, comme les
êtres vivants, ou des mondes.

---

1. *Hrdt.*, 42 ; 55-56.
2. *Hrdt.*, 60-62.
3. *Hrdt.*, 58-59.
4. *Hrdt.*, 54.

Le premier point transparaît dès le paragraphe 40 de la *Lettre à Hérodote* : « parmi les corps, les uns sont des composés (*sunkriseis*) et les autres ceux dont les composés sont faits. Or ces seconds corps sont insécables (*atoma*) et immuables ». Le fondateur du Jardin parle d'abord de « corps », et il inclut dans ce même ensemble non seulement les atomes, mais aussi les composés : les atomes ne sont pas les seuls corps naturels, même si tous les corps sont composés d'atomes. Ainsi, pour Épicure, les atomes sont les principes (*archai*), au sens où ils ont pour effet la nature même des autres corps : « les principes sont nécessairement des natures insécables <constitutives> des corps [1] ». C'est donc *en relation* avec les composés que les atomes sont qualifiés de « principes ». De même, lorsque Lucrèce, au Ier siècle avant notre ère, reprend cette thèse, au chant I du traité *De la nature des choses* (*De rerum natura*), il désigne les atomes par diverses expressions, comme « les principes » (*principia*), mais aussi « les éléments premiers des choses » (*primordia rerum*) [2], les « corps premiers » (*corpora prima*), les « semences des choses » (*semina rerum*) ou leurs « principes géniteurs » (*genitalia rerum*). Leur somme constitue une « matière génératrice » (*genitalis materies*). Toutes ces expressions désignent les atomes, mais elles font aussi référence, et cela de manière immédiate, aux composés engendrés à partir des atomes : ces principes que sont les atomes sont toujours *principes de*. La progression argumentative de la *Lettre à Hérodote* est à cet égard tout à fait significative : Épicure parle des « corps » avant de parler des « atomes », et, comme on l'a vu, il englobe les seconds sous les premiers. Il n'y a donc pas de solution de continuité entre le mouvement et les propriétés des atomes d'une part et la constitution des composés

---

1. *Hrdt.*, 41.
2. *DRN*, I, 483-484. Voir également Philodème, *De la piété*, col. 2, l. 37-41 Obbink, 108, où la thèse est citée par les adversaires de la théologie épicurienne.

d'autre part. Épicure institue plutôt une distinction fonctionnelle – entre composants et composés – à l'intérieur d'un ensemble commun, l'ensemble « corps ». De ce point de vue, la catégorie fondamentale de la physique épicurienne est celle de corps, plutôt que celle d'atome. L'atomisme épicurien est donc certes un « atomisme », mais plus largement un « corporalisme » : tout est corporel dans la nature – y compris, par exemple, l'âme –, à l'exception du vide.

Le second point que l'on veut ici souligner est naturellement lié au premier : parce que la physique est une théorie générale des corps et de leurs mouvements, elle inclut l'explication de la *génération* des agrégats, qu'il s'agisse des composés de notre monde ou bien des mondes dans leur entier. Cette idée trouve une application naturelle, au paragraphe 45 de la *Lettre à Hérodote*, avec l'explication de la formation des mondes. Ce texte, particulièrement instructif, mérite d'être cité :

> les mondes sont illimités en nombre, les uns semblables au nôtre, les autres dissemblables. Les atomes, en effet, étant illimités en nombre, comme cela vient d'être démontré, ils sont transportés même jusqu'aux lieux les plus éloignés. Car de tels atomes, à partir desquels peut naître un monde ou sous l'effet desquels un monde peut être produit, n'ont été épuisés ni par un seul monde, ni par un nombre limité de mondes, ni par ceux qui sont semblables au nôtre, ni non plus par ceux qui diffèrent de ces derniers. Par conséquent, il n'y a rien qui fasse obstacle à l'infinité des mondes.

On constate qu'une fois de plus, Épicure commence par énoncer la thèse, de la façon la plus concise, telle qu'elle devra être retenue : « les mondes sont illimités en nombre, les uns semblables au nôtre, les autres dissemblables ». La suite donne l'argument, c'est-à-dire un degré supplémentaire dans l'approfondissement de la doctrine physique. On peut ne pas s'y arrêter et passer à la thèse suivante, l'essentiel étant d'avoir retenu les propositions élémentaires. Si l'on s'arrête à l'argument, on constate qu'il découle de ce qui vient d'être énoncé, à savoir que les atomes sont en nombre illimité. Il n'y a donc pas de raison consistante pour qu'il n'y ait qu'un nombre limité ou défini de mondes. L'atomisme épicurien montre ainsi sa fécondité et son économie : une fois posée l'infinité des atomes – et le nombre inconcevablement grand de leurs différences de formes –, on obtient, en droit, la raison d'être des mondes, en nombre indéfini.

On pourrait objecter cependant qu'un tel argument est purement abstrait, qu'il relève d'une logique assez grossière de l'infinité numérique, et qu'il ne nécessite pas une physique à proprement parler, c'est-à-dire une théorie des propriétés des corps et des changements qui les concernent. Le texte cité contient cependant une indication supplémentaire. Il parle des atomes « à partir desquels (*ex hôn*) peut naître un monde ou sous l'effet desquels (*huph'hôn*) un monde peut être produit ». Ainsi, la génération d'un monde nécessite des conditions particulières : la présence d'atomes déterminés, de formes et de tailles définies, et non pas seulement l'infinité abstraite des atomes errant dans l'univers. La *Lettre à Pythoclès* va donner à ce sujet de précieuses indications. Elle montre qu'il ne suffit pas d'invoquer, comme Démocrite, un « tourbillon » (*dinê*) originel d'atomes quelconques pour expliquer la formation d'une structure cosmique. Il faut encore supposer la présence de « semences (*spermata*) appropriées [1] ». Bien que cela soit discuté, il est assez probable que les « semences » en question sont des atomes. Un monde peut donc naître dès lors que sont présents les atomes « appropriés » – ou « qui conviennent » (*epitêdeia*) –, par leur forme et leur taille, à sa formation. Dans ce cas, ce n'est pas l'infinité même des atomes et de leurs combinaisons qui donne la raison, en droit comme en fait, de l'existence des mondes, mais une sorte de sélection spontanée, à l'intérieur de cette infinité. C'est pourquoi les mondes ne sauraient avoir

---

1. *Pyth.*, 89-90.

toutes les formes possibles ni contenir tous les êtres imaginables[1]. Plus encore, les expressions employées ici par Épicure suggèrent que les atomes exercent une sorte d'efficace spontanée – il n'y a aucun dessein intelligent, aucune intention providentielle qui puisse expliquer la formation des mondes –, les mondes naissant « à partir » d'eux ou « sous <leur> effet ». Les atomes sont donc envisagés comme s'ils avaient une puissance naturelle d'engendrement, dans leur fonction génératrice en tout cas, c'est-à-dire sous l'aspect de leur relation productive aux autres corps.

Les adversaires de l'épicurisme ne s'y sont pas trompés : ce qui menace au plus haut degré la Providence, qu'elle soit stoïcienne ou chrétienne, c'est le pouvoir d'engendrement et d'organisation qu'Épicure attribue aux atomes eux-mêmes. On comprend ainsi le mot de Marc Aurèle, « soit la Providence, soit les atomes[2] » : les atomes épicuriens constituent l'alternative majeure à l'idée stoïcienne d'un monde organisé par le *logos* divin qui lui est immanent. De même le chrétien Lactance s'autorisera l'ironie contre les dieux épicuriens, indifférents aux affaires du monde[3] au point d'en négliger la genèse et le bon ordonnancement, et manifestant ainsi, selon lui, leur impuissance :

> Dieu, dit Épicure, ne se soucie de rien. – Il n'a donc aucun pouvoir ! En effet, lorsqu'on a pouvoir sur quelque chose, on en a soin, nécessairement ; ou bien, s'il a tout pouvoir et n'en use pas, quelle grande raison peut avoir cette indifférence, au point que soit sans valeur pour lui, je ne dis pas notre espèce, mais l'univers même[4] ?

---

1. *Hrdt.*, 74.
2. *Pensées pour soi-même*, IV, 3 (sauf indication contraire, les différents textes cités dans l'appareil critique de cette édition le sont dans notre traduction).
3. Comme Épicure lui-même le professe très clairement. Voir *Hrdt.*, 76-81.
4. Lactance, *De la colère de dieu* (*De ira dei*), 17, 1 (trad. C. Ingremeau).

L'évocation de la cosmogenèse dans la *Lettre à Hérodote* confirme donc que la physique épicurienne est non seulement une théorie générale de la *composition* matérielle, mais aussi une doctrine de la *génération* des corps. Elle comprend en effet les corps dans un ensemble qui inclut à la fois les atomes et les effets corporels – les agrégations stables – qui en résultent. Par ailleurs, son exposition abrégée et esquissée suffit à rendre compte, par principe, de toutes les modifications de la matière et, corrélativement, de tous les phénomènes naturels. L'explication de la vie, de l'activité mentale, ou encore celle des phénomènes terrestres, célestes ou atmosphériques se trouvent déjà comprises dans les propriétés et les mouvements des atomes, ainsi que dans les propositions fondamentales qui en rendent compte. La logique du discours exprime parfaitement la logique de la matière, parce que son économie ne fait que traduire l'efficacité productive des composants ultimes.

Les éléments du savoir

La dimension didactique de l'abrégé est directement liée à sa vocation épistémique et critique : résumer et réduire à l'élémentaire, c'est aussi énoncer des thèses qui vaudront comme autant de principes rationnels de connaissance, principes auxquels toute autre assertion devra se conformer. En dessinant littéralement dans l'esprit de son lecteur le schéma de la doctrine, Épicure le prépare à le mémoriser [1], afin qu'il puisse plus tard mettre à l'épreuve ses opinions ou ses jugements à propos de la nature, des dieux, de la mort ou encore de ce qui mérite d'être désiré. L'esquisse constituera ainsi le cadre à l'intérieur duquel le disciple saura procéder aux inférences sur les réalités cachées, en partant des phénomènes sensibles. C'est donc également dans le contexte de la théorie des critères de vérité et de la méthode de

---

1. Voir *Hrdt.*, 35-36 ; 82-83 ; *Pyth.*, 84 ; *Mén.*, 127.

confirmation que cette philosophie de l'esquisse trouve sa justification. Il est de ce fait naturel que la *Lettre à Hérodote* évoque aussi la théorie de la connaissance et que Diogène Laërce insiste tout particulièrement sur ce point dans les paragraphes de présentation liminaire de la doctrine (§§ 31-34).

La sensation (*aisthêsis*) est le premier critère de vérité, parce qu'elle s'autorise d'elle-même. Elle est « évidente » (*enargês*), ce qui veut dire qu'elle ne requiert pas de preuve et qu'elle apporte immédiatement ses propres garanties. Pour jouer son rôle de critère, elle ne dépend d'aucun discours rationnel qui prétendrait la justifier. Les sensations doivent donc être dites « vraies » antérieurement à tout jugement concernant leur vérité ou leur fausseté. Elles sont en effet « privées de raison », irrationnelles ou a-rationnelles (*alogos*) et « incapables de mémoire », précise Diogène Laërce[1]. Le rôle des sensations est d'autant plus important pour la construction de la science épicurienne, que nous devons rapporter et comparer toutes nos assertions sur la nature à l'observation des phénomènes : « il faut s'assurer de toutes choses en s'en remettant aux sensations[2] ».

L'erreur provient donc de ce qui est « jugé en plus », « ajouté par l'opinion » (*prosdoxazomenon*), et qui n'a pas fait l'objet, par la suite, d'une vérification capable de le confirmer ou l'attester[3]. Ce jugement est relatif aux images, mais il est distinct de celles-ci. C'est par exemple le cas du jugement erroné selon lequel la tour que nous voyons de loin est effectivement ronde, alors que nous n'en avons pas la confirmation, faute d'avoir fait varier notre expérience de l'objet, par exemple en nous approchant. La sensation n'est pas fautive, même si la tour est en réalité cubique, car elle ne formule elle-même aucune assertion à propos de l'objet tel qu'il est hors de nous.

1. *Vies*, X, 31.
2. *Hrdt.*, 38.
3. Voir *Hrdt.*, 50 ; *MC* XXIV.

Une telle assertion est une œuvre du jugement ou opinion.

Un tel propos peut sembler purement dogmatique. La tradition philosophique nous rappelle en effet que nous avons de bonnes raisons de douter de la fiabilité des sensations, et les épicuriens en sont parfaitement conscients. Pour comprendre leur position, considérons la nature du processus sensoriel. Si nous voulons comprendre pourquoi la sensation est évidente, il faut en effet commencer par se tourner vers la physique. Celle-ci établit que les sensations sont des actes cognitifs physiquement homogènes aux objets connus, de sorte qu'elles sont conformes, par principe, à la réalité naturelle. La sensation est le réel même, ou une partie du réel. La relation de connaissance est en effet une relation de « sympathie » (*sumpatheia*) avec la réalité extérieure, comme le montre l'explication physiologique de la perception à distance : la vision, par exemple, résulte de la réception d'empreintes (*tupoi*) ou de simulacres (*eidôla*), fines pellicules provenant de l'objet vu. Parce qu'elles sont immédiatement transmises par des effluves qui conservent la structure et les propriétés de celui-ci, ces esquisses matérielles en constituent comme des répliques. Elles nous permettent ainsi de former une représentation ou une image (*phantasia*) qui demeure en sympathie, en co-affection avec l'objet. Ce même principe de sympathie vaut pour les autres sens [1]. Dans ces conditions, l'image ne peut être considérée comme purement subjective et encore moins comme proprement *mentale*, au sens restrictif du terme : nous percevons quelque chose que l'objet produit de lui-même, parce que « l'image [...] est la forme même du solide [2] ». Comme le dit Sextus Empiricus, pour Épicure « tous les sensibles sont vrais et réellement existants » et il n'y a « pas de différence entre dire qu'une chose est vraie et dire qu'elle *est*

---

1. *Hrdt.*, 49-53 ; *DRN*, IV, 46-268.
2. *Hrdt.*, 50.

effectivement [1] ». C'est pourquoi les *phainomena* – que nous rendrons par « les choses apparentes » – ne sont pas chez Épicure des états subjectifs ou des productions proprement mentales. Ce sont les réalités perceptibles elles-mêmes, auxquelles la sensation nous donne accès, et qui s'opposent aux réalités non apparentes ou non manifestes, les *adêla*.

La thèse selon laquelle la sensation est le premier critère de vérité, et par conséquent l'élément premier de tout savoir, est la proposition de base de ce que Diogène Laërce présente sous le nom de « canonique » par référence au *Canon* d'Épicure, à savoir la théorie des règles ou critères. Diogène souligne la fonction introductive ou propédeutique de la canonique, qui « contient les voies d'accès à la doctrine [2] », mais il est assez clair, à la lecture de la *Lettre à Hérodote*, qu'elle accompagne en permanence le discours scientifique.

La force du témoignage des sens est d'autant plus importante sur le plan épistémologique qu'elle concerne, par extension et par dérivation, les autres types de représentations et de savoir. Elle permet ainsi de définir l'ensemble des critères de vérité. Diogène Laërce résume en ces termes la théorie épicurienne des critères :

> dans le *Canon*, Épicure dit que les critères de la vérité sont les sensations et préconceptions et les affections ; et les épicuriens y ajoutent les appréhensions d'images par la pensée [3].

Les prolepses, en particulier, c'est-à-dire les prénotions ou préconceptions, sont immédiatement associées aux sensations. Nous ne disposons pas, dans les textes épicuriens, d'exposé qui leur soit expressément consacré [4], bien

---

1. Sextus Empiricus, *Contre les savants*, VIII, 9.

2. *Vies*, X, 30.

3. *Vies*, X, 31. Nous trouvons un autre exposé de la canonique épicurienne chez Sextus Empiricus, *Contre les savants*, VII, 203-216 ; voir ci-dessous Dossier, textes [5]-[6].

4. Le *De rerum natura* de Lucrèce, qui traduit généralement le grec *prolêpsis* par *notitia* ou *notities*, ne donne à son sujet que des indications dispersées (voir *DRN*, II, 124 ; 745 ; IV, 476 ; 479 ; 854 ; V, 124 ; 183 ;

que le terme ait été introduit en philosophie, selon Cicéron, par Épicure lui-même [1]. Leur fonction est en tout cas essentielle. Nous y reviendrons. Retenons pour l'heure que, d'après Diogène Laërce, elles ont deux fonctions principales : la conservation du souvenir de sensations répétées – la notion de l'homme dérive des expériences sensibles que nous faisons des individus humains – et la représentation anticipée d'objets susceptibles de correspondre à des sensations antérieures – ce qui m'apparaît au loin peut être un cheval, un bœuf ou un homme [2]. Quant aux affections (*pathê*), elles expriment immédiatement, et ainsi de manière évidente, le plaisir et la douleur que nous ressentons [3] et jouent pour cette raison un rôle central dans l'éthique épicurienne.

Diogène ajoute une précision assez obscure et discutée, à propos de la liste des critères : la mention, par certains épicuriens, des « appréhensions d'images par la pensée » (*phantastikai epibolai tês dianoias*). Il n'est pas certain que les épicuriens en aient fait un critère de plein droit, qui s'ajouterait aux critères précédemment évoqués. Peut-être ont-ils simplement voulu souligner ainsi deux points qui sont essentiels à la théorie de la connaissance : en premier lieu que la pensée n'est pas à exclure de la liste des critères ; en second lieu qu'elle ne peut cependant saisir le vrai qu'en étant « imaginative », en s'appliquant à des images, c'est-à-dire à des représentations constituées à partir de l'activité sensorielle [4]. Sans doute doit-on comprendre qu'elle est d'emblée perceptive, au sens où elle appréhende des représentations issues de la

----

1047). La *prolêpsis* jouera également un rôle central dans la théorie stoïcienne de la connaissance.
1. Cicéron, *De la nature des dieux*, I, 44.
2. *Vies*, X, 33.
3. *Vies*, X, 34.
4. Voir *Hrdt.*, 50.

sensation et, comme telles, dépendantes des influences extérieures[1].

En outre, en associant application mentale et activité sensorielle, les épicuriens donnent une précieuse indication sur la valeur informative des sensations. Le processus sensoriel, en effet, ne devient véritablement une image ou une impression (*phantasia*) que si nous saisissons cette dernière « en l'appréhendant (*epiblêtikôs*) par la pensée ou bien par les organes des sens[2] ». La sensation, comme la vision de l'esprit, semble donc impliquer une *epibolê*, c'est-à-dire une « appréhension », une « focalisation », ou une « projection » en direction de l'objet[3]. En d'autres termes encore : le fait de s'y appliquer. Le senti n'est pas seulement reçu mais aussi visé. L'image, en tant qu'elle est perçue, implique immédiatement une *phantastikê epibolê*, expression que l'on peut rendre par : « appréhension d'image », « projection imaginative », ou encore « focalisation sur une impression[4] ». Le statut exact de l'appréhension est loin d'être clair et l'idée que chaque sensation s'accompagne d'une appréhension est discutée. Quoi qu'il en soit, ce que nous nous représentons dans la sensation, c'est l'objet lui-même – l'arbre, le cheval, le bœuf – et non pas le flux de simulacres considéré dans sa matérialité, car nous ne voyons pas les effluves venir à nous depuis les objets visibles : nous saisissons des qualités sensibles et des formes, qui sont celles de l'objet visé, et c'est à leur source ou à leur point de départ que nous rapportons spontanément les images. Avoir la sensation de x, ce n'est

---

1. Voir en ce sens Asmis [1984], p. 90.

2. *Hrdt.*, 50.

3. On distinguera d'une part les appréhensions de l'esprit, actes d'application particulière de la pensée, et d'autre part l'appréhension entendue comme acte d'attention impliqué dans la perception sensorielle. La traduction d'*epibolê* par « focalisation » est proposée par Long-Sedley, dans la traduction française de J. Brunschwig et P. Pellegrin (*Les Philosophes hellénistiques*, GF-Flammarion, 2001, t. I).

4. *Hrdt.*, 50-51.

pas seulement être affecté par les simulacres provenant
de x, mais encore tendre vers x, celui-ci étant considéré
comme l'objet que l'on se donne. On peut dire en ce sens
qu'avoir une sensation, c'est déjà regarder et non pas seulement voir, écouter et non pas seulement entendre.

Que les épicuriens aient ajouté ou non l'appréhension
à la liste des critères, ils étaient au moins fondés à la
ranger parmi les états cognitifs véridiques, si l'on considère que cette visée est immédiate, distincte de l'opinion
ou jugement [1], et par conséquent distincte du jugement
faux que l'on pourrait éventuellement porter sur la sensation et sur son corrélat objectif : appréhender une
impression de bleu ou de rouge, ce n'est pas encore *juger
que* cette chose-ci est effectivement bleue ou rouge. C'est
seulement *avoir l'image* de cette chose *comme* bleue ou
comme rouge. Dès lors, la sensation contient à la fois la
réceptivité physique qui la rend vraie, parce que matériel-
lement conforme au réel, et l'acte d'attention infaillible
sans lequel elle ne saurait être indicative du vrai. C'est
pourquoi, lorsqu'il s'agit d'évaluer la validité d'un jugement, nous devons nous référer à la sensation qui en est
l'occasion.

Revenons maintenant à la *prolêpsis*, prolepse ou préconception. Comme on l'a vu, elle est considérée comme
un critère de vérité, au côté de la sensation. Elle fait donc
le lien entre l'évidence sensible et les idées en général ou
les constructions rationnelles complexes. Ce point est
essentiel à retenir, si l'on veut se défaire d'une représentation caricaturale de l'épicurisme qui le réduirait à un
empirisme grossier et antirationaliste. L'idéal épistémologique d'Épicure et de ses héritiers est bien plutôt d'élaborer un empirisme rationnel. La connaissance des réalités
cachées n'est pas un prolongement direct de la perception
des phénomènes, par exemple par simple addition des
expériences sensibles. Les yeux voient l'ombre et la
lumière, dira Lucrèce, mais ils ne nous instruisent pas sur

---

1. Voir en ce sens *MC* XXIV.

leur différence. Seule la raison peut expliquer les effets
de l'interception du rayon lumineux et la différence entre
l'ombre et la lumière : « À la raison enfin de faire la
différence, l'œil ne peut connaître la nature des choses [1]. »
Ainsi la *natura rerum*, la nature des choses, qui constitue
l'objet même du poème de Lucrèce, ne se dévoile véritablement qu'aux yeux de la raison. Toute la subtilité de la
méthodologie épicurienne réside précisément dans
l'explication des différents modes d'inférence, c'est-à-dire
dans le passage des sensations aux conceptions : « toutes
les conceptions (*epinoiai*) viennent des sensations, par
confrontation, par analogie, par similarité ou par synthèse de propriétés [2] ». La méthode d'inférences, qui
permet la vérification et l'éventuelle validation des opinions, apporte en principe les garanties suffisantes pour
faire usage des représentations non immédiatement sensibles. Nous y reviendrons.

Parce que la préconception est la première notion
générale, elle constitue en quelque sorte le matériau de
base de la pensée. Les paragraphes 33-34 de la doxographie – ou reconstitution doctrinale – de Diogène Laërce
constituent sur la question le texte de référence. Là
encore, d'après ce passage, nous avons affaire à un
schéma ou esquisse, un *tupos*. Toutefois, dans ce cas, ce
n'est pas seulement une esquisse au sens résiduel du
terme – la trace laissée par les sensations antécédentes –,
mais encore une esquisse au sens inchoatif : l'anticipation
et l'ébauche d'une expérience à venir. La préconception
n'est donc pas seulement une représentation naturellement reçue puis conservée ; elle est aussi une règle en vue
d'une expérience possible. Il est donc logique qu'elle
serve de notion de référence en vue de l'évaluation des
jugements que nous sommes amenés à porter sur les
objets sensibles et qu'elle soit investie d'une fonction
épistémologique de premier ordre. La *prolêpsis* se prête

1. *DRN*, IV, 384-385 (trad. J. Kany Turpin).
2. Diogène Laërce, *Vies*, X, 32.

même à une diversité d'usages méthodologiques, ce qui explique peut-être les différences entre les textes qui en traitent. Ainsi, un témoignage de Clément d'Alexandrie – un auteur chrétien qui, tout en rejetant l'épicurisme, se montre assez attentif à la pensée de son fondateur – sur la préconception épicurienne souligne l'ampleur de son rôle épistémologique :

> Épicure définit ainsi la préconception : une appréhension de quelque chose d'évident et de la notion évidente de la chose ; par ailleurs il est impossible de rechercher quoi que ce soit, de soulever quelque difficulté que ce soit, d'avoir quelque opinion que ce soit ou de réfuter quoi que ce soit, sans préconception [1].

Ce texte confirme que la préconception n'est pas seulement une trace de la sensation, mais aussi l'ébauche et la condition première de la recherche, voire de toute recherche. C'est à partir de la préconception et en fonction d'elle que nous pouvons nous engager dans une enquête donnée et évaluer ses résultats.

L'un des meilleurs exemples que l'on puisse trouver est sans doute l'usage de la préconception du divin – celle-là même à laquelle pense Clément dans le texte cité. La *Lettre à Ménécée*, au paragraphe 123, invite à ne pas ajouter à la « notion commune » (*koinê noêsis*) du dieu – notion qui « a tracé l'esquisse » (*hupegraphê*) du divin en nous – une opinion qui lui serait contraire, c'est-à-dire une opinion contraire à l'idée selon laquelle les dieux sont heureux et incorruptibles. Or nous apprenons dans les lignes suivantes que cette notion commune est une préconception, par opposition aux suppositions fausses généralement faites à propos des dieux. D'après ce texte, nous avons en nous-mêmes une représentation définie des dieux, quelle que soit la manière dont nous l'avons acquise, représentation à laquelle nous devons nous référer pour lui comparer les différentes opinions que nous

1. Clément d'Alexandrie, *Stromates*, II, 4, 157.44.

pouvons former. Tous les textes qui insistent sur la présence *en nous* des préconceptions vont dans ce sens. C'est
en particulier le cas dans l'exposé de Velléius, dans le
traité *De la nature des dieux* de Cicéron, qui insiste sur
l'inhérence de la notion des dieux, telle que « la nature
elle-même l'a gravée dans tous les esprits [1] ». La situation
est comparable au cas de la prolepse du juste ou du droit
(*to dikaion*). L'idée que nous nous faisons de l'utilité politique – c'est-à-dire de ce qui est utile à une communauté
politique donnée en un lieu donné, à un moment donné,
en vue de ne pas se faire mutuellement de torts – doit
s'ajuster à la préconception du juste. Celle-ci doit donc
être suffisamment stabilisée pour servir d'invariant et de
terme de comparaison [2]. Nous pourrons ainsi déclarer
juste ou injuste telle loi ou telle action, en vertu d'un
critère universel et stable, et cela dans un domaine pourtant caractérisé par la diversité et l'instabilité. Dans tous
les cas, la préconception est comme la réactualisation
mentale des traits essentiels de l'objet tel que les sensations nous l'ont révélé. Elle nous permet donc, en toutes
circonstances, de discriminer entre ses propriétés véritables et celles que l'opinion fausse lui ajoute indûment.

Cette dimension critique de la prolepse conduit à men-
tionner la procédure d'attestation ou confirmation. Les
témoignages de Diogène Laërce et de Sextus Empiricus [3]
sur la canonique, le traité de l'épicurien Philodème *Sur
les signes* au Iᵉʳ siècle avant notre ère, ainsi que les procédés argumentatifs utilisés par Épicure et Lucrèce eux-
mêmes, permettent d'en formuler les principales règles.
Lorsque les jugements ou opinions sont relatifs à ce qui
peut faire l'objet d'une expérience sensible directe, leur
vérité est établie par attestation directe ou confirmation
(*epimarturêsis*) et leur fausseté par non-attestation (*ouk*

1. I, 43-44.
2. Voir *MC* XXXVII et XXXVIII.
3. Diogène Laërce, *Vies*, X, 34 ; Sextus Empiricus, *Contre les savants*,
VII, 211-216 ; voir Dossier, texte [6].

epimarturêsis). Ainsi, lorsque j'ai l'opinion que Platon s'avance devant moi, je suis encore dans l'attente d'une attestation ou de son contraire, la non-attestation, que me procurera l'expérience sensible, lorsque l'homme que j'aperçois se sera approché. Lorsque les opinions sont relatives aux choses cachées, elles peuvent faire l'objet d'une contestation ou infirmation (*antimarturêsis*) ou d'une non-contestation (*ouk antimarturêsis*). Il faut établir dans ce cas un lien de conséquence (*akolouthia*) entre le non-manifeste et l'évidence sensible. Prenons l'exemple de l'existence du vide. Elle ne peut pas être directement attestée, car le vide n'est pas perceptible par les sens, mais elle peut être établie par inférence et par non-contestation. Nous constatons en effet empiriquement l'existence du mouvement. Par extension, nous disposons d'une notion générale, en elle-même indiscutable, du mouvement. Bien que les textes ne le mentionnent pas explicitement, il est clair qu'à ce point précis s'opère un passage à la préconception, en l'occurrence celle de mouvement. Or celle-ci implique celle d'un milieu qui permette aux corps de se mouvoir[1]. Puisque, par ailleurs, il n'y a que des atomes et du vide, ce milieu propice au mouvement ne saurait être que le vide et rien ne permet de contester cette unique hypothèse. Donc, nous posons l'existence du vide. Ainsi, l'hypothèse contraire est infirmée et la conclusion est garantie.

D'une manière générale, le passage que l'on observe entre la sensation et la prénotion est une illustration remarquable de la méthode qui est à l'œuvre dans la pratique philosophique et littéraire de l'abrégé. Il repose en effet, comme elle, sur la conception épicurienne de la mémoire. La mémoire par laquelle nous nous rendons présent un objet passé est une mémoire d'actualisation. Ce n'est pas une mémoire d'accumulation, simple somme de souvenirs. Comme le montre le début de la *Lettre à Hérodote*, le savoir de ce qui est absolument fondamental,

---

1. *Hrdt.*, 40.

celui qui est véritablement nécessaire au bonheur, doit être donné sous la forme d'un schéma de ce qu'il est impératif et suffisant de garder présent à l'esprit. La remémoration des éléments de base de la doctrine – en commençant par les grands principes de la physique – n'est donc pas le rappel complet ou la restitution intégrale d'une somme de savoirs positifs, mais l'actualisation de ses propositions fondamentales par le moyen de leur présentation synthétique. De même, comme le montre une lettre fameuse d'Épicure à Idoménée [1], le souvenir des moments heureux passés en compagnie d'un ami cher apaise, *actuellement*, les souffrances physiques. C'est précisément de cette façon que la préconception actualise ce qui, auparavant, a été donné dans la sensation : sous forme d'esquisse, c'est-à-dire comme une représentation qui n'est ni la conservation pure et simple de ce qui n'est plus réellement là, ni une représentation tout autre, radicalement distincte de la sensation qui l'a précédée.

Les éléments du bonheur

La méthode de l'abrégé a, plus encore, une justification éthique, comme la *Lettre à Hérodote* l'indique à plusieurs reprises : l'abrégé de physique a une fonction pratique, parce qu'il permet à celui qui le mémorise d'agir en toutes circonstances en vue du bonheur [2]. La connaissance des principes élémentaires de la nature vient à notre secours en de nombreuses circonstances de la vie. Les épicuriens soutiennent ainsi, par la physique, leur projet d'une vie conforme à la nature. Le plaisir, principe et fin de l'existence heureuse, est en effet une fin naturelle, parce qu'il est notre « bien premier et apparenté (*suggenikon*) [3] ». Aussi devons-nous en toute occasion, selon la maxime **XXV**

---

1. Voir ci-dessous, p. 147.
2. Voir notamment *Hrdt.*, 82-83 ; *MC*, XI-XII.
3. *Mén.*, 129.

d'Épicure, rapporter « chacun de [nos] agissements à la fin de la nature ».

Cela ne veut pas dire que la nature elle-même nous assigne une tâche, une œuvre à accomplir, ou que les mouvements réguliers observables dans le monde soient, comme dans le *Timée* de Platon, un modèle d'harmonie sur lequel notre âme devrait régler et ordonner ses propres mouvements. La nature épicurienne n'est autre, fondamentalement, que des atomes et du vide. L'organisation de ce monde-ci, sa beauté même, ne sont que les épiphénomènes précaires d'un mouvement de corpuscules initialement sans ordre. Le monde lui-même est promis à la destruction et il n'est qu'un exemplaire singulier parmi l'infinité des mondes qui peuplent l'univers illimité. Il n'y a ni providence ni finalité qui puissent justifier l'ordre régional et fragile dans lequel nous vivons. Rien, dans la nature, n'est là *pour* autre chose, que ce soit du fait d'une intention divine ou d'une cause finale immanente, de sorte que nous ne pouvons pas non plus dire que la nature est là pour nous. La nature physique n'est donc pas en elle-même porteuse de sens : elle est neutre. Pourtant, la connaissance scientifique de la nature révèle les causes cachées des phénomènes, ce qui ne nous apparaît pas et dont les effets (tonnerre, tremblements de terre, épidémies) nous terrorisent souvent. Elle nous détourne ainsi des illusions communes, des peurs infondées et de la superstition. La physique abrégée de la *Lettre à Hérodote* participe donc de la thérapie de l'âme. Elle contribue directement à la prise en compte de la fin pratique, le *telos*, en révélant un *telos* sans téléologie.

La *Lettre à Ménécée* se présente précisément comme une sorte de guide à la fois pratique et thérapeutique : pratique, au sens où elle accompagne la conduite de la vie et oriente notre désir vers le bien ; thérapeutique, au sens où elle définit les soins dont notre âme a besoin pour se guérir des opinions fausses et des peurs infondées. Elle intègre d'ailleurs la formule, elle-même particulièrement économique, de ce que les épicuriens postérieurs appelleront le « quadruple remède » (*tetrapharmakos*)[1], les quatre ingrédients nécessaires de la médecine de l'âme. Cette *Lettre* adopte ainsi, avec quelques nuances, la structure que l'on retrouve dans les quatre premières *Maximes capitales*. Celles-ci établissent, dans l'ordre où elles se présentent, les quatre principes essentiels de l'éthique : 1. le divin est bienheureux et incorruptible, il n'éprouve aucun souci et n'en cause pas en autrui, et ne connaît ni colère ni complaisance ; 2. la mort n'est rien pour nous, parce qu'elle correspond à l'absence de sensation ; 3. la limite des plaisirs se définit par l'absence de douleur, de sorte que douleur et plaisir s'excluent mutuellement ; 4. la douleur ne dure qu'un temps limité et le plaisir, dans le corps, l'emporte toujours sur la douleur. Quelle que soit la nature du destinataire – on ne sait à peu près rien de Ménécée, sinon qu'il était un proche de l'école et que ses fils auraient été des disciples d'Épicure –, la portée de ce petit écrit est universelle : elle prodigue ses bienfaits à tous, à tout âge et en toutes circonstances car « il n'est […], pour personne, ni trop tôt ni trop tard lorsqu'il s'agit d'assurer la santé de l'âme[2] ».

La *Lettre à Ménécée* suit le plan suivant :

1. Prologue : il faut s'exercer à philosopher, et cela sans délai car on ne doit pas différer le moment d'être heureux (§§ 122-123).

2. Les dieux sont bienheureux et incorruptibles ; ils ne sont pas à craindre. Les opinions de la foule à leur sujet sont des suppositions fausses (§§ 123-124).

3. La mort n'est rien pour nous ; elle n'est donc pas à craindre. Il est déraisonnable et inutile d'espérer une vie illimitée (§§ 124-127).

---

1. Pour reprendre l'expression par laquelle l'épicurien Philodème, au Ier siècle av. J.-C., désigne cet ensemble de préceptes (*Aux amis de l'École, PHerc.* 1005, V ; Dossier, texte [31]).

2. *Mén.*, 122.

4. Il faut faire des différences entre les désirs, et privilégier les seuls désirs naturels et nécessaires. Le plaisir qui en résulte implique l'exclusion de la douleur (§§ 127-128).

5. Le plaisir est principe et fin de la vie heureuse, mais celle-ci suppose une juste estimation et une mesure comparative, par délimitation réciproque, des plaisirs et des peines (§§ 128-130).

6. La mesure des plaisirs, par l'exercice d'un « raisonnement sobre » (*nephôn logismos*), est la marque de l'autosuffisance, et elle s'oppose à la recherche permanente et sans fin des jouissances immédiates (§§ 130-132).

7. La prudence (*phronêsis*) réalise la synthèse du plaisir et de la vertu ; elle est même supérieure à la philosophie (§ 132).

8. Épilogue : le sage vit selon les préceptes qui viennent d'être définis ; il ne craint ni la fortune ni le destin, et sait que ce qui dépend de lui est sans autre maître que lui-même. Il vit comme un dieu parmi les hommes (§§ 133-135).

Épicure commence en donnant deux exemples remarquables de ces situations où la connaissance de la nature œuvre directement à la tranquillité de l'âme. Le premier exemple est celui de la représentation correcte des dieux. Connaître la nature, en effet, permet de savoir non seulement qu'il y a des dieux, mais encore *pourquoi* ils ne sont pas à craindre. La première injonction de la *Lettre* est de les tenir pour ce qu'ils sont, c'est-à-dire pour des vivants incorruptibles et bienheureux, et de ne rien leur attribuer qui soit contraire à ces deux propriétés fondamentales contenues, on l'a vu, dans la préconception que nous avons du divin. Cette prescription éthique fait un double appel à la physique. En premier lieu, elle dissocie les dieux des phénomènes naturels, notamment célestes, que les hommes mettent généralement sur le compte de leur volonté ou de leur colère : la béatitude des dieux a pour corollaire leur indifférence à l'égard de l'ordre du monde et des agissements humains [1]. En second lieu, elle suppose que les dieux ont une nature ou un statut physique qui explique leur incorruptibilité et qui fonde leur béatitude. Les textes épicuriens sont malheureusement peu précis sur ce point. Aussi certains commentateurs [2] estiment-ils que les dieux ne diffèrent pas réellement de la représentation que nous en avons et qu'ils sont en fait des constructions ou des projections mentales. Le dieu ne serait donc qu'un flux d'images correspondant au concept que nous formons de lui. Dans le texte le plus attentif à la question du statut physique des dieux, l'épicurien Velléius estime d'ailleurs que la forme des dieux n'est pas exactement un corps solide, mais un « quasi-corps », dont le sang n'est qu'un « quasi-sang » [3]. Pourtant, les épicuriens s'interrogent sur le lieu physique qu'ils occupent. Ils affirment que les dieux vivent dans des espaces vacants et indéterminés, des « intermondes », où ils ne subissent aucune altération de la part des mouvements atomiques [4]. Or, s'ils occupent un lieu, on doit supposer que, malgré leur subtilité – leur nature est ténue et intangible –, ce sont bel et bien des corps existant par soi, et non pas seulement des images ou des projections mentales. Quoi qu'il en soit, qu'elle relève proprement de la psychologie des représentations ou plutôt de la physique et de la cosmologie, la question des dieux n'a rien de surnaturel : elle appartient à la science de la nature et elle nous instruit avant tout sur les objets du monde physique.

De même, et c'est là le second exemple, la philosophie naturelle dessine les limites de ce qui nous touche, nous enseignant que ce qui est au-delà n'est pas à craindre. C'est le cas de la mort : la physique nous apprend que

---

1. *Hrdt.*, 76-78.
2. Voir ci-dessous, p. 148.
3. Cicéron, *De la nature des dieux*, I, 43-49 ; Dossier, texte [25].
4. Voir notamment *DRN*, V, 146-155 ; Cicéron, *De la nature des dieux*, I, 18 ; *Fin.*, II, 75.

l'âme est corporelle, composée d'atomes, et que ses fonctions cognitives dépendent de la proportion de ces atomes dans l'agrégat qu'elle forme avec le corps. Elle ne survit donc pas à la mort du corps et l'on n'éprouve plus aucune sensation, une fois passée cette limite. En sachant que la mort est une cessation de sensation, et qu'aucun « moi » ne subsiste s'il ne peut plus sentir, je sais que je ne suis pas contemporain de ma propre mort. Celle-ci n'est donc « rien pour moi » et je n'en éprouve aucune douleur, si bien qu'elle n'est plus à craindre [1].

Si le savoir ne nous rendait pas plus heureux, il ne servirait à rien. À la différence des sciences particulières cultivées pour elles-mêmes, et à l'opposé de la pure érudition des savants, la tâche de la philosophie est de nous conduire au bonheur. Elle est donc la seule science qui soit absolument nécessaire. Elle est l'unique savoir indispensable et, ainsi, la seule activité qui soit pleinement conforme à notre nature. La science de la nature, la connaissance des principes fondamentaux, constitue donc le soubassement doctrinal d'un calcul rationnel orienté vers l'action. C'est le « raisonnement sobre » décrit dans la *Lettre*, appréciation dont la vertu ou l'excellence est la prudence (*phronêsis*) [2].

Cet usage pratique de la raison se fonde avant toute chose sur la thèse de l'assimilation du bonheur au plaisir. N'y voyons pas trop vite une pétition de principe ou un coup de force théorique : Épicure prend grand soin de justifier cette affirmation. Les paragraphes 128-129 de la *Lettre à Ménécée* permettent de se faire une idée assez précise de son argumentaire. Partons de cette idée que la connaissance de la nature conduit à la connaissance de ce qui nous est naturellement approprié. Les hommes recherchent naturellement la vie heureuse, qui a pour fin « la santé du corps et l'absence de trouble (*ataraxia*) dans

---

1. *Mén.*, 124-127.
2. *Mén.*, 130-132.

l'âme [1] ». L'absence de trouble, parce qu'elle est un état sans manque, correspond à l'absence de douleur. Celle-ci coïncide donc avec la fin naturelle que nous poursuivons. Or Épicure estime qu'il n'y a pas d'état intermédiaire entre la douleur et le plaisir, ce qui s'explique sans doute par l'identification de la douleur à un manque et par le fait qu'il n'y a pas d'état intermédiaire entre le manque et l'absence de manque. L'absence de douleur coïncide donc avec le plaisir lui-même, si bien que celui-ci est la fin de la vie heureuse, notre bien premier et « connaturel [2] ».

La recommandation épicurienne de prudence, quant à elle, se justifie ainsi : si tout plaisir est bon par principe, il n'en résulte pas que tout plaisir soit à choisir. Quand on envisage un plaisir donné, il faut l'évaluer, lui attribuer un certain prix, c'est-à-dire déterminer à la fois sa valeur intrinsèque et son coût. Tout plaisir a par définition une valeur intrinsèque, mais si son coût doit excéder cette valeur, il faut y renoncer. Dans cette économie du plaisir, ce dernier se voit en quelque sorte doté d'une double valeur : celle qu'il possède par nature en tant que plaisir, et celle qu'il reçoit, par ailleurs, du calcul prudent que l'on effectue dans une situation donnée.

Le choix d'un plaisir suppose en outre que l'on privilégie, parmi les désirs, ceux qui sont à la fois naturels et nécessaires au bonheur, c'est-à-dire ceux qui peuvent être satisfaits par la philosophie et l'amitié. Ils se distinguent des désirs qui sont nécessaires à l'absence de troubles du corps ou à la satisfaction des besoins vitaux, ainsi que des désirs simplement naturels – comme les désirs sexuels. Les désirs naturels s'opposent dans leur ensemble aux désirs « vains » ou « sans fondements » [3], comme les honneurs ou le luxe.

---

1. *Mén.*, 128.
2. *Mén.*, 129.
3. *Mén.*, 127.

Tous les plaisirs ne correspondent d'ailleurs pas au même degré d'apaisement. Certains textes[1] distinguent en effet entre, d'une part, les plaisirs « en mouvement » ou « cinétiques », comme le plaisir de boire quand on a soif, ou encore la joie ou la gaieté qui succèdent aux moments de craintes ou d'angoisses, et, d'autre part, les plaisirs « en repos », « stables » ou « catastématiques ». Ces derniers, absence de douleur physique et ataraxie de l'âme, expriment l'état de stabilité de notre « constitution » (*katastêma*), parce qu'ils ne sont pas éprouvés comme un simple passage de la douleur à l'absence de douleur, un état d'amélioration ou de compensation : ils sont clairement dissociés de la douleur, qu'elle soit corporelle ou psychique.

Les premiers plaisirs ne sont pas pour autant à éliminer, comme le montre ce mot du Maître du Jardin :

personnellement, je ne parviens pas à concevoir ce que peut être le bien, si j'élimine les plaisirs que procurent les saveurs, si j'élimine ceux du sexe, si j'élimine ceux que procurent les sons, et si j'élimine les mouvements agréables que suscite la vue de la beauté des formes[2].

L'austérité de certaines formules épicuriennes et leur méfiance à l'égard du plaisir physique[3] sont ici fortement tempérées. Ici, Épicure s'emporte contre l'emphase qui accompagne l'édification morale et l'exhortation à la vertu. Le mot « bien » n'est qu'un terme creux, si l'usage qu'on en fait est sans rapport avec l'expérience commune de ce qui procure une forme de bien-être.

---

1. Voir par exemple Diogène Laërce, X, 136 ; Cicéron, *Fin.*, I, 39 (Dossier, texte [19]). Sur la distinction entre ces deux types de plaisirs, voir ci-dessous, p. 156-157.

2. Épicure cité par Athénée, *Deipnosophistes*, XII, 546 E (Us. 67). Voir aussi Diogène Laërce, *Vies*, X, 6 ; Cicéron, *Tusculanes*, III, 41 (Dossier, texte [20]).

3. Comme dans ce témoignage de Diogène Laërce sur les épicuriens en général : « ils disent qu'on n'a jamais rien gagné à l'activité sexuelle et qu'il faut même se réjouir si on n'y a rien perdu » (*Vies*, X, 118). Voir également l'ambivalence de la *SV* 51, attribuée à Métrodore.

Seuls les plaisirs catastématiques, en tout cas, sont parfaitement indépendants de toute douleur antécédente. Ils semblent donc constituer le fond de tranquillité psychique qui nous met en état de procéder sereinement au calcul des plaisirs et des peines. On peut ainsi supposer qu'ils sont nécessaires au bon usage que nous pouvons faire, par ailleurs, des plaisirs cinétiques. Le fait que l'on peut atteindre un seuil d'équilibre dans le plaisir montre que celui-ci, loin de nous vouer à des désirs illimités, définit une limite, un état de stabilité qui ne saurait avoir d'autre nom que celui de « bonheur ».

Le plaisir, par ailleurs, n'est pas seulement le terme d'un processus d'apaisement de l'âme : il en est aussi la condition première. C'est ce que suggère Épicure lorsqu'il précise que « le plaisir est principe (*archê*) et fin (*telos*) de la vie bienheureuse [1] ». La canonique – la théorie des critères ou règles de connaissance et d'action – confère en effet à l'affection (*pathos*) un rôle de critère, et les affections principales sont précisément le plaisir et la douleur. Or l'affection est à la fois un critère de connaissance et un critère pratique : elle nous instruit de ce qui nous est approprié et de ce qui ne l'est pas, et elle motive nos choix et nos refus [2]. Elle établit de ce fait un rapport immédiat et naturel entre la connaissance et l'action. Cela suffit-il pour bien agir, pour discerner notre intérêt réel en toutes circonstances, pour adopter une conduite ordonnée ? Que faire si deux plaisirs semblent s'opposer ou se faire concurrence ? Le calcul instruit par le « raisonnement sobre » consiste précisément à évaluer nos affections particulières – le plaisir ou la douleur que nous éprouvons dans telle ou telle situation – de telle sorte que la connaissance « affective » de ce qui nous est approprié sert de fondement à des actions véritablement réfléchies. Le plaisir est donc à la fois au commencement et au terme des activités qui caractérisent la vie heureuse.

---

1. *Mén.*, 128.
2. *Vies*, X, 34 ; *Mén.*, 129.

Les adversaires de l'épicurisme n'ont pas manqué de dénoncer cet hédonisme, qui semble à première vue négliger le souci d'autrui, privilégier l'éthique personnelle au détriment de la conduite proprement morale. Le choix épicurien d'une vie entourée d'amis ne lève pas totalement l'ambiguïté. L'amitié procure avant tout la sécurité (*asphaleia*) de l'âme, et paraît en ce sens avoir encore pour ultime fin la tranquillité personnelle[1]. Or celle-ci n'implique apparemment pas le bien d'autrui.

Face à cette difficulté, la première réponse des épicuriens réside dans une conception des rapports humains que l'on pourrait caractériser comme un idéal de sociabilité restreinte. Entendons par là que le mode naturel de sociabilité ne se conçoit pas à l'échelle de la cité, comme on peut le voir par exemple au livre I de la *Politique* d'Aristote, mais qu'il se définit négativement par rapport à l'espace politique et par retranchement dans une communauté plus étroite. L'amitié, en tant qu'elle implique une position de retrait par rapport à la foule et à la vie publique[2], est donc la sphère la plus appropriée à une existence conforme à la nature. Dans ces conditions, l'amitié ne saurait être un simple adjuvant du bonheur ou un agrément dont on pourrait à la rigueur se dispenser. Elle ne saurait être, pour cette raison, un moyen ou une option parmi d'autres d'assurer sa propre sécurité. Le portrait du sage, qui clôt la *Lettre à Ménécée*, va clairement dans ce sens : il vit parmi ses semblables, « comme un dieu parmi les hommes[3] ». Le sage épicurien vit donc en communauté par définition – au moins idéalement –, ce qui implique qu'il n'ait pas à faire le *choix* de l'amitié. Celle-ci constitue un aspect essentiel de la vie bonne. C'est d'ailleurs l'amitié, précise Épicure, qui

---

1. *MC* XXVII, XXVIII, XL.
2. *MC* VII ; *SV* 58 ; *DRN*, V, 1120-1135. Épicure, comme on le sait, recommande de « vivre caché » (Us. 551).
3. *Mén.*, 135.

procure le plus de plaisir [1]. Dès lors, l'ami n'est jamais un simple moyen, parce qu'il est à la fois l'agent et le bénéficiaire d'un bonheur commun.

Il n'en demeure pas moins que l'amitié n'est qu'une forme particulière de sociabilité et, qui plus est, une sociabilité contenue dans une sphère assez étroite. Elle ne suffit donc pas à prouver que la vie de plaisir est compatible avec la vertu sous toutes ses formes, et notamment dans sa dimension politique. Si la justice s'exerce dans un espace – la cité – qui excède la sphère propre de l'amitié, on peut légitimement se demander comment celle-ci pourrait la garantir.

La solution consiste sans doute à dépasser l'opposition trop rigide du plaisir et de la vertu. Choisir de poursuivre un plaisir exige, on l'a vu, un calcul prudent des conséquences, une anticipation comparative des plaisirs et des peines qui en résulteront. Or la vertu entre en ligne de compte, elle aussi, dans ce calcul : la prudence enseigne que le plaisir est indissociable de la prudence elle-même, de l'honnêteté et – précisément – de la justice [2]. Il faut donc supposer que les plaisirs qui nuisent à autrui entraînent des conséquences contraires au plaisir : la réprobation, la punition ou le trouble intérieur. Ainsi, « les vertus sont naturellement liées à la vie agréable et la vie agréable en est inséparable [3] ».

On pourrait encore objecter, comme le fait par exemple Cicéron dans le *De finibus*, que les vertus ne sont ici que des moyens ou des instruments du bonheur, alors que la vertu devrait être, en principe, choisie pour elle-même. Mais l'objection atteint-elle son but ? D'un côté, la question de la fonction exacte de l'amitié et de la morale dans la réalisation du bonheur semble avoir été discutée au sein même de la tradition épicurienne, si l'on

1. *MC* XL.
2. *Mén.*, 132.
3. *Mén.*, 132.

en croit l'exposé de Torquatus au livre I du *De finibus*[1].
Il entend répondre en tout cas aux objections, académi-
ciennes et stoïciennes, qui reposent sur une antinomie
supposée entre la recherche égoïste du plaisir et
l'altruisme constitutif de l'amitié. L'amitié véritable, pour
les adversaires d'Épicure, ne saurait être simplement *utile*
à notre plaisir. Certains épicuriens, parmi ceux
qu'évoque Torquatus, répondent que l'amitié, au même
titre que les vertus, est intrinsèquement liée au plaisir[2].
Le sage éprouve les mêmes sentiments envers l'ami
qu'envers lui-même et il œuvre au plaisir de son ami
autant qu'au sien propre. Le rapport circulaire qui relie
le plaisir à la vertu et à l'amitié, et celles-ci à celui-là, se
substitue au rapport linéaire qui prévaut dans l'opposition polémique entre une fin voluptueuse et des moyens
prétendument vertueux.

D'un autre côté, il semble que la plupart des épicuriens
aient opté pour une attitude résolument pragmatique.
Certains ont en effet estimé qu'il était inutile, pour établir
les principes de la conduite morale, d'assigner à la vertu
un rang supérieur à celui d'un instrument nécessaire,
d'un « agent producteur » de plaisir. Cela ne veut pas
dire pour autant que la vertu cesse quand le plaisir commence. Diogène d'Œnoanda[3] montre que la vertu peut
fort bien être un agent dont l'activité est simultanée à
l'effet qu'elle produit. Alors que certains agents sont
antérieurs à leurs effets, comme la médecine est antérieure à la santé, d'autres produisent leur résultat au
moment même où ils agissent. C'est le cas de la vertu,
selon Diogène d'Œnoanda, dans le rapport qu'elle entre-
tient avec le plaisir. La vertu produit le plaisir d'une
manière telle qu'elle coïncide avec lui. Elle ne disparaît
donc pas, une fois le plaisir atteint. En tout état de cause,
il serait absurde de vouloir, au nom de la vertu, réprimer

1. *Fin.*, I, 66-70.
2. *Fin.*, I, 68.
3. Fr. 32-33 Smith. Voir ci-dessous, p. 154.

le plaisir, car c'est le seul état qui nous soit parfaitement naturel. Ce verdict est conforme à ce que nous dit la nature au travers de nos affections, et il est confirmé dans l'exercice de la rationalité pratique.

La forme de l'abrégé, dans la *Lettre à Ménécée*, est parfaitement adaptée à cette éthique en acte, qui se soucie bien moins d'élaborer une théorie de la morale que de rendre effectivement heureux par la mémorisation de quelques principes simples. Les formules concises des *Maximes capitales* et des *Sentences vaticanes* répondent manifestement au même souci. Quand on lit, dans la sentence 68, « Rien de suffisant, pour qui le suffisant, c'est peu », il faut savoir que le texte grec ne compte que six mots [1]. Difficile d'inviter de manière plus économique à ne pas se plaindre de la maigre quantité des choses dont on a réellement besoin et qui suffisent pour vivre ! Voilà en tout cas une phrase que l'on gardera en mémoire sans trop d'effort et que l'on pourra se répéter, le cas échéant, pour s'exercer à bien vivre. En commençant son abrégé d'éthique par une invitation à la méditation et à l'exercice, Épicure indique en effet au destinataire comment s'orienter dans l'existence : « Les recommandations que je t'adresse continuellement, mets-les en pratique et fais-en l'objet de tes soins, reconnaissant en elles distinctement les éléments du bien vivre [2]. » La remémoration constante des éléments du bonheur est le premier moyen de la thérapie de l'âme.

Retenons cependant que la pratique mentale qui consiste à se remémorer les conseils et les principes de base ne se suffit pas à elle-même. Les épicuriens n'entendent nullement se contenter d'« exercices spirituels », si l'on devait entendre par là une méditation introspective qui serait à la fois distincte de l'exercice effectif de la science et indépendante des situations pra-

---

1. Qu'on lira : « *Ouden hikanon hô oligon to hikanon.* »
2. *Mén.*, 123.

tiques – ce que l'on fait en vue du bien dans des circonstances précises. D'une part, le poids considérable de la philosophie naturelle dans la recherche du bonheur montre bien que les savoirs positifs y jouent un rôle essentiel. D'autre part, le calcul des plaisirs et des peines, l'exercice du raisonnement sobre, n'a de sens que lorsque nous sommes engagés dans l'action ou sur le point de l'être. C'est une estimation rationnelle de la situation pratique singulière à laquelle l'agent se trouve confronté.

Enfin, une ascèse entendue comme épreuve répétée des privations n'atteindra pas non plus le but : il s'agit, non pas de se priver des plaisirs, mais de les évaluer et d'en apprécier les conséquences, opération bien plus complexe en vérité que l'abstention systématique. Au lieu de s'abstenir en toute circonstance [1], on se soignera par l'adoption d'un régime de vie [2], c'est-à-dire par une sorte d'équilibre. Or l'équilibre suppose une balance, la prise en compte conjointe d'éléments opposés comme le sont, précisément, le plaisir et la peine. De fait, le bonheur épicurien relève à la fois d'une recherche du plaisir et d'une discipline raisonnée des désirs. Il appelle donc une diététique, ce qui est tout autre chose qu'une ascèse.

Pierre-Marie MOREL

---

1. L'autarcie du sage, dit Épicure, ce n'est pas « faire avec peu en toutes circonstances » (*Mén.*, 130).
2. Voir *SV* 64 ; 69 (et la note).

ÉPICURE ET LE *CORPUS* ÉPICURIEN

Notre principale source documentaire sur la vie d'Épicure, on l'a dit, est le livre X des *Vies* de Diogène Laërce[1]. Nous disposons par ailleurs d'autres textes qui apportent des informations significatives, souvent accompagnées de citations d'Épicure ou d'indications sur sa pensée. Né sur l'île de Samos en 341 de parents athéniens, il vécut à Athènes à partir de 307/306, et y mourut en 270. Les circonstances exactes de sa formation philosophique sont mal connues. On s'est interrogé notamment sur la connaissance qu'il avait de ses prédécesseurs. Épicure les cite très peu, plus enclin à la polémique qu'au consensus. Lorsqu'il critique ses devanciers, c'est d'ailleurs le plus souvent de manière allusive. Une telle attitude a pu donner l'impression qu'il ignorait en partie les écrits de ses adversaires. Ainsi, concernant le rapport d'Épicure à Aristote, Ettore Bignone[2] a défendu la thèse, aujourd'hui rarement retenue, selon laquelle Épicure aurait eu pour principal adversaire le platonisme supposé du jeune Aristote et ne connaîtrait de ce dernier que des œuvres dites « exotériques », c'est-à-dire les œuvres publiées, destinées à un public extérieur au Lycée.

Épicure, en tout cas, n'est pas un penseur solitaire. Bien qu'il prétende n'avoir pas eu d'autre maître que lui-même[3], il recueille auprès de Nausiphane de Téos

---

1. Voir notamment Goulet [2000].
2. Voir Bignone [1973]. Pour une réévaluation de la question et du rapport entre le Jardin et le Lycée, voir Gigante [1999].
3. Diogène Laërce, *Vies*, X, 13.

l'enseignement laissé par le fondateur de l'atomisme, Démocrite d'Abdère, dont il étudie de près la doctrine. Cicéron affirmera même – non sans exagération – qu'il n'y a rien dans la physique d'Épicure qui ne se trouve déjà chez Démocrite [1]. Quoi qu'il en soit, l'influence de Nausiphane n'a pas empêché Épicure de lui adresser une bordée d'injures complaisamment rapportées par Diogène Laërce : « poumon marin » – un mollusque, terme censé évoquer l'insensibilité de Nausiphane –, « illettré », « fraudeur », « putain » [2]. Disons qu'Épicure ne péchait pas par excès de gratitude à l'égard de ses maîtres. Sans doute n'y a-t-il rien de plus à voir dans son avantageuse proclamation d'autonomie.

Après avoir enseigné à Mytilène et à Lampsaque, il fonde une école à Athènes vers 306, le Jardin, aux environs immédiats de la cité. Ses disciples directs, notamment Hermarque, qui lui succéda à la tête du Jardin, Polyène de Lampsaque, Colotès, Polystrate, Métrodore d'Athènes ou de Lampsaque, contribuent à l'approfondissement de la doctrine. Le dernier cité semble avoir été le disciple le plus proche, notamment si l'on en juge par les mentions qui le concernent dans le livre X de Diogène Laërce. Ce dernier, qui dresse un catalogue de ses œuvres, précise qu'il ne s'éloigna jamais d'Épicure si l'on excepte une période de six mois, lors de laquelle il s'absenta pour un voyage dans son pays. Dans son testament, transmis également par Diogène [3], Épicure prend des dispositions pour que l'on s'occupe des enfants de Métrodore, lui-même mort quelques années plus tôt, et il demande qu'une réunion célèbre, le 20 de chaque mois, la mémoire de Métrodore en compagnie de la sienne. Une fois encore, Épicure ne se distingue pas exactement par sa modestie. L'anecdote est toutefois fidèle à l'image que les épicuriens ont voulu donner de leur communauté philo-

---

1. *De la nature des dieux*, I, 73.
2. *Vies*, X, 8.
3. *Vies*, X, 16-21.

sophique [1]. Elle indique en effet deux choses : que l'amitié épicurienne est un aspect essentiel de l'activité philosophique, et que le souvenir du maître ou de l'ami perdu continue d'œuvrer, même après sa mort, à la tranquillité de l'âme. Le Jardin athénien ne ressemble, de fait, à aucune autre école philosophique de la période classique et hellénistique. Sénèque estime d'ailleurs que les disciples les plus fameux d'Épicure ne le sont pas devenus du fait d'appartenir à une « école », mais parce qu'ils partageaient son existence [2]. C'est aussi une communauté où les femmes sont admises au même titre que les hommes – un fait sans véritable équivalent dans l'Antiquité – et où le Maître se soucie des enfants des uns et des autres ainsi que des esclaves.

Par la suite, l'influence du Jardin s'étend progressivement au-delà du cercle des disciples immédiats. Au Ier siècle avant notre ère, Rome devient le lieu d'un important renouveau épicurien, à la faveur des débats qui opposent les grandes écoles philosophiques. Les sources extérieures à la tradition, comme Cicéron, Plutarque, Sextus Empiricus, même si elles sont le plus souvent hostiles, attestent le rayonnement de l'épicurisme après Épicure et notamment de cet épicurisme romain. Les épicuriens, dit même Cicéron, « écrivirent tant d'ouvrages qu'ils occupèrent toute l'Italie », en ajoutant qu'un tel succès ne peut qu'aller de pair avec la grossièreté de la doctrine et l'attrait qu'elle suscite auprès des gens incultes [3]. Elle a aussi gagné les cercles cultivés, ce dont Cicéron lui-même témoigne indirectement et comme le montre le cas de Philodème de Gadara qui, avec Lucrèce, est l'un des deux protagonistes majeurs du renouveau épicurien en Italie. Philodème, philosophe grec

---

1. On songe au buste « en Janus » du musée du Capitole à Rome, ainsi qu'à son double du musée du Louvre à Paris, où les deux têtes d'Épicure et de Métrodore se fondent l'une dans l'autre dos à dos.
2. Sénèque, *Lettres à Lucilius*, 1, 6, 6.
3. Cicéron, *Tusculanes*, IX, 7.

originaire de Syrie, ami et protégé du consul Lucius Calpurnius Pison, est l'auteur d'une œuvre abondante dans laquelle il est question d'éthique, d'esthétique, de politique, de logique, de théologie et des positions des diverses écoles philosophiques. Les fragments de ses traités sont issus d'un fonds papyrologique exceptionnel. Celui-ci doit son existence à la découverte, en 1753, d'un grand nombre de rouleaux calcinés – mais aussi partiellement conservés de ce fait même – lors de l'éruption du Vésuve en 79 après J.-C. Ces rouleaux constituaient une partie d'une vaste bibliothèque épicurienne – peut-être celle de Philodème lui-même – qui appartenait à la Villa dite « des Papyri », à Herculanum. Ils représentent une documentation très précieuse sur les développements de l'épicurisme et sur ses nouveaux centres d'intérêts [1]. Parmi ceux-ci, mentionnons la rhétorique, la poésie – alors que l'on prête à Épicure un franc mépris des poètes [2] – ou l'histoire des tendances philosophiques.

Nous ne savons pratiquement rien de la vie de Lucrèce (Titus Lucretius Carus), et seul le texte de son poème, *De la nature des choses* (*De rerum natura*), permet de se faire une idée de son projet philosophique. Nous savons seulement qu'il vécut en Italie dans la première moitié du Ier siècle avant J.-C. et nous ne pouvons rien dire non plus d'assuré concernant l'identité ou l'obédience philosophique du dédicataire du poème, Memmius. On suppose qu'il s'agit de C. Memmius, homme politique cultivé et préteur en 58 avant J.-C. Cicéron, comme l'atteste un bref passage d'une lettre de février 54 à son frère Quintus, connaît l'œuvre de Lucrèce, mais il ne le cite pas lorsqu'il attaque les thèses épicuriennes. Lucrèce se présente lui-même comme le simple traducteur ou l'imitateur d'Épicure [3]. Son indéniable fidélité ne doit

---

1. Voir notamment Gigante [1987] ; Dorandi [1995].
2. Voir Plutarque, *Qu'il n'est pas non plus possible de vivre plaisamment en suivant Épicure*, 1086 F.
3. *DRN*, III, 6.

cependant pas masquer l'originalité de la forme et une authentique volonté d'adapter la doctrine sur plusieurs points fondamentaux.

Après la période hellénistique, il semble que les adeptes de la philosophie du Jardin se dispersent. L'opposition souvent féroce des stoïciens – Épictète, par exemple, nomme Épicure « celui qui profère des obscénités[1] » – vaut cependant comme une preuve de la vitalité de l'épicurisme et de l'importance persistante de son fondateur. Le mot déjà cité de Marc Aurèle, « soit la Providence, soit les atomes », le montre bien. Sénèque avait d'ailleurs dérogé à la sévérité stoïcienne, en admettant que certaines maximes d'Épicure traduisent la moralité commune et rejoignent par ce biais celles des stoïciens eux-mêmes : les maximes épicuriennes sont utiles, assure Sénèque, en particulier quand elles « sont publiques et principalement nôtres[2] ».

L'inscription de Diogène d'Œnoanda montre que des communautés épicuriennes ont subsisté jusqu'au IIe siècle de notre ère au moins. Ces fragments témoignent d'une période tardive dans l'histoire de l'épicurisme, suggérant qu'il a perduré dans les milieux intellectuels de l'Antiquité plus longtemps qu'on ne l'a longtemps pensé. Toutefois ils marquent aussi, historiquement, la fin de son influence dans le monde antique.

On ne peut lire Épicure sans avoir une idée d'ensemble du *corpus* épicurien. Cela suppose que l'on distingue entre : (I) les textes originaux, proprement épicuriens, et (II) les sources indirectes. Parmi les premiers, nous devons encore distinguer entre : (I, 1) les textes continus et (I, 2) les textes fragmentaires. Parmi les sources indirectes, on devra faire la différence entre : (II, 1) les textes à caractère doxographique, comme les compilations de notices sur les écoles philosophiques, (II, 2) les textes

---

1. Selon Diogène Laërce, *Vies*, X, 6.
2. *Lettres à Lucilius*, 33, 2.

polémiques anti-épicuriens et (II, 3) les témoignages internes à l'école, sur les épicuriens antérieurs. Il va de soi que ces rubriques se confondent parfois. Ainsi, les témoignages de Sextus Empiricus sur la théorie épicurienne de la connaissance peuvent être classés dans II, 1 comme dans II, 2. Les textes polémiques de Plutarque, qui relèvent de II, 2, contiennent également des citations qui doivent figurer en I, 2.

I. TEXTES ORIGINAUX

1. *Textes continus*

a. Épicure. Chez Diogène Laërce : testament, *Lettre à Hérodote*, *Lettre à Pythoclès*, *Lettre à Ménécée*, *Maximes capitales* (quarante maximes). L'authenticité de la *Lettre à Pythoclès* a été discutée, mais elle est aujourd'hui admise [1]. Les *Sentences vaticanes*, ou *Exhortation d'Épicure* (quatre-vingt-une maximes à caractère éthique, dont treize comptent également parmi les *Maximes capitales*) ont été éditées pour la première fois à la fin du XIXe siècle [2]. Elles ne figurent pas chez Diogène Laërce.

b. Lucrèce : *De la nature des choses* (*De rerum natura*). Le *De rerum natura* suit schématiquement le plan suivant. Chant I : principes de l'atomisme ; réfutation des cosmologies d'Héraclite, d'Empédocle et d'Anaxagore ; chant II : propriétés des atomes et modalités de leurs mouvements et conjonctions ; infinité de l'univers et pluralité des mondes ; chant III : composition atomique et mortalité de l'âme ; chant IV : la vision et les illusions perceptives ; explication des facultés cognitives en général et des processus physiologiques ; critique de la passion

---

1. Sur ce problème, voir Bollack-Laks [1978] ; Arrighetti [1973], p. 524-525.
2. Sur ce recueil, voir ci-dessous, p. 160.

amoureuse ; chant V : genèse et destruction des mondes ; problèmes d'astronomie ; origine de la vie et histoire de l'humanité ; chant VI (peut-être inachevé) : phénomènes météorologiques et terrestres ; la peste d'Athènes.

2. Fragments

Les fragments épicuriens connaissent une situation tout à fait particulière dans les études anciennes, car les travaux papyrologiques qui ont été rendus possibles par les fouilles d'Herculanum sont toujours en cours [1]. La plupart des éditions qui livrent les résultats de ces travaux sont publiées dans la revue italienne *Cronache Ercolanesi* et dans la collection « La Scuola di Epicuro » (éd. Bibliopolis, Naples). Outre la découverte des écrits philosophiques de Philodème, ces éditions ont notamment révélé un grand nombre de fragments du *Peri phuseôs* d'Épicure et des traités des autres membres de l'école.

a. Épicure : en plus des textes présentés par Diogène Laërce, nous disposons d'un certain nombre de fragments restitués par les témoins antiques. Bien qu'elle soit désormais assez ancienne, la somme de Hermann Usener [2] reste la collection la plus complète de textes, fragments et témoignages concernant Épicure. C'est à cet ouvrage que renvoient les références habituellement codifiées « Us. ». Ainsi, la référence de la célèbre formule « Vis caché ! » sera généralement notée « Us. 551 », texte tiré de l'ouvrage de Plutarque, *Sur la question de savoir si « vis caché » est un bon précepte.* Un certain nombre de passages du *Peri phuseôs* ont fait l'objet d'éditions plus récentes dans les *Cronache Ercolanesi* ou dans des collections de textes [3] et des monographies proposant des extraits significatifs.

---

1. Pour une bibliographie globale de ces textes, voir Dorandi [2007].
2. Usener [1887] et [2002].
3. Notamment dans Long-Sedley. Voir ci-dessous, p. 172-177.

b. L'école épicurienne et ses successeurs : fragments d'Hermarque, Polyène, Idoménée, Démétrius Lacon, Métrodore de Lampsaque, Zénon de Sidon, Philodème...

c. Diogène d'Œnoanda est l'auteur d'une vaste inscription murale dont les premières pierres ont été découvertes par deux membres de l'École française d'Athènes en 1884. Les vestiges se trouvent en Lycie, dans la région de Fethiye (Turquie), et d'autres fragments pourraient être découverts sur ce site dans l'avenir. Diogène d'Œnoanda expose sa propre philosophie épicurienne, donnant notamment un traité sur la vieillesse, un traité éthique et un traité physique, mais il reproduit également des textes d'Épicure, dont certains ne sont pas connus par ailleurs. C'est le cas de la *Lettre à ma mère*, s'il se confirme qu'elle est bien d'Épicure.

II. Sources indirectes

1. *Textes à caractère doxographique*

Un certain nombre de « manuels » scolaires antiques – comme ceux dont on attribue l'origine au compilateur Aétius – citent ou paraphrasent les textes épicuriens, en particulier ceux d'Épicure. Nous disposons également de textes beaucoup plus développés et argumentés.

Comme on l'a dit, Diogène Laërce ne s'est pas contenté de reproduire les textes déjà cités. On trouve aussi dans le livre X des *Vies* une « Vie d'Épicure » (X, 1-22), incluant le testament du Maître ; des indications sur les premiers disciples et leur contribution à la construction de la doctrine (X, 23-25) ; un catalogue des œuvres d'Épicure (X, 26-28) et un certain nombre d'observations significatives sur sa philosophie, en particulier sur la canonique (X, 29-34). Suivent les trois *Lettres* et les *Maximes capitales* mentionnées en I, 1. Il a

également intercalé, entre la *Lettre à Pythoclès* et la
Lettre à Ménécée, une doxographie éthique (X, 117-
121a), à laquelle il faut adjoindre une autre série de textes
sur l'éthique épicurienne, située entre cette dernière lettre
et les *Maximes capitales* (X, 135-138). Cet ensemble
constitue la base de notre documentation sur la philosophie d'Épicure.

2. *Textes polémiques*

Les écrits pouvant valoir comme témoignages sur la
doctrine originelle sont aussi, bien souvent, des écrits
polémiques. Il n'est sans doute pas d'école philosophique
de l'Antiquité qui ait été autant prise à partie, condam-
née et raillée que l'école épicurienne. Heureusement, la
polémique a souvent été menée, sinon avec un *fair-play*
irréprochable, du moins avec beaucoup d'intelligence. On
s'en rendra compte en particulier à la lecture des textes
de Cicéron, notamment le livre I du *De la nature des
dieux* (*De natura deorum*) et les livres I et II du traité *Des
termes extrêmes des biens et des maux* (*De finibus bono-
rum et malorum*). Cicéron met en scène des représentants
du Jardin et transmet par ce biais plusieurs éléments doc-
trinaux qui ne figurent nulle part ailleurs sous une forme
aussi développée. C'est par exemple le cas à propos de la
théorie épicurienne de la notion et de la nature des dieux
dans le premier de ces deux textes.

Un siècle plus tard, Plutarque élabore une critique particulièrement perfide, mais aussi très subtile, de l'épicurisme antique. En plus des multiples objections qu'il lui
adresse dans l'ensemble de ses *Œuvres morales*, il lui
consacre trois traités riches en informations et en citations : *Qu'il n'est pas non plus possible de vivre plaisamment en suivant Épicure* ; *Contre Colotès* ; *Sur la question
de savoir si « vis caché » est un bon précepte.*

Sextus Empiricus, dans sa vaste entreprise de défense
de Pyrrhon et de la tendance sceptique en général, et
dans sa charge contre les philosophes dogmatiques,

consacre plusieurs passages importants à l'épicurisme, notamment : *Contre les savants*, VII, 203-216 (Dossier, textes [5]-[6]), sur la canonique ; IX, 43-47 (Dossier, texte [26]), sur les dieux ; X, 219-227 (Dossier, texte [3]), sur le statut des propriétés.

Enfin, les chrétiens des premiers siècles de notre ère, tels Lactance, Tertullien, Clément d'Alexandrie, Augustin ou Eusèbe de Césarée, verront en Épicure un adversaire tout désigné, pour son apologie du plaisir et sa négation de la Providence [1]. Ce faisant, et malgré la faiblesse patente de bon nombre de leurs arguments polémiques, ils se montrent des lecteurs attentifs. Ils livrent de précieuses citations et fournissent un matériau digne de considération. Nous en avons vu un exemple dans le texte de Clément sur la théorie épicurienne de la préconception [2], qui propose une synthèse originale d'éléments que l'on trouve épars dans la documentation plus ancienne.

3. *Les témoignages épicuriens sur Épicure*

Les épicuriens sont eux-mêmes les premiers témoins de la pensée du fondateur du Jardin. Le *De rerum natura* de Lucrèce constitue ainsi un document de premier plan pour la reconstitution de la doctrine d'Épicure, notamment si l'on considère avec D. Sedley [3] que le *Peri phuseôs* d'Épicure est sa source principale. Cela ne doit pas pour autant nous conduire à attribuer à Épicure, telles quelles, toutes les thèses de Lucrèce et celui-ci doit d'abord être lu pour lui-même. Enfin, nous l'avons vu, un certain nombre de fragments de Diogène d'Œnoanda contiennent des citations d'Épicure et les traités de Philodème contribuent de manière significative à la reconstruction de la doctrine originelle.

---

1. Sur cette tradition, voir par exemple Jones [1989], p. 94-116.
2. Ci-dessus, p. 25.
3. Voir Sedley [1998].

NOTE SUR L'ÉDITION

La traduction des *Lettres* et des *Maximes* d'Épicure se fonde sur le texte édité par M. Marcovich, *Diogenes Laertius : Vitae philosophorum*, Stuttgart-Leipzig, Teubner, 1999 (1st ed., *unaltered edition*), l'édition scientifique la plus récente à ce jour. Les divergences sont indiquées en notes.

Les lacunes dans le texte grec sont signalées par : <*>. Les mots encadrés par ces mêmes crochets obliques sont des gloses de traduction. Le texte en italique et encadré par des crochets droits ([ ]) traduit les gloses de commentaires, ou scholies, ajoutées dans l'Antiquité.

Nous présentons les *Lettres* et les *Maximes capitales* d'Épicure dans le cadre où elles nous ont été transmises : le livre X des *Vies et doctrines des philosophes* de Diogène Laërce. Afin que le lecteur puisse distinguer nettement le texte d'Épicure de celui de Diogène, ce dernier est composé dans une police distincte et accompagné d'une bordure à gauche. Les sentences dites « vaticanes », qui ne figurent pas dans les *Vies*, sont présentées à la suite des *Maximes capitales*, conformément à l'usage. Le texte grec de référence pour les *Sentences vaticanes* est également celui de M. Marcovich, dans l'édition citée. Comme le veut l'usage, les *Maximes capitales* sont numérotées en chiffres romains, et les *Sentences vaticanes* en chiffres arabes.

Les textes figurant dans le Dossier sont extraits de l'anthologie de A. Long et D. Sedley, *Les Philosophes hellénistiques* (traduction française par J. Brunschwig et P. Pellegrin, Paris, GF-Flammarion, 2001, t. I). Nous remercions les traducteurs d'avoir mis ces extraits à notre disposition.

Ma traduction a bénéficié d'échanges nombreux et fructueux avec plusieurs collègues et amis, échanges qui se sont poursuivis sur plusieurs années. Marie-Pierre Noël a révisé les dernières versions de ma propre traduction, avec autant de science que d'attention. Francesco Verde a relu l'ensemble avec le même soin. Je ne saurais trop les remercier pour leur travail et leur disponibilité, et pour l'aide décisive qu'ils m'ont ainsi apportée. Je suis seul responsable des choix ultimes.

Un certain nombre de notes indiquent des variantes de traduction, laissant au lecteur la liberté d'envisager d'autres hypothèses interprétatives et de trancher... ou de renoncer à le faire. La sagesse consiste, dans bien des cas, à appliquer au texte d'Épicure, particulièrement et délibérément dense, une méthode comparable à celle des explications multiples, procédé que le fondateur du Jardin préconise lui-même devant la complexité de certains événements naturels. Une telle méthode commande d'admettre, lorsque aucune hypothèse ne s'impose absolument, une pluralité d'explications possibles pour un seul et même phénomène. On voudrait ici l'avoir imité, en retenant par endroits celles des différentes interprétations qui paraissent envisageables, plutôt qu'en prétendant toujours apporter des solutions définitives. Comme le dit Diogène d'Œnoanda, le dernier épicurien connu de l'Antiquité, « si l'on considère les multiples voies par lesquelles les choses peuvent se réaliser, il serait bien aventureux de se prononcer exclusivement en faveur de l'une d'entre elles. Une telle attitude, en effet, est celle d'un devin plutôt que d'un homme sage [1] ». Si l'auteur de la traduction qui va suivre ne saurait passer pour un sage, au moins se sera-t-il efforcé de ne pas s'aventurer dans le domaine de la divination.

---

1. Fr. 13, col. 2-3 Smith.

LETTRES ET MAXIMES

[extraites de : Diogène Laërce,
*Vies, doctrines et sentences
des philosophes illustres*,
X, 28-154]

<Présentation des *Lettres* et *Maximes* d'Épicure par Diogène Laërce>

[28] [...] Quant aux opinions contenues dans ces écrits [1], je vais m'efforcer de les exposer en produisant trois lettres de lui, dans lesquelles toute sa philosophie est présentée sous forme abrégée. **[29]** Nous ferons également figurer ses *Maximes capitales* et ceux de ses propos qui nous ont paru dignes d'être retenus, de sorte que tu [2] fasses connaissance avec cet homme sous toutes ses facettes et que <tu> sois en mesure de <le> juger. S'agissant donc de la première lettre, il l'écrit à Hérodote ; elle porte sur la physique. La deuxième, il l'écrit à Pythoclès ; elle traite des phénomènes célestes. La troisième, il l'écrit à Ménécée, et c'est là qu'il est question de la conduite de la vie. Il faut donc commencer par la première, après avoir dit quelques mots de la façon dont, selon lui, se divise la philosophie.

Elle est, donc, divisée en trois parties : la canonique, la physique et l'éthique. **[30]** La canonique contient les voies d'accès à la doctrine, et elle se trouve dans un ouvrage unique intitulé *Canon*. La physique, pour sa part, contient l'étude complète de la nature et se trouve dans les trente-sept livres du traité *Sur la nature* et, sous forme élémentaire [3], dans les *Lettres*. Quant à l'éthique, elle porte sur ce qui peut faire l'objet d'un choix ou d'un refus. Elle se trouve dans les livres du traité *Sur les genres de vie*, dans les *Lettres* et dans le traité *Sur la fin*. Toutefois, les épicuriens ont pour habitude de mettre la canonique au même rang que la physique, et ils la désignent sous les titres suivants : « Sur le critère et le principe » et « Ce qui concerne les éléments ». Pour la physique, ils emploient : « Sur la génération et la destruction » et « Sur la nature ». Pour l'éthique : « Sur ce qui est à choisir et à refuser », et « Sur les genres de vie et la fin ».

[31] Par ailleurs, ils rejettent la dialectique, la tenant pour superflue [4]. Pour eux, il suffit en effet que le physicien progresse d'après les expressions verbales qui désignent les choses [5]. Ainsi, dans le *Canon*, Épicure dit que les critères de la vérité sont les sensations et préconceptions et les affections ; et les épicuriens y ajoutent les appréhensions d'images par la pensée. Il en parle lui aussi dans l'abrégé qu'il adresse à Hérodote et dans les *Maximes capitales* [6]. Il dit :

> Toute sensation, en effet, est privée de raison et incapable d'avoir aucun souvenir, car elle ne se meut pas d'elle-même et, quand elle est mue par une autre chose, elle ne peut rien lui ajouter ni lui enlever [7]. Il n'y a rien non plus qui puisse réfuter les sensations. **[32]** Une sensation d'un genre donné, en effet, ne réfutera pas une sensation de même genre, parce qu'elles sont de force égale ; et elle ne réfutera pas non plus une sensation d'un genre différent, car elles ne discernent pas les mêmes choses. Et assurément la raison, elle non plus, ne peut les réfuter, car toute raison [8] est sous la dépendance des sensations. De même les sensations ne peuvent se réfuter entre elles, car nous nous fions à toutes. En outre, le fait que les perceptions soient effectives garantit la vérité des sensations : nous voyons et nous entendons effectivement, de même que nous souffrons. De là vient également que, concernant les réalités non manifestes, il faut inférer à partir de signes en partant des choses apparentes [9]. En effet, toutes les conceptions viennent des sensations, par incidence [10], par analogie, par similarité ou par synthèse de propriétés ; le raisonnement lui aussi y contribue en quelque manière. Les représentations des fous et celles qui paraissent en rêves sont vraies également, car elles meuvent ; or ce qui n'est pas ne meut pas.

[33] <Les épicuriens> disent que la préconception est comme une saisie ou une opinion droite ou une notion ou une pensée générale gardée en réserve, c'est-à-dire un

souvenir de ce qui s'est souvent manifesté à nous du
dehors, par exemple quand on dit que « ce qui est tel est
un homme ». En effet, en même temps que le mot
« homme » est prononcé, on en conçoit aussitôt le
schéma, par préconception, parce que les sensations ont
précédé. Ainsi, pour chaque nom, ce qui est supposé en
premier lieu est évident, et nous n'aurions pas recherché
l'objet de recherche si nous ne l'avions pas connu d'abord.
Par exemple : « ce qui se trouve là-bas, est-ce un cheval
ou un bœuf ? » Car il faut déjà avoir connu par préconception, à un moment quelconque, la forme du cheval ou du
bœuf. Et nous n'aurions pas non plus nommé quelque
chose, si nous n'avions pas d'abord appris son schéma par
préconception. Les préconceptions sont donc évidentes [11].

En outre, ce qui peut faire l'objet d'une opinion dépend
de quelque chose d'évident et d'antérieur, auquel nous
nous référons quand nous disons par exemple : « d'où
savons-nous si ceci est un homme ? » **[34]** Ils disent aussi
que l'opinion est une supposition [12], et qu'elle peut être
vraie ou fausse : si elle est attestée ou non contestée, elle
est vraie ; tandis que si elle n'est pas attestée ou si elle
est contestée, c'est qu'elle est fausse. D'où vient qu'on ait
introduit « ce qui attend confirmation ». Par exemple :
attendre, s'approcher de la tour, et apprendre comment
elle apparaît de près [13].

Ils disent d'autre part qu'il y a deux affections, le plaisir
et la douleur, qu'elles sont présentes en tout être vivant,
et que la première est appropriée <à sa nature>, tandis
que l'autre lui est étrangère. C'est par leur intermédiaire
que l'on juge en matière de choix et de refus. En outre,
parmi les recherches que l'on mène, les unes portent sur
les réalités, les autres concernent simplement leur déno-
mination [14].

Voilà ce que l'on peut dire d'élémentaire sur la division
de la philosophie et le critère.

Mais il est temps de passer à la lettre.

Lettre à Hérodote

[35] Épicure, à Hérodote, salut.

À l'attention de ceux qui ne peuvent pas, Hérodote, examiner avec précision chacun des points de ce que j'ai écrit sur la nature, ni étudier de près, parmi mes livres, les plus longs que j'ai composés, j'ai en outre préparé un abrégé de la totalité de la doctrine, de sorte qu'ils gardent suffisamment en mémoire les thèses les plus générales, afin qu'en toutes circonstances, concernant ce qui est vraiment fondamental [1], ils puissent s'aider eux-mêmes, dans la mesure où ils s'attachent à l'étude de la nature. Quant à ceux qui sont allés suffisamment loin dans l'observation de la totalité des choses, ils doivent eux aussi mémoriser le schéma [2] de la totalité de la doctrine, réduit aux éléments de base. Nous avons en effet besoin sans interruption de l'appréhension [3] d'ensemble, ce qui n'est pas le cas de l'appréhension du détail [4].

[36] Il faut donc progresser dans cette direction-là continuellement, faire entrer dans notre mémoire ce qui nous permettra d'appréhender ce qu'il y a de vraiment fondamental dans la réalité des choses et, tout à la fois, d'accéder à la connaissance précise et complète du détail, dès lors que les schémas les plus généraux auront été correctement saisis et mémorisés ; car c'est grâce à cela que même celui qui a achevé son apprentissage peut accéder à ce qu'il y a de vraiment fondamental dans la connaissance précise de toutes choses : pouvoir rapidement faire usage des appréhensions, et cela <*> en les rapportant à des données élémentaires et à des termes simples. On ne peut en effet se représenter la suite ininter-

rompue [5] que forme le parcours continu de la totalité [6], si l'on n'est pas capable d'embrasser en soi-même, en des termes brefs, tout ce qui a été aussi examiné en détail avec précision.

[37] Partant de là, une telle méthode étant profitable à tous ceux qui sont devenus des familiers de la science de la nature, parce que je prescris dans ce domaine une activité continue et que, grâce à une telle activité, je me trouve dans la plus parfaite sérénité [7], j'ai aussi voulu faire un abrégé de ce type, c'est-à-dire présenter les éléments de base des thèses d'ensemble.

Il faut tout d'abord saisir, Hérodote, ce qui est posé sous les expressions verbales, de sorte que l'on puisse, en s'y rapportant, juger de ce qui est objet d'opinion, de recherche ou d'embarras, et pour empêcher que, pour nous, tout soit indistinct [8] à cause de démonstrations menées à l'infini, ou pour empêcher que nous n'ayons que des expressions vides. [38] Nécessairement, en effet, sous chaque expression verbale est perçue la notion première et celle-ci ne demande aucune démonstration supplémentaire, si toutefois nous devons disposer de l'objet de recherche ou d'embarras et de l'objet d'opinion auxquels nous rapporter.

Il faut en outre s'assurer de toutes choses en s'en remettant aux sensations et, d'une manière générale, aux appréhensions du moment – qu'elles soient le fait de la pensée ou de n'importe quel autre critère – et semblablement aux affections présentes, de sorte que nous soyons en mesure d'inférer à partir de signes aussi bien ce qui attend d'être confirmé que le non-manifeste.

Ces points étant distinctement établis, il faut désormais considérer globalement le non-manifeste. Il faut voir, tout d'abord, que rien ne naît du non-être, car tout naîtrait de tout, sans jamais requérir aucune semence en supplément. [39] Et si d'autre part ce qui disparaît se détruisait et passait dans le non-être, toutes les choses seraient anéanties, puisque ce dans quoi elles se décomposeraient n'est pas. De plus, le tout a toujours été tel qu'il est maintenant, et il sera toujours tel. En effet, il n'y a rien en quoi il change. En dehors du tout, en effet, il n'y a rien qui, étant passé en lui, produirait le changement [9].

Mais, en outre, [*cela il le dit aussi dès le début de son* Grand Abrégé *et au premier livre de son* Sur la nature [10]] le tout est <corps et vide> [11]. Car que les corps soient, la sensation elle-même l'atteste dans tous les cas, et c'est à elle qu'il faut se référer pour faire, par raisonnement, des conjectures sur le non-manifeste, comme **[40]** je l'ai déjà dit auparavant [12]. Si, d'autre part, il n'y avait pas ce que nous appelons « vide », « place » et « nature intangible » [13], il n'y aurait nul endroit où les corps pourraient être, ni au travers duquel ils pourraient se mouvoir, comme il apparaît clairement qu'ils le font. En dehors d'eux [14], on ne saurait même concevoir aucune des choses – ni par saisie directe ni par analogie avec ce qui est directement saisi – que l'on tient pour des natures complètes, par opposition à ce que nous appelons des accidents ou des propriétés de ces natures.

De plus, [*et cela il le dit également au premier livre de son* Sur la nature*, dans les livres XIV et XV, et dans son* Grand Abrégé,] parmi les corps, les uns sont **[41]** des composés et les autres ceux dont les composés sont faits. Or ces seconds corps sont insécables [15] et immuables, puisque tout n'est pas voué à se détruire dans le non-être, et que ce qui résiste subsiste dans la dissolution des composés, ayant une nature pleine et ne pouvant être dissous en quelque endroit ni de quelque manière que ce soit. De sorte que les principes sont nécessairement des natures insécables <constitutives> des corps [16].

Mais, en outre, le tout est illimité. Ce qui est délimité a en effet une extrémité ; or ce qui a une extrémité est vu à côté de quelque chose d'autre. De sorte que, n'ayant pas d'extrémité, il n'a pas de limite ; or, n'ayant pas de limite, il sera illimité et non pas délimité.

De plus, c'est par le nombre des corps que le tout est illimité **[42]**, ainsi que par la grandeur du vide. Si en effet le vide était illimité et les corps, de leur côté, en nombre défini, les corps ne demeureraient nulle part, mais seraient emportés, dispersés au travers du vide illimité, ne trouvant rien qui puisse, par le jeu des chocs, les soutenir ni les arrêter. Et si le vide était limité, les corps en nombre illimité n'auraient aucun endroit dans lequel ils puissent trouver place.

En plus de cela, ceux des corps qui sont insécables et compacts, à partir desquels les composés sont engendrés et auxquels les réduit leur dissolution, ne peuvent être saisis globalement, à cause de leurs différences de formes ; il n'est pas possible en effet que tant de différences naissent des mêmes formes saisies dans leur globalité. Et si l'on considère chaque configuration, les atomes semblables sont absolument illimités en nombre, alors que du point de vue de leurs différences respectives ils ne sont pas absolument illimités, mais seulement impossibles à saisir dans leur globalité. [*Il dit plus bas que la division, elle non plus, ne saurait se poursuivre à l'infini. Il dit encore, puisque les qualités changent :*] **[43]** si l'on ne veut pas les renvoyer absolument à l'infini du point de vue de leurs grandeurs également [17].

En outre, les atomes se meuvent de manière continue [*Il dit d'ailleurs plus bas* [18] *qu'ils se meuvent aussi à vitesse égale, le vide offrant le même défaut de résistance au plus léger et au plus lourd.*] et cela éternellement, les uns <*> [19] se tenant à grande distance les uns des autres, alors que les autres au contraire maintiennent leur vibration lorsqu'ils se trouvent enfermés par leur enchevêtrement ou enveloppés par des atomes enchevêtrés. **[44]** Car la nature du vide, qui sépare chacun d'eux en lui-même, permet cela, parce qu'elle n'est pas à même de fournir un appui. La solidité propre aux atomes, dans le choc, les fait rebondir en vibrant, pour autant que l'enchevêtrement permette, à la suite de ce choc, le retour à la position antérieure. Il n'y a pas de commencement à ces mouvements, les atomes et le vide étant éternels [20].

[Il dit plus bas que les atomes n'ont aucune qualité, excepté forme, grandeur et poids. Il dit d'autre part dans les Douze éléments *que la couleur change selon la position des atomes. Il dit aussi qu'ils n'atteignent pas toute grandeur ; jamais en tout cas aucun atome n'a été perçu par la sensation.]*

[45] Un propos de cette longueur, dès lors que tout a été mémorisé, livre un schéma suffisant pour concevoir la nature des êtres.

Mais, en outre, les mondes sont illimités en nombre, les uns semblables au nôtre, les autres dissemblables. Les atomes, en effet, étant illimités en nombre, comme cela vient d'être démontré, ils sont transportés même jusqu'aux lieux les plus éloignés. Car de tels atomes, à partir desquels peut naître un monde ou sous l'effet desquels un monde peut être produit, n'ont été épuisés ni par un seul monde, ni par un nombre limité de mondes, ni par ceux qui sont semblables au nôtre, ni non plus par ceux qui diffèrent de ces derniers. Par conséquent, il n'y a rien qui fasse obstacle à l'infinité des mondes.

[46] De plus, il y a des empreintes, de même forme que les solides, qui, du fait de leur subtilité, sont très éloignées des choses apparentes. Il n'y a pas d'impossibilité, en effet, que se produisent de telles émanations dans le milieu environnant, ni que soient réalisées les conditions appropriées à la formation de structures creuses et subtiles, ni non plus que des effluves conservent à l'identique l'ordre de succession et de marche qu'ils avaient précisément dans les corps solides. Et ces empreintes, nous les appelons des simulacres [21].

De plus, leur déplacement à travers le vide, quand il s'effectue sans rien rencontrer qui lui fasse obstacle, accomplit en un temps inconcevable tout parcours imaginable. La présence et l'absence d'obstacle, en effet, sont respectivement assimilables à la lenteur et à la vitesse.

[47] Assurément, dans les périodes de temps observables par la raison, un corps en déplacement ne parvient pas dans plusieurs lieux simultanément – car c'est impensable –, même si, arrivant avec d'autres corps dans un temps perceptible par les sens depuis n'importe quel endroit de l'illimité, il effectuera son trajet sans que l'on puisse assigner à ce dernier un point de départ qui permettrait de saisir le déplacement [22]. Car il en ira comme lorsqu'il y a obstacle, et cela même si nous avons supposé jusqu'à présent que la vitesse du déplacement ne rencontrait pas d'obstacle [23]. Il est utile, assurément, de retenir également cet élément [24].

Ensuite, que les simulacres soient d'une subtilité insurpassable, rien de ce qui apparaît ne le conteste. De là vient que leur vitesse également est insurpassable, tous trouvant un passage proportionné, outre que rien, ou presque, ne fait obstacle à leur émission, alors qu'une multiplicité d'atomes, voire une infinité, rencontrent aussitôt quelque obstacle.

[48] En plus de cela, il est également incontestable que la naissance des simulacres se produit en même temps que la pensée [25]. Depuis la surface des corps, en effet, se produit un flux continu – qu'aucune diminution ne rend manifeste, étant donné qu'il y a remplissage compensatoire –, qui préserve très longtemps la position et l'ordre qui étaient ceux des atomes sur le corps solide, même si parfois ce flux devient confus, et même si des combinaisons se forment rapidement dans l'espace environnant, parce qu'il n'est pas nécessaire que leur remplissage s'effectue en profondeur ; et de tels phénomènes peuvent aussi se produire d'autres manières [26]. Rien de tout cela, en effet, n'est contesté par les sensations, si l'on examine comment rapporter à nous les évidences [27] et les effets de sympathie qui proviennent des choses extérieures.

[49] Il faut admettre [28] également que c'est parce que quelque chose provenant de l'extérieur pénètre en nous que nous voyons les formes et que nous pensons. Les choses extérieures, en effet, ne sauraient imprimer la couleur et la forme qui leur sont naturellement propres par le moyen de l'air intermédiaire qui les sépare de nous, ni par le moyen de rayons ou de quelque flux que ce soit allant de nous à elles[29], de la manière dont elles le font, et qui s'explique par le fait que certaines empreintes pénètrent en nous, en provenance de réalités auxquelles elles sont identiques par la couleur et par la forme, en adaptant leur taille à notre vue et à notre pensée, et accomplissant des déplacements très rapides, **[50]** empreintes qui restituent ensuite, pour cette raison, l'image d'un objet un et continu, et préservent la sympathie[30] à distance du substrat, grâce à la pression proportionnée qui vient de ce dernier, et qui tient à la vibration des atomes dans la profondeur du solide.

Et l'image – de la forme ou des propriétés – que nous recevons en l'appréhendant par la pensée ou bien par les organes des sens est la forme même du corps solide, et elle se constitue en conformité avec la suite serrée du simulacre ou avec son effet résiduel[31]. Quant au faux et à l'erroné, ils résident toujours dans le fait d'ajouter un jugement à ce qui attend encore d'être attesté ou non contesté, et qui s'avère, par la suite, non attesté ou contesté, [*en vertu d'un certain mouvement en nous-mêmes, qui est lié à l'appréhension de l'image, mais qui comporte un écart, mouvement par lequel le faux se produit*[32]].

[51] Il ne saurait y avoir en effet de ressemblance entre, d'un côté, les représentations que nous recevons comme en reproduction, qu'elles naissent dans le sommeil ou selon d'autres types d'appréhensions – de la pensée ou des autres critères[33] – et, de l'autre, ce que nous qualifions d'existant et de véritable, s'il n'y avait pas en outre ce genre de choses[34], qui sont les objets que nous appréhendons. Quant à l'erreur, elle ne se produirait pas, si nous ne saisissions en outre un certain mouvement en nous-mêmes, qui est lié à l'appréhension de l'image, mais qui comporte un écart. En vertu de ce mouvement, s'il n'est pas attesté ou s'il est contesté, se produit le faux ; mais s'il est attesté ou non contesté, le vrai[35]. **[52]** Il faut donc également maintenir fortement cette thèse, si l'on ne veut pas que les critères conformes aux évidences soient détruits et que l'erreur, confortée au même titre que la vérité, provoque un trouble total.

Mais, en outre, l'audition résulte d'un souffle [36] en provenance de ce qui produit une voix, un son, un bruit ou toute autre affection auditive [37]. Ce flux se disperse en masses homogènes qui, en même temps, préservent jusqu'au bout une sorte de sympathie réciproque, une unité qui leur est propre, et celle-ci s'étire jusqu'à la source de l'émission [38] et produit dans la plupart des cas la perception qui s'y réfère, ou sinon rend seulement manifeste la présence hors de nous de cette source. [53] Car, sans une certaine sympathie qui ramène à la source dont elle provient, une telle perception ne saurait se produire. Il ne faut donc pas croire que l'air lui-même soit configuré par l'émission de la voix ou par quelque autre émission du même genre – car il s'en faudra de beaucoup qu'il soit affecté par la voix –, mais aussitôt que le choc s'effectue en nous, quand nous projetons notre voix, il donne lieu à l'expulsion de certaines masses qui constituent un flux pneumatique [39], et cette expulsion produit en nous l'affection auditive.

Il faut de plus admettre que l'odeur, tout comme l'audition, ne saurait donner lieu à quelque affection que ce soit, si des masses ne se transportaient depuis l'objet, proportionnées de manière à mouvoir l'organe sensoriel concerné, les unes susceptibles de le troubler et de l'altérer, les autres de le laisser sans trouble et de lui convenir [40].

[54] Il faut admettre également que les atomes ne présentent aucune des qualités des choses apparentes, excepté la forme, le poids et la grandeur ainsi que tout ce qui, nécessairement, accompagne naturellement la forme. Toute qualité change, en effet, tandis que les atomes ne changent en rien, puisqu'il doit précisément subsister, dans la dissolution des composés, quelque chose de solide et d'indissoluble, qui ne provoquera pas de

changement par passage dans le non-être ni à partir du non-être[41], mais par le moyen de déplacements en de multiples <corps>, et aussi par ajouts et retraits <d'atomes>. Il est pour cette raison nécessaire que les corps qui ne connaissent pas[42] de déplacements internes soient indestructibles et n'aient pas la nature de ce qui change, mais qu'ils aient des masses et des configurations propres, car cela[43] aussi doit nécessairement subsister.

[55] Et quand dans l'expérience courante, en effet, un corps change de forme par érosion de sa périphérie, nous saisissons que la forme y reste présente ; alors que les qualités, dans ce qui change, ne restent pas présentes comme la forme y demeure, mais disparaissent du corps tout entier. Ces <corps> qui subsistent suffisent donc à produire les différences entre les composés, puisqu'il est nécessaire que quelques-uns subsistent et ne soient pas détruits en se résorbant dans le non-être.

Mais il ne faut pas non plus croire que toute grandeur se trouve dans les atomes, afin que les choses apparentes n'opposent pas contestation. Il faut seulement admettre qu'il y a certaines variations de grandeurs. En ajoutant cela, en effet, on rendra mieux compte de ce qui relève des affections et des sensations. [56] D'autre part, il n'est pas besoin que toutes les grandeurs soient pour qu'il y ait des différences entre les qualités ; et il faudrait en même temps que des atomes nous soient finalement visibles, ce que l'on ne voit pas se produire, et l'on ne peut pas concevoir comment un atome pourrait devenir visible[44].

En plus de cela, il ne faut pas croire qu'il y ait, dans un corps défini, des masses <en nombre> illimité, ou atteignant n'importe quelle taille.

En conséquence, il faut non seulement rejeter la division à l'infini vers le plus petit – afin de ne pas priver toutes choses de force et pour que, dans notre saisie globale des agrégats, nous ne soyons pas dans la nécessité, en comprimant les êtres, de les épuiser jusqu'au non-être –, mais encore se garder de croire que, dans les corps définis, le passage <d'une partie à l'autre> se produise à l'infini et vers le plus petit [45].

[57] En effet, si l'on nous dit qu'un nombre infini de masses, ou bien des masses atteignant n'importe quelle taille se trouvent dans un corps donné, il n'est pas possible de le concevoir. Comment, de plus, un tel corps pourrait-il être limité en grandeur ? Il est clair en effet que ces masses en nombre illimité sont d'une taille déterminée et que, quelle que soit leur taille, la grandeur <du corps> [46] serait également illimitée. En outre, puisque ce qui est limité a une extrémité discernable, même si elle ne peut être considérée <comme existant> par elle-même, il n'est pas possible de ne pas concevoir la partie qui lui succède comme ayant la même caractéristique et, ainsi, en progressant de proche en proche, <il n'est pas possible non plus> d'en venir par la pensée, de cette manière, à l'existence de l'illimité [47].

[58] Pour ce qui est du *minimum* sensible, il faut songer attentivement au fait qu'il n'est pas de même ordre que ce qui admet le passage <d'une partie à l'autre> [48], et qu'il n'en est pas non plus totalement dissemblable, mais il a quelque chose en commun avec ce qui admet ces passages, sans qu'on y discerne toutefois de parties. Mais quand, à cause de la ressemblance induite par ce caractère commun, nous croyons y discerner quelque partie – celle-ci étant de ce côté-ci et celle-là de l'autre –, nécessairement s'impose à nous ce constat qu'il y a égalité de grandeur [49]. Nous nous représentons ces parties l'une à la suite de l'autre en partant de la première, non pas comme étant dans un même <lieu> ou comme étant en contact mutuel par leurs propres parties, mais en tant qu'elles donnent, chacune d'elles étant prise dans sa singularité, une mesure aux grandeurs : le plus pour ce qui est plus grand ; le moins pour ce qui est moins grand [50].

Il faut admettre que cette analogie [51] s'applique aussi au *minimum* dans l'atome. [59] Il est bien clair en effet que celui-ci diffère par sa petitesse du *minimum* considéré du point de vue de la sensation mais que la même analogie s'applique. Dès lors en effet que nous avons posé que l'atome avait une grandeur, nous l'avons qualifié d'après cette analogie, ne faisant que projeter au loin quelque chose de petit [52].

En outre, il faut admettre que les limites minimales et incomposées des grandeurs procurent l'unité de mesure, elles-mêmes valant comme entités premières, par laquelle nous mesurons les grandeurs plus ou moins grandes, dès lors que nous considérons par la raison les réalités invisibles. Il suffit en effet, pour parvenir à ce résultat, d'invoquer le caractère commun qu'elles partagent avec ce qui n'admet pas de changement [53]. En revanche, qu'elles se rassemblent et soient dotées de mouvement, cela ne peut assurément se produire.

[60] De plus, dans l'illimité, il ne faut pas affirmer que ce qui est haut et ce qui est bas sont respectivement le plus haut et le plus bas. Nous savons cependant que la région située au-dessus de notre tête depuis l'endroit où nous nous tenons – région qui peut s'étendre à l'infini tout comme ce qui est au-dessous d'un point qu'on s'est donné en pensée – ne nous apparaîtra jamais comme étant en même temps en haut et en bas par rapport au même point. C'est en effet impossible à concevoir. Aussi pouvons-nous supposer mentalement un déplacement unique vers le haut à l'infini et un autre vers le bas, même si, maintes et maintes fois, ce qui se déplace depuis le lieu où nous sommes vers le lieu qui est situé au-dessus de notre tête arrive aux pieds des êtres qui nous surplombent, ou ce qui se déplace depuis le lieu où nous sommes vers le bas, au-dessus de la tête des êtres situés au-dessous de nous. Car le déplacement dans sa globalité n'en est pas moins conçu comme allant à l'infini, dans des directions opposées pour l'un et l'autre <des deux mouvements> [54].

[61] De plus, les atomes ont nécessairement la même vitesse quand ils se portent à travers le vide et que rien ne leur fait obstacle. En effet, ceux qui sont lourds ne seront pas emportés plus vite que ceux qui sont petits et [55] légers, tout au moins quand rien ne les rencontre. De même, les petits, trouvant tous un passage proportionné [56], n'iront pas plus vite que les grands, quand du moins rien, là encore, ne fait obstacle à ces derniers. Il n'y aura pas non plus de différence de vitesse selon qu'il s'agit de déplacement vers le haut, de déplacement oblique dû aux collisions, ou de déplacement vers le bas du fait du poids propre des atomes. Car pour autant que l'atome retienne l'un ou l'autre de ces mouvements, il se déplacera aussi vite que la pensée [57], jusqu'à ce que quelque chose fasse obstacle à la force de ce qui l'a heurté, que cela vienne de l'extérieur ou de son poids propre.

[62] Mais en outre, concernant les composés, on dira que l'un est plus rapide que l'autre, bien que les atomes aient la même vitesse [58]. Cela tient au fait que les atomes contenus dans les agrégats se portent vers un lieu unique dans le *minimum* de temps continu – même si ce n'est pas vers un unique lieu dans les temps observables par la raison, car ils se font obstacle sans interruption, jusqu'à ce que la continuité du déplacement tombe sous la sensation. Car ce qui est ajouté par le jugement à propos de l'invisible – à savoir que les temps observables par la raison, eux aussi, auraient la continuité du déplacement en question – n'est pas vrai dès lors qu'on considère de tels corps, puisque, aussi bien, tout ce qui est observé ou saisi par appréhension à l'aide de la pensée est vrai [59].

[63] Après cela, il faut considérer globalement – en nous référant aux sensations et aux affections, car c'est ainsi que notre conviction sera la plus ferme – que l'âme est un corps composé de parties subtiles, disséminé dans la totalité de l'agrégat, qu'elle est très semblable à du souffle contenant un certain mélange de chaud et qu'elle est semblable au premier sous certains aspects et au second sous d'autres. Il y a aussi une partie qui diffère beaucoup de ces mêmes éléments, à cause de sa subtilité, et qui est, de ce fait, en sympathie plus étroite avec le reste de l'agrégat [60]. Tout cela nous apparaît clairement si l'on considère les facultés de l'âme, ses affections, sa facilité à se mouvoir, ses réflexions et ce dont nous sommes privés quand nous mourons.

[64] Et en outre, il faut avoir à l'esprit que la cause principale de la sensibilité se trouve dans l'âme. Assurément elle n'aurait pas la sensibilité si elle n'était pas, d'une certaine manière, recouverte par le reste de l'agrégat. Mais le reste de l'agrégat, qui lui a procuré cette fonction causale, reçoit de l'âme en partage, lui aussi, ce type d'accident, mais pas tous ceux qu'elle possède. Aussi, une fois que l'âme s'en est détachée, n'a-t-il plus la sensibilité. Il ne possède pas, en effet, cette faculté en lui-même, mais il la procure à une autre instance, née en même temps que lui. Celle-ci, par l'intermédiaire de la puissance qui s'est constituée autour d'elle, produisant aussitôt pour elle-même, par son mouvement, cet accident qu'est la sensibilité, le lui donne également en retour, [65] grâce à leur voisinage et à leur sympathie réciproque, ainsi que je l'ai dit [61].

C'est pourquoi également, tant que l'âme est à l'intérieur du reste de l'agrégat, jamais elle ne cessera de sentir, même si une partie de celui-ci s'est détachée. Mais supposons qu'une partie de l'âme elle-même soit corrélativement détruite, du fait de la destruction totale [62] ou partielle de ce qui la recouvre : si malgré cela l'âme subsiste, elle conservera la sensibilité. En revanche, quand le reste de l'agrégat subsiste, que ce soit en totalité ou en partie, il n'a plus la sensibilité, si s'en est détachée la somme des atomes, quel qu'en soit le nombre, dont la tension commune constitue la nature de l'âme. En outre, quand la totalité de l'agrégat s'est dissoute, l'âme se disperse [63], n'a plus les mêmes facultés et ne se meut plus, de sorte qu'elle est également privée de sensibilité.

[66] En effet, on ne peut pas non plus concevoir que cette chose [64] ait la sensibilité si elle ne se trouve pas dans cette organisation, ni qu'elle puisse exercer ces mouvements quand ce qui la recouvre et l'enveloppe n'a plus les caractéristiques qui font que l'âme, en s'y trouvant actuellement, possède ces mouvements.

Mais il y a aussi le point suivant, [*il dit ailleurs qu'elle est composée des atomes les plus lisses et les plus arrondis, qui diffèrent considérablement des atomes de feu. Il dit aussi qu'il y a en elle une partie irrationnelle disséminée dans le reste du corps, tandis que la partie rationnelle est dans la poitrine, comme le montrent clairement les états de frayeurs ainsi que la joie. Il dit aussi que le sommeil survient quand les parties de l'âme qui sont disséminées dans la totalité du composé y sont maintenues ou se portent çà et là, puis se concentrent sous l'effet des impacts. Quant à la semence, il dit qu'elle provient de toutes les parties du corps* [65]] **[67]** auquel il faut réfléchir : on parle d'incorporel, selon l'usage le plus répandu du terme, à propos de ce qui peut être conçu comme existant par soi ; or il n'est pas possible de concevoir comme existant par soi ce qui est incorporel, à l'exception du vide ; or le vide ne peut ni agir ni pâtir : il permet seulement que les corps, en le traversant, soient mis en mouvement. Aussi ceux qui prétendent que l'âme est incorporelle tiennent-ils des propos dénués de sens. Elle serait en effet incapable d'agir ou de pâtir, si elle était telle. Or on discerne de manière évidente que ces deux accidents concernent l'âme. **[68]** Ainsi, l'on constatera que tous ces arguments sur l'âme, si on les rapporte aux affections et aux sensations tout en gardant en mémoire ce qui a été dit en commençant, sont suffisamment embrassés dans nos schémas [66] pour qu'à partir de ces arguments, les points particuliers soient fermement établis par un examen détaillé.

En outre, les formes, les couleurs, les grandeurs, les poids et tout ce qui qualifie un corps à titre de propriétés [67], ou bien de tous les corps ou bien des corps visibles et connaissables par la sensation que l'on a d'eux, il ne

faut pas juger que ce sont des natures existant par soi
[69] – car il n'est pas possible de le concevoir – ni que
ces propriétés n'existent absolument pas, ni que ce sont
des choses différentes, des incorporels, qui s'ajouteraient
au corps, ni qu'elles sont des parties de ce dernier. Il faut
juger en revanche, d'une part, que la totalité du corps
dans son ensemble tire de toutes ces propriétés la permanence de sa nature propre et, d'autre part, ne peut être
produit par leur convergence – comme cela se produit
quand les masses elles-mêmes constituent un agrégat plus
grand, qu'il s'agisse des constituants premiers ou bien
simplement de grandeurs inférieures à cette totalité
quelle qu'elle soit –, mais seulement, comme je le dis,
qu'il tire de toutes ces propriétés la permanence de sa
nature propre. Et toutes ont leurs modes d'appréhension
et de discrimination propres, même si l'agrégat les
accompagne et n'en est jamais séparé, le corps étant en
fait qualifié en fonction de la notion cohésive [68] que l'on
en a.

[70] De plus, adviennent souvent dans les corps, sans
les accompagner en permanence, <*> des accidents qui
ne font pas partie des êtres invisibles et qui ne sont pas
non plus des incorporels. Ainsi, en prenant ce mot
<d'« accident »> dans l'usage le plus commun, nous
montrons clairement que les accidents ne sont pas de
même nature que le tout que nous appelons « corps » en
le comprenant comme un agrégat. Nous montrons également qu'ils ne sont pas de même nature que les propriétés qui l'accompagnent en permanence, propriétés sans
lesquelles un corps ne peut être conçu. Chacun d'eux sera
désigné en vertu de certaines appréhensions – l'agrégat
l'accompagnant –, **[71]** mais cela durant le temps – quel
qu'il soit – où l'on observe que chacun survient, puisque
les accidents n'accompagnent pas le corps en
permanence.

Et il ne faut pas expulser hors de l'être cette évidente
réalité [69], sous prétexte qu'ils n'ont pas la nature du tout
auquel ils adviennent – et que nous appelons précisément

« corps » – ni la nature de ce qui l'accompagne de manière permanente [70]. Et il ne faut pas admettre non plus, à l'inverse, qu'ils existent par soi – car cela, on ne peut le concevoir, ni dans leur cas ni dans celui des propriétés permanentes –, mais il faut admettre, et c'est bien ce qui nous apparaît aussi, que tous les accidents existent en fonction des corps, qu'ils ne les accompagnent pas en permanence et qu'ils n'ont pas non plus par eux-mêmes le rang d'une nature, mais il faut les observer à la manière dont la sensation elle-même produit leur particularité [71].

[72] De plus, il faut profondément méditer ce qui suit : sur le temps, il ne faut assurément pas mener la recherche comme on le fait sur toutes ces autres choses que nous recherchons dans un substrat en les rapportant aux préconceptions que nous percevons en nous-mêmes, mais il faut procéder par analogie en nous référant à l'évidence même qui nous fait déclarer le temps long ou bref, et à laquelle nous nous rapportons comme à quelque chose qui nous est apparenté. Et il ne faut pas prendre à la place d'autres expressions que l'on estimerait meilleures, mais se servir à propos du temps de celles qui existent. Il ne faut pas non plus le qualifier par quelque autre caractère, supposé avoir la même essence que cette propriété particulière. Certains le font en effet. Mais il faut se contenter de prendre principalement en compte ce à quoi nous relions ce caractère propre et par quoi nous le mesurons. [73] En effet, cela ne requiert pas que l'on fasse une démonstration supplémentaire, mais que l'on prenne en compte le fait que nous le relions aux jours et aux nuits, et à leurs parties, et de même aussi aux affections et aux absences d'affections, aux mouvements et aux repos, concevant en retour, à propos de ces choses, un certain accident particulier, cela même à quoi nous nous référons quand nous employons le mot « temps ». [*Il dit cela aussi dans le livre II de son* Sur la nature *et dans son* Grand Abrégé [72].]

En plus de ce que l'on a déjà dit, il faut admettre que les mondes, ainsi que chaque composé limité étroitement similaire aux réalités observées, ont été engendrés à partir de l'infini, toutes ces choses s'étant formées par séparation à partir de rassemblements particuliers plus ou moins grands ; et admettre qu'à l'inverse toutes subissent la dissolution, les unes plus vite et les autres plus lentement, les unes sous l'effet de telles causes, **[74]** les autres sous l'effet de telles autres [73]. [*Il est donc clair que les mondes, ainsi qu'il le dit, sont également sujets à destruction, puisque les parties qui les composent changent ; et il dit ailleurs que la Terre est soutenue par l'air.*]

Et en outre, il faut admettre qu'il n'est pas nécessaire que les mondes aient une configuration unique <*> [*mais encore qu'ils sont différents, dit-il au livre XII de son* Sur la nature. *Les uns en effet sont sphériques, d'autres ovoïdes et d'autres ont d'autres formes. Ils ne prennent pas cependant toutes les formes. Il n'existe pas non plus de vivants qui se soient séparés de l'infini* [74]]. Personne, en effet, ne pourrait démontrer que tel monde ne saurait contenir aussi des semences capables de donner naissance aux animaux, aux plantes et à tout le reste de ce que l'on observe, tandis que tel autre ne pourrait pas en être privé. [*Et ils se sont développés ainsi. Il faut admettre que cela s'est passé de la même manière sur la Terre* [75].]

[75] Mais il faut encore supposer que la nature, en toutes sortes de domaines, a été instruite et contrainte par les faits eux-mêmes ; que le raisonnement, par la suite, précise les prescriptions de la nature et y ajoute ses propres découvertes, plus ou moins rapidement selon les cas, et, selon les périodes <*>, <accomplissant des progrès> plus ou moins importants.

De là également, le fait que les noms ne soient pas nés, à l'origine, par l'institution de conventions. En réalité, dans leurs natures mêmes, les hommes éprouvant, selon chaque peuple, des affections particulières et recevant des représentations particulières, projettent d'une manière particulière l'air émis par chacune des affections et des représentations, de sorte qu'à un moment donné la différenciation se fait aussi en vertu des lieux occupés par les différents peuples [76]. **[76]** Par la suite, selon chaque peuple, les particularités ont été instituées par convention commune [77], afin que les informations que les hommes se donnent les uns aux autres soient moins équivoques et plus concises. Quant aux réalités qui ne sont pas immédiatement perceptibles, ceux qui les apercevaient, en les convoquant, recommandèrent certaines expressions verbales. Pour certaines, ils furent contraints par la nécessité de les exprimer, mais pour les autres, ils les choisirent par raisonnement, suivant le motif le plus déterminant qu'ils avaient de s'exprimer ainsi [78].

De plus, en ce qui concerne les phénomènes célestes, il ne faut pas croire que le déplacement, le solstice, l'éclipse, le lever, le coucher des astres et les faits du même ordre se produisent parce que quelqu'un en aurait la charge, en fixerait ou en aurait fixé l'ordonnancement, tout en possédant la béatitude totale **[77]** jointe à l'incorruptibilité [79] (en effet, embarras, préoccupations, emportements et faveurs ne s'accordent pas avec la béatitude, mais proviennent de la faiblesse, de la peur et du fait de dépendre du voisin). Et il ne faut pas non plus croire que des êtres qui ne sont qu'une concentration de feu disposent de la béatitude et se chargent volontairement de ces mouvements [80]. Il faut au contraire préserver toute la majesté du divin dans tous les termes que l'on applique à de telles notions, si l'on ne veut pas que de celles-ci dérivent des opinions contraires à cette majesté. Si nous ne le faisons pas, cette contradiction même installera le plus grand trouble [81] dans les âmes. Par suite, il faut juger que c'est de l'emprisonnement originel de ces rassemblements à la naissance du monde que dépend l'accomplissement de cette « nécessité » et de ce « circuit » [82].

[78] De plus, il faut admettre qu'examiner de près la raison des faits vraiment fondamentaux est la tâche propre de la science de la nature, et que la béatitude, dans la connaissance des phénomènes célestes, se trouve là, ainsi que dans le fait de savoir, lorsqu'il s'agit de ces phénomènes, quelles sont les natures que l'on observe et tout ce qui est apparenté, et dont la connaissance concourt à l'examen précis mené en vue de cette fin [83]. Il faut admettre en outre qu'il n'y a pas de pluralité d'explications sur ces sujets [84], ni que les choses soient susceptibles d'être autrement : il n'y a au contraire tout simplement rien, dans une nature incorruptible et bienheureuse, de ce qui peut susciter la dispute ou le trouble. Et l'on peut comprendre, en y réfléchissant, qu'il en va tout simplement ainsi.

[79] Toutefois ce qui relève de l'enquête sur le coucher et le lever, le solstice, l'éclipse et tous les faits qui leur sont apparentés, ne conduit plus en rien vers la béatitude que procure la connaissance. Au contraire, ceux qui se consacrent à l'étude de ces faits tout en ignorant leurs natures et les causes vraiment fondamentales, éprouvent les mêmes peurs que s'ils n'avaient pas ce supplément de connaissance. Peut-être même en éprouvent-ils plus encore, quand la stupeur que suscitent les considérations supplémentaires sur ces objets ne peut être dissipée par la compréhension ordonnée des faits vraiment fondamentaux.

Voilà pourquoi, même quand nous trouvons plusieurs causes aux solstices, aux couchers, aux levers, aux éclipses et à ce qui se produit de cette manière, comme c'est aussi le cas dans le détail des événements, **[80]** il ne faut pas croire que l'usage que nous faisons de ces connaissances manque de la précision suffisante pour nous conduire à l'absence de trouble et à la béatitude. Par conséquent, il faut rechercher les causes relatives aux phénomènes célestes et à tout ce qui n'est pas manifeste en comparant et en dénombrant toutes les manières dont se produit, dans l'expérience courante, ce qui est semblable [85], dédaignant ceux qui, à propos de ce qui transmet son image depuis des lieux éloignés, ne reconnaissent ni ce qui est ou se produit d'une seule manière, ni ce qui arrive de plusieurs manières, et qui ignorent en outre dans quels cas il n'est pas possible d'être sans trouble et, semblablement, dans quels cas on peut l'être. Si donc nous supposons qu'un phénomène est susceptible de se produire de telle façon particulière, nous éprouverons la même absence de trouble, en reconnaissant que cette même chose se produit de plusieurs manières, que si nous savions qu'elle se produit de telle façon particulière [86].

[81] En plus de toutes ces observations générales, il faut réfléchir à la chose suivante. Le principal trouble que connaissent les âmes humaines tient à ce qu'elles jugent que ces êtres sont à la fois bienheureux et incorruptibles, et qu'ils ont en même temps des volontés, des actions et des responsabilités, ce qui est en contradiction avec ces attributs. Il réside aussi dans le fait de toujours attendre ou suspecter quelque chose d'éternel et de terrible, en se fiant aux mythes, ou bien par peur de l'absence même de sensibilité qu'implique le fait d'être mort, comme si c'était là quelque chose qui nous concerne [87]. Il tient encore à ceci qu'elles éprouvent ces affections à la suite, non pas de jugements, mais d'une disposition irrationnelle par laquelle, faute de définir ce qui est terrible, elles sont dans un trouble égal, voire dans un trouble plus intense que celui qu'elles auraient éprouvé si elles avaient formé des jugements sur ces sujets. [82] Or l'absence de trouble, c'est le fait d'être délivré de tout cela, et de garder continuellement en mémoire la totalité de ce qui est vraiment fondamental [88].

Par conséquent, il faut appliquer notre attention aux affections du moment et aux sensations [89] – aux communes selon ce qui est commun et aux particulières selon ce qui est particulier – et à toute évidence du moment en se conformant à chacun des critères. En nous y appliquant, en effet, nous mènerons à bien l'explication correcte de l'origine du trouble et de la crainte, et nous nous en délivrerons, en recherchant les causes des phénomènes célestes aussi bien que du reste des phénomènes qui surviennent sans cesse, toutes choses qui effraient le reste des hommes au dernier degré.

[83] Voilà pour toi, Hérodote, les énoncés capitaux portant sur la nature dans sa totalité, présentés sous une forme abrégée pour que ce discours puisse être retenu avec la précision voulue. Je pense que, même si l'on ne parcourt pas tous les points jusque dans la précision du détail, on y puisera une force sans équivalent par comparaison avec le reste des hommes. Car tout à la fois, par sa seule force, il éclaircira beaucoup de points dont nous examinons le détail avec précision en nous conformant à la doctrine dans sa totalité ; et ces points eux-mêmes, installés dans notre mémoire, apporteront une aide continuelle.

Ils permettent en effet à ceux qui en examinent désormais le détail avec précision – que ce soit d'une manière simplement suffisante ou bien d'une manière complète –, en rapportant leurs analyses à des appréhensions de ce type, d'accomplir la majeure partie du parcours de la nature en sa totalité. Quant à ceux qui n'ont pas complètement mené à bien cette étude, c'est en partant de ces points-là et sans prononcer de mots qu'ils accomplissent, à la vitesse de la pensée, le parcours de ce qui est vraiment fondamental, afin d'atteindre la sérénité.

Lettre à Pythoclès

Voilà donc sa lettre sur la physique. Voici maintenant celle qui traite des phénomènes célestes.

[84] Épicure, à Pythoclès, Salut.

Cléon m'a apporté une lettre de toi dans laquelle, en accord avec l'intérêt que je te porte, tu me témoignais constamment de l'amitié et où tu essayais, non sans succès, de te remémorer les arguments qui conduisent à la béatitude et où, en outre, tu me demandais de t'envoyer un argumentaire concis et bien circonscrit au sujet des phénomènes célestes [1], afin que tu puisses te le remémorer facilement. Ce que j'ai écrit ailleurs, en effet, est difficile à se remémorer, bien que, d'après ce que tu disais, tu aies continuellement ces écrits sous la main. De mon côté, j'ai accueilli ta demande avec plaisir, animé par d'agréables espoirs. **[85]** Ainsi, après avoir écrit tout le reste, j'achève par ce que tu m'as précisément demandé : ces arguments qui seront utiles à beaucoup d'autres, notamment à ceux qui n'ont goûté que récemment à l'authentique science de la nature et à ceux qui sont accaparés par des occupations plus prenantes qu'aucune autre des occupations courantes. Saisis bien, donc, ces arguments et, les gardant en mémoire [2], parcours-les avec acuité en y associant les autres points, que j'ai adressés à Hérodote dans le *Petit Abrégé*.

En premier lieu, donc, il faut admettre que [3] la connaissance des phénomènes célestes, qu'on en traite en relation avec d'autres points ou bien par elle-même, n'a pas d'autre fin que l'absence de trouble et une ferme conviction[4], comme c'est aussi le cas dans les autres domaines. **[86]** Il ne faut ni vouloir forcer l'impossible, ni mener l'étude, en toutes choses, de la même manière que lorsque l'on traite des genres de vie, ou de l'élucidation des autres problèmes physiques, comme quand nous disons que le tout est corps et nature intangible, ou bien que les éléments sont insécables[5] et toutes choses du même ordre, qui n'ont qu'une seule manière de s'accorder avec les choses apparentes. Ce n'est précisément pas le cas des phénomènes célestes ; au contraire, ils supposent une pluralité de causes[6], qu'il s'agisse d'expliquer leur genèse, ou d'en qualifier l'essence en accord avec les sensations.

Car il faut pratiquer l'étude de la nature, non pas en se référant à des propositions vides[7] ou à des décrets arbitraires, **[87]** mais à la manière dont nous y invitent les choses apparentes. Car notre vie, en réalité, n'a pas besoin que l'on ait une opinion irraisonnée et vide, mais que nous menions une existence exempte de troubles. Tout, donc, est inébranlable, tout étant pleinement élucidé en accord avec les choses apparentes, selon le mode de la pluralité des causes, quand on laisse subsister comme il convient ce que l'on dit de vraisemblable à propos de ces faits. En revanche, quand on maintient une explication et que l'on rejette l'autre alors qu'elle s'accorde de la même manière avec ce qui apparaît, il est clair que l'on tombe du même coup en dehors du champ de la science de la nature pour sombrer dans le mythe.

Par ailleurs, des signes, concernant ce qui s'accomplit dans le ciel, nous sont donnés par certaines des choses apparentes qui se produisent près de nous[8], que l'observation révèle telles qu'elles sont, ce qui n'est pas le cas des phénomènes célestes. Ceux-ci, en effet, **[88]** peuvent se produire de plusieurs façons. Il faut cependant conserver la représentation que l'on a de chacun d'eux et la spécifier en fonction des phénomènes qui lui sont corrélés, et dont il n'est pas contesté, par ce qui se produit près de nous, qu'ils s'accomplissent de plusieurs façons.

Un monde est une portion du ciel enveloppant les astres, la terre et tout ce qui apparaît, qui constitue une section, prélevée sur l'infini, se terminant par une limite ténue ou dense – limite dont la dissolution entraînera la ruine de tout ce qu'elle contient[9] –, en rotation ou au repos, et de contour rond, ou triangulaire, ou de toute autre forme. Elle admet toutes les formes, car rien ne le conteste parmi ce qui nous apparaît dans ce monde-ci, où il n'est pas possible de concevoir quelque chose qui le termine.

[89] Que de tels mondes soient infinis en nombre, on peut le concevoir, comme aussi le fait qu'un monde de ce type puisse naître aussi bien dans un monde que dans un intermonde – c'est ainsi que nous appelons un espace intermédiaire entre des mondes –, dans un lieu en grande partie vide – mais pas dans une immensité absolument vide, comme certains le disent[10] –, certaines semences appropriées ayant afflué – depuis un unique monde ou un intermonde ou depuis plusieurs mondes –, produisant peu à peu des adjonctions, des articulations et des migrations vers un autre lieu – au gré du hasard –, ainsi que des pluies de matériaux appropriés, jusqu'à un état d'achèvement et de stabilité, à proportion de ce que peuvent recevoir les fondations qui sous-tendent la structure. [90] Il ne suffit pas, en effet, que se forme un agrégat ou un tourbillon dans un vide où, selon une certaine opinion, un monde peut, par nécessité, naître et croître jusqu'à ce qu'il se heurte à un autre, comme le dit l'un de ceux qu'on appelle « physiciens[11] », car cela est en conflit avec les choses apparentes.

Le soleil et la lune, ainsi que les autres astres, ne se sont pas trouvés enveloppés dans le monde après s'être constitués à part [*avec tout ce que celui-ci préserve*[12]], mais ils se sont immédiatement formés et développés [*tout comme la terre et la mer*[13]], grâce à des apports et à des tourbillonnements de natures subtiles[14], faites soit de souffle, soit de feu, soit de la combinaison des deux.

Car qu'il en ait été ainsi, c'est encore ce que la sensation suggère.

[91] La taille du soleil et de la lune[15] et des autres astres, considérée de notre point de vue, est telle qu'elle apparaît[16]. [*Ce point figure également au livre XI de son* Sur la nature. *Il dit : Si, en effet, leur taille diminuait à raison de la distance, la luminosité diminuerait bien plus encore, car il n'y a aucune distance dont la dimension soit plus adaptée à cette <taille>*[17].] Mais, considérée en elle-même, elle est, soit supérieure à celle que l'on voit, soit un peu plus petite, soit égale. C'est ainsi, en effet, que les feux qui se trouvent près de nous, lorsqu'ils sont vus à une certaine distance, sont observés selon la sensation. Et toute difficulté dans ce domaine sera facilement résolue, si l'on s'en remet aux faits évidents, ce que nous montrons dans nos livres *Sur la nature*.

[92] Les levers et couchers du soleil[18] et de la lune et des autres astres peuvent se produire aussi bien par inflammation que par extinction, l'environnement, dans chacun des deux cas, étant propice à l'accomplissement des phénomènes susdits. Aucune des choses apparentes, en effet, ne le conteste. Il se pourrait aussi que le phénomène en question se produise par apparition au-dessus de l'horizon terrestre, puis, à nouveau, occultation. Rien non plus, en effet, parmi les choses apparentes, ne le conteste.

Pour ce qui est de leurs mouvements, il n'est pas impossible qu'ils soient produits par le tourbillon du ciel en son entier ; ou bien celui-ci est en repos, et ceux-ci sont emportés dans un tourbillon dû à la nécessité originaire, depuis l'engendrement du monde, **[93]** quand ils se levèrent dans le ciel[19]. <*> par une chaleur excessive, ou bien encore par une extension du feu se propageant sans cesse aux lieux les plus proches.

Les retours du soleil et de la lune[20] peuvent être dus à une inclinaison du ciel[21], contraint périodiquement d'adopter cette position ; de même encore, ils peuvent être dus à une opposition de l'air, ou encore se produire

parce que leur fait défaut <par moments> la matière
dont ils ont constamment besoin, et qui s'enflamme de
proche en proche ; ou encore parce que, dès l'origine,
pour ces astres, le tourbillon a subi un tournoiement tel
qu'ils adoptent un mouvement hélicoïdal. Toutes ces
explications, en effet, et toutes celles qui leur sont appa-
rentées, ne sont en discordance avec aucun des faits évidents, si toujours, concernant ce genre d'explications
particulières, s'en tenant au possible, on est capable de
ramener chacune d'elles à l'accord avec les choses apparentes, sans se laisser impressionner par les serviles arti-
fices techniques des astronomes [22].

[94] Les phases de la lune [23], où elle se vide et se rem-
plit alternativement, pourraient s'expliquer par le renver-
sement de ce corps, ou aussi bien par les configurations
de l'air, ou bien encore par des occultations, ou encore
de toutes les manières dont les choses apparentes situées
près de nous nous invitent à rendre compte de ces formes,
pourvu qu'on se garde, parce que l'on a donné sa préfé-
rence au mode de l'explication unique, de rejeter ainsi les
autres sans fondement, en négligeant de considérer ce qui
peut être étudié par l'homme et ce qui ne le peut pas, et
en désirant ainsi étudier ce qui ne peut l'être.

En outre, il se peut que la lune tienne d'elle-même sa
propre lumière, [95] mais il se peut qu'elle la reçoive du
soleil. Et, en effet, près de nous, on observe que de nombreux corps tiennent leur lumière d'eux-mêmes, mais que
beaucoup d'autres la reçoivent d'autres corps. Et rien,
parmi les choses apparentes dans les phénomènes
célestes, n'y fait obstacle si l'on garde toujours en
mémoire le mode de la pluralité des causes et si l'on
considère ensemble les hypothèses et en même temps les
causes concordant avec ces phénomènes apparents, et
cela sans tourner le regard vers ce qui ne concorde pas
et, de cela, faire grand cas inutilement, et sans pencher
non plus d'une manière ou d'une autre vers l'explication unique.

L'apparence de visage qu'il y a sur la lune peut se former à cause de la variété de ses parties, comme aussi par occultation, et selon toutes les modalités dont on pourrait constater l'accord avec les choses apparentes. **[96]** Car tous les phénomènes célestes exigent que l'on ne renonce pas à cette méthode de recherche. Si en effet l'on entre en conflit avec les faits évidents, on ne sera jamais en mesure de participer à une authentique absence de trouble.

L'éclipse du soleil et de la lune [24] peut se produire par extinction, comme on observe également près de nous ce phénomène se produire. Cela peut encore arriver par occultation du fait d'autres corps : de la terre, ou de la lune, ou de quelque autre corps céleste de ce genre. Et de la sorte, il faut considérer ensemble les modes explicatifs mutuellement appropriés, et admettre qu'il n'est pas impossible que plusieurs concourent simultanément. [*Il dit la même chose au livre XII de son* Sur la nature *et, en plus, que le soleil s'éclipse, la lune faisant de l'ombre, et aussi la lune, du fait de l'ombre de la terre mais également par retrait.* **[97]** *Cela, Diogène l'épicurien le dit aussi au premier livre de ses* Pensées choisies [25].]

En outre, la régularité de leur révolution doit être comprise de la même manière que certains faits qui se trouvent se produire près de nous [26]. Et que la nature divine ne soit en aucun cas invoquée pour en rendre compte, mais qu'on la laisse libre de toute charge et dans son entière béatitude [27]. Car si l'on ne procède pas ainsi, l'ensemble de la recherche causale concernant les phénomènes célestes sera vaine, comme tel fut déjà le cas pour certains qui, ne s'étant pas attachés au mode possible, sont tombés dans un propos vain, pour avoir cru que toutes les choses se produisaient selon un seul et unique mode, et rejeté tous les autres modes explicatifs conformes au possible, se laissant ainsi emporter vers l'inconcevable et étant incapables de considérer globalement les choses apparentes, qu'il faut admettre à titre de signes.

[98] La longueur des jours et des nuits [28] varie, du fait de la plus grande vitesse des mouvements du soleil au-dessus de la terre ou, à l'inverse, de leur lenteur, et du fait que la longueur des espaces qu'il parcourt est variable, ou bien qu'il traverse certains espaces plus ou moins vite, comme on l'observe dans certains phénomènes qui se produisent près de nous, avec lesquels doivent concorder nos propos sur les phénomènes célestes. Mais ceux qui comprennent d'une seule manière sont en conflit avec les choses apparentes et ont échoué à s'interroger sur la manière dont l'homme peut effectivement <les> observer.

Les signes annonciateurs [29] peuvent résulter de concours de circonstances, comme cela apparaît près de nous chez les animaux, ou bien d'irrégularités et de changements de l'air. Ces deux possibilités, en effet, ne sont ni l'une ni l'autre en conflit avec les choses apparentes. **[99]** Mais dans quels cas les choses se produisent selon telle cause ou selon telle autre, il n'est pas possible d'en avoir une perception globale.

Les nuages [30] peuvent se former et se rassembler, par foulage de l'air sous l'effet de la pression des vents, ou encore par enchevêtrement d'atomes agrégés et appropriés à l'accomplissement de ce processus, ou encore par la réunion de flux venant de la terre et des eaux. Et il n'est pas impossible que les combinaisons de corps de ce genre s'accomplissent encore de bien d'autres manières. Dès lors, les eaux qui en proviennent peuvent résulter, ou bien de leur compression, ou bien de leurs changements, **[100]** ou encore d'un apport de vents se déplaçant, depuis les lieux appropriés, au travers de l'air. Une averse plus forte se produit lorsque l'eau provient de certains agrégats propres à produire des précipitations de ce genre.

Les coups de tonnerre [31] peuvent être dus à une torsion du vent dans les creux des nuages, comme cela se produit dans nos vases [32] ; ou encore à un grondement, en eux, d'un feu mêlé de vent ; ou encore se produire par déchirement et séparation des nuages ; ou encore par frottement et brisure de nuages ayant pris une consistance de même type que celle de la glace. Qu'il s'agisse de l'ensemble ou de ce point particulier, les choses apparentes nous invitent à dire que les faits se produisent de plusieurs manières.

[101] Les éclairs [33], également, peuvent se produire de plusieurs manières : par frottement et choc des nuages, la configuration productrice de feu, en s'échappant, engendre un éclair ; ou encore parce que, depuis les nuages et sous l'effet des vents, sont attisés des corps de ce genre, qui donnent cette lumière ; ou encore par expulsion, du fait de la compression des nuages, les uns par les autres ou bien sous l'effet des vents ; ou encore par enveloppement de la lumière qui, depuis les astres, se répand, puis est poussée par le mouvement des nuages et des vents, et est projetée au travers des nuages ; ou encore par un filtrage, causé par les nuages, de la lumière la plus subtile ; ou alors des nuages provenant du feu se rassemblent, tandis que des coups de tonnerre se produisent du fait également du mouvement du feu ; ou encore du fait de l'embrasement du vent, dû à l'intensité du transport et à une forte compression ; **[102]** ou encore par déchirement des nuages sous l'effet des vents et par expulsion des atomes producteurs de feu et qui produisent l'image de l'éclair. Et l'on pourra encore se représenter cela facilement par une pluralité d'autres explications, en s'en remettant toujours aux choses apparentes, et en étant capable de les considérer en conjonction avec ce qui leur est semblable.

L'éclair précède le tonnerre [34] – dans un tel rassemblement de nuages –, ou bien du fait que, en même temps que le vent s'abat, la configuration productrice de l'éclair est rejetée, et qu'après cela, le vent, en se déroulant, produit ce grondement ; ou encore par chute simultanée de l'un et de l'autre, **[103]** parce que l'éclair vient à nous avec une vitesse plus grande, alors que le tonnerre ne nous parvient qu'après, comme quand on voit de loin des gens donner des coups.

La foudre [35] peut se produire à cause de réunions plus nombreuses de vents, de leur forte compression, de leur embrasement, de l'épanchement d'une partie et de l'expulsion plus forte de celle-ci jusqu'aux lieux inférieurs, déchirement provoqué par l'accroissement, à cause du foulage des nuages, de la densité des lieux situés à proximité immédiate ; ou encore à cause de l'expulsion même du feu qui se déroule – à la manière dont le tonnerre aussi peut se produire –, ce feu étant devenu plus abondant, ayant été attisé plus fortement par le vent et ayant déchiré le nuage, faute de pouvoir se retirer vers les lieux situés à proximité immédiate, à cause du foulage [36] permanent des nuages les uns par les autres. **[104]** Et il y a encore plusieurs manières d'expliquer comment la foudre peut se produire. Que le mythe seul en soit exclu ! Et il le sera si l'on forme les inférences concernant les réalités invisibles en s'accordant convenablement avec les choses apparentes.

Les cyclones [37] peuvent se produire à cause de la descente vers les lieux inférieurs d'un nuage en colonne verticale, poussé par un vent qui le concentre, et violemment emporté par ce vent, en même temps que le vent extérieur pousse le nuage de côté ; ou encore parce que le vent adopte une disposition circulaire, alors que de l'air est poussé conjointement de haut en bas, et que se produit un afflux abondant de vents, qui ne peut s'écouler sur les côtés à cause du foulage de l'air situé tout autour. **[105]** Et lorsque le cyclone descend jusqu'à la terre, se forment des tornades, quelle que soit la façon dont le mouvement du vent a donné naissance à ce phénomène. Lorsqu'il descend jusqu'à la mer, se produisent des tourbillons.

Les séismes [38] peuvent se produire par un emprisonnement du vent dans la terre joint à sa juxtaposition avec des petites masses de terre et à un mouvement continu, ce qui provoque le tremblement de terre. Et ce vent que la terre enveloppe vient de l'extérieur ou a pour origine, dans les lieux caverneux de la terre, un effondrement des sous-sols qui expulse par une fuite de vent l'air qui s'y trouvait enfermé. Les séismes peuvent encore se produire à cause de la propagation du mouvement consécutif à la chute de nombreux sous-sols et à leur rebond, quand ils rencontrent des parties de terre denses et plus solides. [106] Et il y a encore plusieurs manières d'expliquer comment sont engendrés ces mouvements de la terre.

Il arrive que ces vents se forment quand, avec le temps, quelque élément étranger s'introduit progressivement, et par rassemblement d'une grande quantité d'eau. Les autres vents sont produits <*> par la chute, dans un grand nombre de cavités, d'un petit nombre de corps et par leur propagation [39].

La grêle [40] est produite par une congélation plus forte, par un environnement constitué d'éléments formés de vent et venant de tous côtés, et par une fragmentation ; ou encore par une congélation plus modérée d'éléments aqueux et à la fois par un déchirement, ce qui provoque en même temps leur compression et leur fractionnement, en accord avec le fait que la solidification s'accomplit simultanément par parties et dans la masse. [107] Quant à la forme arrondie du grêlon, il n'est pas impossible qu'elle soit due au fait que ses extrémités fondent de tous côtés, et parce que au moment de sa constitution, de tous côtés – comme on le dit –, des éléments formés de vent ou des éléments aqueux l'entourent de manière uniforme partie par partie.

La neige peut se produire du fait qu'une eau fine s'écoule des nuages, grâce à la proportion adaptée des passages et à la pression forte et permanente exercée par les vents sur des nuages appropriés, puis du fait que cette eau subit une congélation durant son transport, à cause d'un fort refroidissement dans les lieux situés au-dessous des nuages. Ou encore, une telle émission depuis les nuages pourrait provenir d'une congélation dans les nuages lorsque ces derniers ont une porosité uniforme, émission formée d'éléments aqueux et juxtaposés, pressés les uns contre les autres. Ceux-ci, provoquant une sorte de compression, produisent de la grêle, ce qui arrive surtout au printemps. **[108]** Ou encore, cet agrégat que forme la neige pourrait trouver son impulsion dans le frottement de nuages subissant une congélation. Et il y a encore plusieurs manières d'expliquer comment la neige peut se produire.

La rosée se produit par convergence de particules provenant de l'air, capables de produire une humidité de ce type ; ou encore, par transport depuis des lieux humides ou contenant de l'eau – c'est surtout dans ces lieux que se produit la rosée – puis, ces particules convergeant en un même point, elles produisent l'humidité et retombent jusqu'aux lieux inférieurs, de la même manière exactement que les faits semblables que l'on voit souvent s'accomplir près de nous. **[109]** Quant au givre, il se produit quand cette rosée subit une congélation d'un certain type à cause d'un environnement constitué d'air froid.

La glace se produit, d'une part, par expulsion hors de l'eau des atomes de configuration arrondie, d'autre part par compression de ceux dont la forme est irrégulière et anguleuse et qui se trouvent dans l'eau ; ou encore par apport extérieur de ce type d'éléments, qui, rassemblés, provoquent la congélation de l'eau.

L'arc-en-ciel est engendré par projection de la lumière solaire sur un air chargé d'eau ; ou bien par une agglomération particulière de la lumière et de l'air, qui va produire les propriétés distinctives de ces couleurs, soit toutes ensemble, soit chacune séparément. C'est alors qu'à cause de ce reflet, les parties avoisinantes de l'air vont prendre cette coloration, telle que nous la voyons, par projection de la lumière sur ses parties. **[110]** Quant à l'aspect [41] arrondi qui caractérise l'arc-en-ciel, il est dû au fait que la vue en perçoit tous les points à une distance égale, ou bien au fait que les atomes de l'air, ou ceux qui, dans les nuages, proviennent du même air, subissent une compression qui donne un composé ayant cette forme arrondie.

Le halo qui entoure la lune est dû au fait que de l'air se porte de tous côtés vers la lune, ou bien au fait que l'air repousse uniformément les flux qui proviennent de la lune, de sorte qu'il l'entoure d'un cercle de forme nuageuse et empêche en tous points qu'il se sépare, ou bien au fait qu'il repousse de tous côtés l'air situé autour de la lune de manière proportionnée, jusqu'à l'entourer de cette forme circulaire et compacte. [111] Ce phénomène se produit dans certaines parties, soit parce qu'un flux venant de l'extérieur l'a contraint à se former, soit parce que la chaleur a investi les passages appropriés jusqu'à produire cet effet.

Les comètes se produisent, soit parce que du feu se développe à certains moments dans certains lieux des espaces célestes, dans des circonstances données ; soit parce que à certains moments le ciel est affecté, au-dessus de nous, d'un mouvement particulier, de sorte que de tels astres font leur apparition ; soit parce que eux-mêmes, à certaines périodes, s'élancent du fait de circonstances particulières, arrivent dans les lieux qui nous sont proches et deviennent apparents. Leur disparition est due aux causes opposées à celles-là.

[112] Certains astres tournent sur eux-mêmes, ce qui arrive non seulement parce que cette partie-là du monde est immobile, partie autour de laquelle tourne le reste, comme le disent certains, mais encore parce qu'un tourbillon d'air forme un cercle autour d'eux, qui les empêche d'accomplir un parcours, comme le font les autres astres ; ou bien parce que la matière appropriée fait défaut à leur immédiate proximité, tandis qu'elle est présente au lieu précis où on les voit résider. Et il y a encore une pluralité de manières d'expliquer comment cela peut se produire, pourvu que l'on soit capable de

construire un raisonnement en accord avec les choses apparentes.

Que certains astres soient errants [42], si tels sont effectivement les mouvements qu'ils accomplissent, **[113]** et d'autres non, cela peut s'expliquer par le fait que, se mouvant en cercle depuis le départ [43], ils ont été contraints à se mouvoir d'une manière telle que les uns sont emportés en un même tourbillon uniforme, et les autres en un tourbillon présentant en même temps des irrégularités. Mais il se peut aussi que quelque part, dans les lieux qu'ils traversent, l'air connaisse des courants uniformes qui poussent sans interruption ces astres dans une même direction, en les embrasant uniformément, et qu'en un autre endroit les courants soient irréguliers, de sorte qu'ils produisent les variations que l'on observe. Or assigner une cause unique à ces faits, alors que les choses apparentes invitent à en invoquer plusieurs, c'est folie, et c'est la mauvaise manière de faire de ceux qui s'adonnent à la vaine astronomie et qui assignent à certains faits des explications sans fondement, chaque fois qu'ils refusent de libérer la nature divine de toute charge [44].

[114] Il nous arrive d'observer que certains astres sont distancés par d'autres, et cela s'explique parce que leur rotation est plus lente, tandis qu'ils parcourent le même cercle ; ou encore parce qu'ils se meuvent en sens contraire en étant tirés dans la direction opposée par le même tourbillon [45] ; ou encore parce que la rotation des uns s'effectue dans un lieu plus vaste, et celle des autres dans un lieu plus petit, bien qu'ils se meuvent circulairement en un même tourbillon. Mais se prononcer sur ces faits d'une manière une et définitive ne convient qu'à ceux qui veulent jouer de prodiges devant la foule.

Les astres que l'on dit « tombants » peuvent être dus dans certains cas à leur propre frottement mutuel et à une chute de matière, là où se produit une fuite de vent – comme nous le disions aussi pour les éclairs – **[115]** ; ou encore à une convergence d'atomes producteurs de feu, lorsqu'il y a une réunion de matériaux réalisant cet

effet, et à un mouvement, là où l'impulsion première a
été donnée en vertu de la convergence des atomes ; ou
encore à la réunion de vents formant des amas denses
brumeux et à l'embrasement provoqué par leur compression, puis à l'explosion provenant des éléments environ-
nants, et quelle que soit la direction de l'impulsion, c'est
là que les vents se portent. Et il y a d'autres manières de
rendre compte de la façon dont cela arrive, sans en appeler au mythe [46].

Quant aux signes annonciateurs <du temps> donnés
par certains animaux [47], ils tiennent à une pure coïncidence. Les animaux, en effet, n'exercent aucune action
nécessitante sur la production du mauvais temps, pas
plus qu'une quelconque nature divine ne se tient quelque
part en train de surveiller les sorties de ces animaux, pour
accomplir ensuite ce que ces signes annoncent. **[116]** Car
aucun être animé, si peu sensé qu'il soit, ne saurait être
atteint d'une telle folie, et encore moins l'être qui possède
le plus complet bonheur.

Ainsi, toutes ces choses, Pythoclès, garde-les en
mémoire. De la sorte, en effet, tu te tiendras éloigné du
mythe et tu seras en mesure de porter un regard global
sur les faits qui appartiennent à un même genre. Mais
surtout, consacre-toi à l'étude des principes, de l'infinité
et des points apparentés, ainsi qu'à celle des critères et
des affections, et de ce en vue de quoi nous élaborons nos
raisonnements [48]. Ce sont en effet ces vues d'ensemble,
surtout, qui te feront porter un regard global sur les
causes des faits particuliers. Quant à ceux qui n'ont pas
la passion de ces choses-là plus que tout, ils ne sauraient
en avoir une vue d'ensemble correcte, pas plus qu'ils ne
sauraient se procurer ce en vue de quoi [49] il faut les
étudier.

<DOXOGRAPHIE ÉTHIQUE
DES ÉPICURIENS, I
PAR DIOGÈNE LAËRCE>

[117] Voilà ses opinions sur les phénomènes célestes.

En ce qui concerne la conduite de la vie et la manière dont nous devons choisir certaines conduites et en refuser d'autres, il s'exprime dans ses écrits de la manière qui suit. Mais d'abord exposons ses opinions à propos du sage, et celles de ceux qui l'ont suivi.

Il y a des torts causés par les hommes, à cause de la haine, de la jalousie ou du mépris, que le sage surmonte grâce au raisonnement. Mais une fois qu'il est devenu sage, il n'est pas enclin à adopter la disposition contraire ni à la simuler. Le fait d'éprouver davantage certaines passions ne saurait l'empêcher d'accéder à la sagesse. On ne devient pas non plus sage à partir de n'importe quel état du corps, ni dans n'importe quel peuple. **[118]** Et même si par ailleurs le sage a subi la torture, il est heureux. Pourtant, au moment où il se trouve sous la torture, il gémit et se lamente. Le sage seul saura être reconnaissant, et il continuera de l'être avec ses amis, ceux qui sont présents comme ceux qui sont absents <*>. Le sage n'aura pas avec une femme de relations sexuelles que les lois interdisent, comme le dit Diogène [1] dans son *Abrégé des doctrines morales d'Épicure*. Il ne maltraitera pas non plus des serviteurs, mais aura plutôt pitié d'eux, et il pardonnera à celui d'entre eux qui fait preuve de zèle. Ils [2] ne pensent pas que le sage sera passionnément épris, ni qu'il se souciera de sa sépulture. Ils ne pensent pas non plus que l'amour soit

envoyé par les dieux, comme le dit Diogène dans <*> [3]. Le
sage ne prononcera pas non plus de beaux discours. Ils
disent qu'on n'a jamais rien gagné à l'activité sexuelle et
qu'il faut même se réjouir si on n'y a rien perdu [4]. **[119]**
De plus, le sage <se gardera de> se marier [5] et d'avoir des
enfants, comme le dit Épicure dans ses *Apories* et dans ses
livres *Sur la nature*. Mais c'est en fonction des circonstances de la vie, à un moment quelconque, qu'il se
mariera, et certains prendront des enfants à leur charge [6].
Et il ne déraisonnera pas non plus sous l'effet de la boisson,
comme le dit Épicure dans son *Banquet*.

Il ne s'occupera pas non plus de politique, comme il le
dit au premier livre de son traité *Sur les genres de vie*, et
il ne sera pas tyran. Il ne fera pas non plus le cynique,
comme il le dit au deuxième livre de son traité *Sur les
genres de vie*, et il ne mendiera pas. Et même s'il n'a plus
l'usage de ses yeux, il continuera à prendre part à la vie [7],
comme il le dit au même endroit. Mais même le sage
éprouvera de la peine, comme le dit Diogène [8] au livre Cinq
de ses *Pensées choisies*. Il citera en justice [9]. Il laissera des
écrits, mais ne prononcera pas d'éloges publics. **[120a]** Et
il veillera à ce qui lui appartient, ainsi qu'à ce qui lui appar-
tiendra dans l'avenir. Et il aimera la campagne et fera face
aux aléas de la fortune, et il ne se dépossédera pas de ce
qui lui est cher [10]. Il veillera à sa bonne réputation, juste
assez pour ne pas être objet de mépris. Plus que les autres,
il éprouvera de la joie dans l'étude [11].

[121b] Il consacrera des statues, mais d'en avoir lui-
même [12], cela lui sera indifférent. Seul le sage discutera
comme il convient de musique et de poésie, mais il ne
pratiquera pas la composition de poèmes. Aucun sage n'est
plus sage qu'un autre. Il gagnera de l'argent, mais par sa
seule sagesse, et poussé par le besoin. Il servira le
monarque, quand les circonstances le justifieront. Il se
réjouira de voir quelqu'un s'améliorer. Il fondera une école,
mais sans chercher à attirer les foules, et donnera des lectures devant de larges publics, mais pas de sa propre initia-
tive. Il affirmera également ses thèses et ne pratiquera pas

le doute. Dans son sommeil même, il restera semblable à lui-même. Et il pourra arriver qu'il meure pour un ami.

[120b] Ils [13] pensent d'autre part que les fautes sont inégales ; pour certains [14], la santé aussi est un bien, alors que, pour d'autres, elle est une chose indifférente. Le courage, par ailleurs, ne nous vient pas par nature, mais par un raisonnement sur ce qui est utile. L'amitié naît elle aussi en raison des besoins [15] ; il faut cependant lui donner sa première origine – car même la terre nous l'ensemençons ; et il faut la former dans la vie commune, parmi ceux qui sont comblés par les plaisirs.

[121a] Le bonheur se conçoit de deux manières : le bonheur suprême, celui que connaît le dieu, et qui ne peut varier en intensité ; et celui que l'on obtient par adjonction et soustraction des plaisirs.

Venons-en maintenant à la Lettre.

Lettre à Ménécée

[122] Épicure à Ménécée, salut.

Qu'on ne remette pas la philosophie à plus tard parce qu'on est jeune, et qu'on ne se lasse pas de philosopher parce qu'on est âgé. Il n'est en effet, pour personne, ni trop tôt ni trop tard lorsqu'il s'agit d'assurer la santé de l'âme. Or celui qui dit que le moment de philosopher n'est pas encore venu, ou que ce moment est passé, est semblable à celui qui dit, s'agissant du bonheur, que le moment n'est pas encore venu ou qu'il est passé[1]. Par conséquent, doivent philosopher aussi bien le jeune que le vieillard, celui-ci afin qu'en vieillissant il reste jeune sous l'effet des biens, par la gratitude qu'il éprouve à l'égard des événements passés, et celui-là, afin que, tout jeune qu'il soit, il soit aussi un ancien par son absence de crainte devant ce qui va arriver[2]. Il faut donc consacrer ses soins à[3] ce qui produit le bonheur, tant il est vrai que, lorsqu'il est présent, nous avons tout, et que, lorsqu'il est absent, nous faisons tout pour l'avoir.

[123] Les recommandations que je t'adresse continuellement, mets-les en pratique et fais-en l'objet de tes soins, reconnaissant en elles distinctement les éléments du bien vivre.

En premier lieu, considérant que[4] le dieu est un vivant incorruptible et bienheureux, ainsi que la notion commune du dieu en a tracé l'esquisse, ne lui ajoute rien d'étranger à son incorruptibilité, ni rien d'inapproprié à sa béatitude. En revanche, tout ce qui peut préserver en lui la béatitude qui accompagne l'incorruptibilité, juge que cela lui appartient [5]. Car les dieux existent. Évidente est en effet la connaissance que l'on a d'eux [6].

Mais ils ne sont pas tels que la plupart des hommes les conçoivent. Ceux-ci, en effet, ne les préservent pas tels qu'ils les conçoivent [7]. Est impie, d'autre part, non pas celui qui abolit les dieux de la foule, mais celui qui ajoute aux dieux les opinions de la foule, **[124]** car les déclarations de la foule à propos des dieux ne sont pas des préconceptions, mais des suppositions fausses. Il en résulte que les dieux sont à l'origine des principaux motifs de malheurs pour les méchants, et de bienfaits <pour les hommes bons> [8]. En effet, adonnés en toutes circonstances à leurs propres vertus, <les dieux> sont favorables à ceux qui leur ressemblent et considèrent comme étranger tout ce qui n'est pas tel [9].

Accoutume-toi à considérer que la mort n'est rien pour nous [10], puisque tout bien et tout mal sont contenus dans la sensation ; or la mort est privation de sensation. Par suite, la connaissance droite que la mort n'est rien pour nous fait du caractère mortel de la vie une source de jouissance, non pas en ajoutant à la vie un temps illimité, mais au contraire en **[125]** la débarrassant du regret de ne pas être immortel. En effet, il n'y a rien de terrifiant dans le fait de vivre pour qui a réellement saisi qu'il n'y a rien de terrifiant dans le fait de ne pas vivre. Aussi parle-t-il pour ne rien dire, celui qui dit craindre la mort, non pour la douleur qu'il en éprouvera en sa présence, mais pour la douleur qu'il éprouve parce qu'elle doit arriver un jour ; car ce dont la présence ne nous gêne pas ne suscite qu'une douleur sans fondement [11] quand on s'y attend. Ainsi, le plus effroyable des maux, la mort, n'est rien pour nous, étant donné, précisément, que quand nous sommes, la mort n'est pas présente ; et que, quand la mort est présente, alors nous ne sommes pas. Elle n'est donc ni pour les vivants ni pour ceux qui sont morts, étant donné, précisément, qu'elle n'est rien pour les premiers et que les seconds ne sont plus.

Mais la plupart des hommes, tantôt fuient la mort comme si elle était le plus grand des maux, tantôt la choisissent comme une manière de se délivrer des maux de la vie [12]. **[126]** Le sage, pour sa part, ne rejette pas la vie et il ne craint pas non plus de ne pas vivre, car vivre ne l'accable pas et il ne juge pas non plus que ne pas vivre soit un mal. Et de même qu'il ne choisit nullement la nourriture la plus abondante mais la plus agréable, il ne cherche pas non plus à jouir du moment le plus long, mais du plus agréable [13].

Quant à celui qui recommande au jeune homme de bien vivre et au vieillard de bien achever de vivre, il est stupide, non seulement si l'on tient compte des satisfactions que la vie procure, mais aussi parce que c'est par un seul et même soin que l'on parvient à bien vivre et à bien mourir. Et il est encore bien pire, celui qui dit que c'est une belle chose que de ne pas être né, *et une fois né de franchir au plus vite les portes de l'Hadès* [14]. **[127]** En effet, s'il est convaincu de ce qu'il affirme ainsi, comment se fait-il qu'il ne quitte pas la vie ? De fait, c'est à sa portée, pourvu qu'il y soit fermement déterminé. En revanche, si c'est une plaisanterie de sa part, il parle pour ne rien dire sur des questions qui ne l'admettent pas.

Il faut en outre garder en mémoire que ce qui va arriver [15] n'est pas en tout point sous notre gouverne, et qu'il n'y échappe pas non plus en tout point, afin que nous ne l'attendions pas comme s'il devait infailliblement se produire, et que nous ne nourrissions pas non plus l'espoir qu'il ne se produise absolument pas.

Il faut en outre établir par analogie que, parmi les désirs, les uns sont naturels, les autres sans fondement [16] et que, parmi ceux qui sont naturels, les uns sont nécessaires et les autres naturels seulement. Parmi ceux qui sont nécessaires, les uns sont nécessaires au bonheur, d'autres à l'absence de dysfonctionnements dans le corps, **[128]** et d'autres à la vie elle-même. En effet, une étude rigoureuse des désirs permet de rapporter tout choix et tout refus à la santé du corps et à l'absence de trouble

dans l'âme, puisque c'est cela la fin de la vie bienheureuse. C'est en effet en vue de cela que nous faisons tout,
afin de ne pas souffrir et de ne pas éprouver de craintes.
Mais une fois que cet état s'est réalisé en nous, toute la
tempête de l'âme se dissipe, le vivant n'ayant pas besoin
de se mettre en marche vers quelque chose qui lui man-
querait, ni à rechercher quelque autre chose, grâce à
laquelle le bien de l'âme et du corps trouverait conjointement sa plénitude. C'est en effet quand nous souffrons
de l'absence du plaisir que nous avons besoin du plaisir ;
mais, quand nous ne souffrons pas, nous n'avons plus
besoin du plaisir [17]. Voilà pourquoi nous disons que le
plaisir est principe et fin de la vie bienheureuse.
[129] Nous savons en effet qu'il est un bien premier et
apparenté [18], et c'est en partant de lui que nous commen-
çons, en toute circonstance, à choisir et à refuser, et c'est
à lui que nous aboutissons, parce que nous discernons
tout bien en nous servant de l'affection comme d'une
règle [19].

En outre, puisqu'il est notre bien premier et connaturel, pour cette raison nous ne choisissons pas non plus
tout plaisir. En réalité, il nous arrive de laisser de côté
de nombreux plaisirs, quand il s'ensuit, pour nous, plus
de désagrément. Et nous considérons que beaucoup de
souffrances l'emportent sur des plaisirs, chaque fois que,
pour nous, un plaisir plus grand vient à la suite des souffrances que l'on a longtemps endurées. Ainsi, tout plaisir,
parce qu'il a une nature qui nous est appropriée, est un
bien, et pourtant tout plaisir n'est pas à choisir [20]. De
même encore, toute souffrance est un mal, **[130]** mais
toute souffrance n'est pas toujours par nature à refuser.
C'est toutefois par la mesure comparative et l'examen de
ce qui est utile et de ce qui est dommageable qu'il
convient de discerner tous ces états, car, selon les
moments, nous usons du bien comme d'un mal ou, à
l'inverse, du mal comme d'un bien [21].

Par ailleurs, nous considérons l'autosuffisance [22] elle
aussi comme un grand bien, non pas dans l'idée de faire

avec peu en toutes circonstances, mais afin que, dans le cas où nous n'avons pas beaucoup, nous nous contentions de peu, parce que nous sommes légitimement convaincus que ceux qui ont le moins besoin de l'abondance sont ceux qui en tirent le plus de jouissance, et que tout ce qui est naturel est facile à acquérir, alors qu'il est difficile d'accéder à ce qui est sans fondement [23]. En outre, les saveurs simples apportent un plaisir égal à un régime d'abondance **[131]** quand on a supprimé toute la souffrance qui résulte du manque, et du pain et de l'eau procurent le plaisir le plus élevé, lorsqu'on s'en procure alors qu'on en manque [24]. Donc, s'accoutumer aux régimes simples et non abondants assure la plénitude de la santé, rend l'homme actif dans les occupations nécessaires à la conduite de la vie, nous met dans de plus fortes dispositions quand nous allons, par moments, vers l'abondance, et nous prépare à être sans crainte devant les aléas de la fortune.

Quand donc nous disons que le plaisir est la fin, nous ne parlons pas des plaisirs des débauchés ni de ceux qui consistent dans les jouissances – comme le croient certains qui, ignorant de quoi nous parlons, sont en désaccord avec nos propos ou les prennent dans un sens qu'ils n'ont pas [25] –, mais du fait, pour le corps, de ne pas souffrir **[132]** et, pour l'âme, de ne pas être troublée. En effet, ce n'est ni l'incessante succession des beuveries et des parties de plaisir, ni les jouissances que l'on trouve auprès des jeunes garçons et des femmes, ni celles que procurent les poissons et tous les autres mets qu'offre une table abondante, qui rendent la vie agréable : c'est un raisonnement sobre, qui pénètre les raisons de tout choix et de tout refus et qui rejette les opinions à partir desquelles une extrême confusion s'empare des âmes [26].

Or le principe de tout cela et le plus grand bien, c'est la prudence [27]. C'est pourquoi la prudence est plus respectable encore que la philosophie [28], car elle entraîne naturellement tout le reste des vertus, enseignant qu'il n'est pas possible de vivre de manière agréable sans vivre de manière prudente, belle et juste, pas plus qu'on ne peut vivre de manière prudente, belle et juste sans vivre de manière agréable. Car les vertus sont naturellement liées à la vie agréable et la vie agréable en est inséparable.

[133] Dès lors, qui considères-tu comme supérieur à celui [29] qui porte sur les dieux des jugements pieux ; qui demeure continûment sans crainte devant la mort ; qui a pris en compte la fin de la nature ? Il comprend que la limite des biens est facile à atteindre dans sa plénitude et à acquérir, alors que celle des maux dure peu de temps ou n'inflige que peu de peines. Il proclame d'autre part que <le destin>, que certains présentent comme le maître de toutes choses, <ne l'est pas. Il estime pour sa part que [30] certaines choses se produisent par nécessité>, tandis que d'autres sont le fait de la fortune et que d'autres encore sont en notre pouvoir, parce que la nécessité ne peut rendre de comptes [31]. Quant à la fortune, il voit qu'elle est incertaine, tandis que ce qui est en notre pouvoir est sans maître [32] et que le blâme et son contraire en sont la suite naturelle [134] – puisqu'il vaudrait mieux suivre le mythe sur les dieux, que s'asservir au destin des physiciens [33] : le premier, en effet, dessine l'espoir de fléchir les dieux en les honorant, tandis que le second ne contient qu'une inflexible nécessité. Il comprend d'autre part que la fortune n'est ni un dieu, comme le croient la plupart des hommes – car rien de ce qui est accompli par un dieu n'est désordonné –, ni une cause inconstante de tout [34] – il ne croit pas, en effet, que les hommes lui doivent le bien et le mal dont dépend la vie bienheureuse, mais que les prémisses de biens et de maux importants ont été produites par elle [35] –, [135] considérant qu'il vaut mieux être infortuné et bien raisonner que favorisé par la fortune et mal raisonner. Il vaut mieux, en tout cas, que, dans nos actions, ce que nous avons décidé avec raison ne soit pas récompensé par la fortune, plutôt que de voir grâce à elle couronné de succès ce que nous avons décidé à tort.

Ainsi, fais de ces choses et de celles qui s'y apparentent l'objet de tes soins, jour et nuit, pour toi-même et pour qui t'est semblable, et jamais, ni éveillé ni en songe, tu ne connaîtras de trouble profond, mais tu vivras comme un dieu parmi les hommes. Car il n'est en rien semblable à un vivant mortel l'homme qui vit au milieu de biens immortels [36].

\<Doxographie éthique des épicuriens, II par Diogène Laërce>

Dans d'autres ouvrages, il[1] rejette toute divination, comme il le fait aussi dans le *Petit Abrégé*, en ces termes : « la divination n'a pas de fondement réel ; et quand bien même elle en aurait un, il faudrait penser que les événements qu'elle annonce ne nous concernent en rien ».

Tout cela aussi relève de la conduite de la vie. Et il en a traité plus encore en d'autres endroits.

[136] Il diffère d'autre part des cyrénaïques à propos du plaisir[2]. Ceux-ci, en effet, n'approuvent pas le plaisir stable, mais seulement le plaisir en mouvement. Pour sa part, il attribue les deux genres de plaisirs à l'âme et au corps – comme il le dit dans son traité *Sur le choix et le refus*, dans le traité *Sur la fin*, au premier livre de son traité *Sur les genres de vie* et dans la *Lettre aux amis de Mytilène*. De même encore, Diogène[3], au livre XVII de ses *Pensées choisies*, mais aussi Métrodore dans son *Timocrate* parlent de la manière suivante : « parce que le plaisir se conçoit aussi bien selon le mouvement que comme plaisir stable ». Épicure, pour sa part, s'exprime ainsi dans le traité *Sur les choix* : « car l'absence de trouble et l'absence de douleur[4] sont des plaisirs stables, alors que la joie et le contentement sont perçus, en acte, selon le mouvement[5] ».

[137] Voici encore des attaques contre les cyrénaïques : eux pensent que les souffrances corporelles sont pires que celles de l'âme, et que, du reste, c'est dans leur corps que ceux qui ont commis une faute sont punis ; mais lui pense

que ce sont les souffrances de l'âme qui sont les pires, car assurément la chair n'est tourmentée que par le moment présent, alors que l'âme est tourmentée à la fois par le passé, le présent et l'avenir. Ainsi donc, les plus grands plaisirs sont ceux de l'âme. Il recourt d'autre part à une démonstration pour montrer que le plaisir est la fin, en invoquant le fait que les animaux, sitôt qu'ils sont nés, se réjouissent du plaisir et rejettent la peine, naturellement et sans raisonnement [6]. C'est donc en vertu d'un sentiment spontané [7] que nous refusons la souffrance. C'est le moment où Héraclès lui-même, dévoré sous sa tunique, se met à crier,

> Se mordant la bouche et poussant des cris aigus ; tout autour gémissaient les rochers,
> Et les cimes montagneuses des Locriens, et les sommets de l'Eubée [8].

[138] C'est encore pour le plaisir que l'on choisit les vertus, et non pour elles-mêmes, de même que l'on choisit la compétence médicale pour la santé, comme le dit aussi Diogène [9] au livre XX de ses *Pensées choisies*, lui qui dit également que la conduite de la vie est un divertissement [10]. Épicure, quant à lui, dit aussi que la vertu est l'unique chose qui ne puisse être séparée du plaisir, alors que les autres en sont séparées, par exemple la nourriture.

Couronnons donc, pour ainsi dire, à la fois l'ensemble de notre ouvrage [11] et la vie du philosophe, en présentant ses *Maximes capitales*, et clôturons ainsi l'ensemble de l'ouvrage, en terminant par le commencement du bonheur.

MAXIMES CAPITALES

[139] I. L'être bienheureux et incorruptible [1] n'a pas lui-même de préoccupations et n'en cause pas chez autrui, de sorte qu'il n'éprouve ni accès de colère ni complaisances. C'est en effet chez un être faible que l'on trouve tout cela. [*En d'autres endroits, il dit encore que les dieux sont visibles par la raison, non pas comme étant numériquement distincts* [2], *mais présentant une ressemblance de forme due à l'afflux continuel de simulacres semblables en un même endroit, et qu'ils ont forme humaine.*]

II. La mort n'est rien pour nous, car ce qui est détruit est privé de sensation. Or ce qui est privé de sensation n'est rien pour nous.

III. L'élimination de toute douleur est la limite ultime des plaisirs. Là où se trouve le plaisir, tout le temps qu'il dure, ne se trouvent ni la douleur, ni ce qui cause de la peine [3], ni les deux à la fois.

[140] IV. La douleur ne perdure pas continuellement dans la chair, et la douleur extrême ne dure que le temps le plus bref. Celle qui excède légèrement le plaisir ne subsiste que peu de jours dans la chair. Quant aux longues maladies, elles s'accompagnent, dans la chair, de plus de plaisir que de douleur.

V. Il n'est pas possible de vivre de manière agréable sans vivre de manière prudente, belle et juste, pas plus qu'on ne peut vivre de manière prudente, belle et juste sans vivre de manière agréable[4]. Et celui à qui cela[5] fait défaut, il n'est pas possible qu'il vive de manière agréable.

VI. Pour être en confiance à l'égard de ce qui vient des autres hommes, c'est un bien selon la nature que celui du pouvoir et de la royauté, pour autant que l'on puisse en tirer une telle confiance[6].

[141] VII. Certains ont voulu devenir illustres et célèbres, croyant qu'ils s'entoureraient ainsi de la protection[7] que l'on peut obtenir des hommes. Par conséquent, si la vie de tels hommes s'avère sûre, ils ont obtenu le bien selon la nature ; mais si elle ne l'est pas, ils perdent ce vers quoi, initialement, ils inclinaient en vertu de ce qui est propre à leur nature[8].

VIII. Aucun plaisir n'est en soi un mal ; mais il est des plaisirs dont les facteurs apportent bien plus de tourments que de plaisirs[9].

[142] IX. Si tout plaisir pouvait se concentrer et persister dans le temps, et concernait la totalité de l'agrégat ou les parties principales de notre nature, les plaisirs ne différeraient jamais les uns des autres[10].

X. Si ce qui produit les plaisirs qui intéressent les débauchés délivrait la pensée des craintes relatives aux phénomènes célestes aussi bien qu'à la mort, et nous enseignait en outre la limite des désirs et des douleurs, nous n'aurions jamais rien à reprocher à ces hommes-là, eux qui sont de toute part comblés par les plaisirs, et n'ont à éprouver d'aucune part la douleur et la peine, ce qui est, précisément, le mal.

XI. Si nous n'étions troublés ni par nos inquiétudes relatives aux phénomènes célestes, ni par celles qui concernent la mort – à savoir qu'elle puisse être quelque chose pour nous –, ni par notre incapacité à apprécier les limites des douleurs et des désirs, nous n'aurions nul besoin de l'étude de la nature.

[143] XII. On ne saurait dissiper ses craintes à l'égard des questions vraiment fondamentales [11] si l'on n'a pas une véritable connaissance de la nature de l'univers, mais que l'on continue de s'inquiéter de ce que racontent les mythes. Aussi n'est-il pas possible, sans l'étude de la nature, de goûter les plaisirs purs.

XIII. Il n'est d'aucune utilité de se procurer la sécurité du côté des hommes, si on laisse subsister les inquiétudes au sujet des choses d'en haut, de ce qui se passe sous terre et, en général, de ce qui se passe dans l'illimité [12].

XIV. S'il est vrai que la sécurité que l'on peut obtenir des hommes peut, jusqu'à un certain point, venir d'une puissance solidement établie et de l'aisance matérielle, la sécurité la plus pure [13] est celle qui vient de la tranquillité, à distance de la foule.

[144] XV. La richesse selon la nature est à la fois limitée et facile à se procurer. Mais celle que l'on estime d'après les opinions sans fondement [14] s'épuise dans l'absence de limites.

XVI. La fortune a peu d'incidences sur le sage, car les choses les plus importantes et vraiment fondamentales, c'est le raisonnement qui en a reçu la gouverne et, pendant toute la durée de l'existence, les gouverne et les gouvernera [15].

XVII. La vie juste est totalement dépourvue de trouble, alors que la vie injuste est remplie du plus grand trouble.

XVIII. Le plaisir ne s'accroît pas dans la chair une fois qu'a été supprimée la douleur qui tient à un manque ; il ne fait que varier. Mais pour la pensée, ce qui constitue la limite en matière de plaisir [16], c'est la prise en compte de ces choses mêmes – et de celles qui sont du même genre – qui provoquent dans la pensée les peurs les plus grandes.

[145] XIX. Le temps illimité contient un plaisir égal à celui que contient le temps limité, si l'on a mesuré les limites du plaisir par le raisonnement.

XX. La chair renvoie les limites du plaisir à l'infini, et c'est un temps illimité qui lui procure le plaisir. Mais la pensée, lorsqu'elle a pris en compte la fin de la chair et sa limite, et s'est délivrée des peurs relatives à l'éternité, procure la vie la plus accomplie, sans que nous ayons aucunement besoin, en plus, du temps illimité. Toutefois elle ne fuit pas le plaisir, et au moment où les circonstances annoncent que l'on va quitter la vie, elle ne meurt pas en songeant qu'elle laisse derrière elle une part de la vie la meilleure.

[146] XXI. Celui qui connaît les limites de la vie sait qu'il est facile d'acquérir de quoi éliminer la douleur due à un manque, ainsi que ce qui réalise la perfection de la vie tout entière ; de sorte qu'il n'a nul besoin, en plus, des activités qui impliquent des luttes.

XXII. Il faut prendre en compte la fin effectivement donnée et toute l'évidence à laquelle nous rapportons les opinions que nous avons formées. Si nous ne le faisons pas, tout sera rempli de confusion et de trouble.

XXIII. Si tu combats toutes les sensations, tu n'auras rien à quoi te rapporter pour discerner celles d'entre elles que tu prétends trompeuses [17].

[147] XXIV. Si tu rejettes absolument une sensation donnée sans distinguer entre, d'une part, l'opinion que

l'on a formée et qui est en attente de confirmation et, d'autre part, ce qui est déjà présent en vertu de la sensation, les affections, et toute appréhension d'image par la pensée, tu confondras le reste des sensations avec l'opinion vide, de sorte que tu rejetteras le critère en son entier. Et si, dans les pensées relevant de l'opinion, tu maintiens avec la même fermeté tout ce qui attend d'être attesté et ce qui n'attend pas de l'être, tu n'écarteras pas le risque de te tromper, ayant maintenu dans une complète ambiguïté tout jugement sur ce qui est correct et ce qui ne l'est pas [18].

[148] XXV. Si tu ne rapportes pas en toute occasion chacun de tes agissements à la fin de la nature [19], mais que tu t'en détournes, que ce soit dans le refus ou dans le choix, au profit d'un autre motif, tes actions ne seront pas en accord avec tes propos.

XXVI. Parmi les désirs, ceux qui ne nous reconduisent pas à la douleur lorsqu'ils ne sont pas satisfaits ne sont pas nécessaires, mais l'impulsion qu'ils contiennent est facile à dissiper quand ils paraissent difficiles à satisfaire ou susceptibles de faire du tort.

XXVII. De tout ce que la sagesse procure en vue du bonheur de la vie tout entière, le plus important, de beaucoup, c'est la possession de l'amitié.

XXVIII. C'est le même jugement qui a affermi notre confiance dans cette idée que rien d'éternel ni de durable n'est à craindre, et qui a considéré que la sécurité que l'on trouve dans cela même qui est limité [20] s'accomplit au plus haut point à travers l'amitié.

[149] XXIX. Parmi les désirs [21], les uns sont naturels et nécessaires, d'autres naturels et non nécessaires, d'autres enfin ne sont ni naturels ni nécessaires, mais proviennent d'une opinion sans fondement. [*Épicure considère comme*

naturels et nécessaires ceux qui délivrent de la douleur,
comme la boisson quand on a soif; comme naturels mais
non nécessaires ceux qui ne produisent que des variations
du plaisir sans éliminer cependant la douleur, comme les
nourritures coûteuses; comme n'étant ni naturels ni néces-
saires, par exemple, les couronnes et l'érection de
statues [22].]

XXX. Parmi les désirs naturels qui ne reconduisent
pas à la douleur s'ils ne sont pas satisfaits, ceux dans
lesquels il y a une tension intense proviennent d'une opinion sans fondement, et ils ne se dissipent pas, non pas
du fait de leur propre nature, mais du fait de l'opinion
sans fondement de l'homme.

[150] XXXI. Le juste selon la nature est la contre-
marque [23] de l'utilité que nous trouvons à ne pas nous
faire de torts réciproques ni en subir.

XXXII. Pour tous les vivants qui n'ont pas pu établir
de contrats visant à empêcher qu'ils se fassent mutuellement du tort et qu'ils en subissent, il n'y avait rien de
juste ou d'injuste. Il en va de même aussi pour tous les
peuples qui n'ont pas pu ou n'ont pas voulu établir les
contrats visant à empêcher de faire du tort et d'en subir.

XXXIII. La justice n'était pas quelque chose en soi,
mais, quand les hommes s'assemblaient [24] les uns avec les
autres – peu importe quelle était à chaque fois la dimension des lieux –, une forme de contrat visant à empêcher
de faire du tort ou d'en subir.

[151] XXXIV. L'injustice commise est un mal, non pas
en soi, mais du fait de la crainte suscitée par le soupçon
qu'elle puisse un jour ne pas échapper à ceux qui ont
charge de punir de tels actes.

XXXV. Il n'est pas possible que celui qui fait en secret une des choses à propos desquelles on a mutuellement passé un contrat visant à ne pas faire de tort ni en subir, soit certain que cela restera inaperçu, même si cela passe inaperçu des milliers de fois dans le présent. Jusqu'à ce qu'il soit mort, en effet, impossible de savoir si cela restera encore inaperçu.

XXXVI. Selon ce qui est commun, le juste est le même pour tous. C'est en effet quelque chose d'utile dans la communauté mutuelle des hommes. Selon toutefois ce qui est particulier à un pays et à toutes les conditions envisageables, le juste n'est pas le même pour tous.

[152] XXXVII. Parmi ce qui a été institué comme étant juste, ce dont il est attesté que cela répond utilement aux besoins de la communauté mutuelle [25] trouve sa place dans ce qui est juste, que ce soit la même chose pour tous ou non. Mais si quelqu'un institue une loi sans que cela soit utile à la communauté mutuelle, cela n'a plus la nature du juste. Et même si l'utile conforme au juste vient à changer, tout en correspondant pendant un certain temps à la préconception du juste, cela n'en était pas moins juste pendant ce temps-là, pour ceux qui ne se laissent pas troubler par des formules vides, mais portent simplement leur regard sur les faits.

[153] XXXVIII. Dans le cas où, sans que de nouvelles circonstances soient intervenues, ce qui a été institué comme étant juste ne correspondait manifestement pas à la préconception, cela n'était pas juste. Mais dans le cas où, des faits nouveaux s'étant produits, cela même qui a été établi comme étant juste a perdu son utilité, alors, dans ce cas, cela était juste tant que c'était utile à la communauté mutuelle des concitoyens ; mais, après cela, ce n'était plus juste, parce que cela n'avait plus d'utilité.

[154] XXXIX. Celui qui s'est organisé de la meilleure manière contre le manque de confiance face aux événements extérieurs, celui-là s'est fait un allié de ce qui pouvait l'être, sans pour autant s'aliéner ce qui ne pouvait pas l'être. Quant à ce qu'il ne pouvait pas traiter de la sorte, il s'en est tenu éloigné, et il s'est servi de tout ce qui lui était utile pour agir ainsi.

XL. Tous ceux qui ont la capacité de se procurer la plus grande confiance grâce à leurs proches ont vécu ensemble de la manière la plus agréable, en ayant l'assurance la plus ferme ; et, après avoir partagé une très grande intimité avec quelqu'un, ils n'ont pas gémi en voyant l'autre les précéder dans la mort, comme si cela devait susciter la compassion.

SENTENCES VATICANES [1]

1. L'être bienheureux et incorruptible n'a pas lui-même de préoccupations et n'en cause pas chez autrui, de sorte qu'il n'éprouve ni accès de colère ni complaisances. C'est en effet dans la faiblesse que l'on trouve de telles choses [2].

2. *MC* II.

3. La douleur ne perdure pas dans la chair, et la douleur extrême ne dure que le temps le plus bref. La douleur moyenne qui excède légèrement ce qui est plaisant ne se trouve que peu de jours dans la chair. Quant aux longues maladies, elles s'accompagnent, dans la chair, de plus de plaisir que de douleur [3].

4. Toute douleur est facile à dédaigner : celle qui comporte une souffrance oppressante occupe un temps comprimé [4], tandis que celle qui dure dans la chair ne comporte qu'une faible souffrance.

5. Il n'est pas possible de vivre de manière agréable sans vivre de manière prudente, belle et juste. D'ailleurs, là où il n'y a pas cela, il n'est pas possible de vivre de manière agréable [5].

6. Il n'est pas possible que celui qui fait en secret une des choses à propos desquelles on a mutuellement passé un contrat visant à ne pas faire de tort ni en subir, soit certain que cela restera inaperçu, même si cela passe inaperçu des milliers de fois dans le présent. Jusqu'à ce

qu'il soit mort, en effet, impossible de savoir si cela restera inaperçu [6].

7. Il est difficile pour celui qui commet l'injustice de passer inaperçu, mais en avoir la certitude, c'est impossible [7].

8. La richesse selon la nature est limitée et facile à se procurer. Mais celle que l'on estime d'après les opinions sans fondement s'épuise dans l'absence de limites, et elle est difficile à se procurer [8].

9. La nécessité est un mal, mais il n'est nullement nécessaire de vivre avec la nécessité [9].

10. Souviens-toi que, tout en étant mortel par nature et bien que disposant d'un temps limité, tu t'es élevé, grâce aux raisonnements sur la nature, jusqu'à l'illimité et l'éternité, et que tu as observé « ce qui est, ce qui sera, et ce qui a été [10] » (Métrodore, fr. 37 Körte).

11. Chez la plupart des hommes, le repos est un état de torpeur, tandis que le mouvement est plein de rage.

12. *MC* XVII.

13. *MC* XXVII.

14. Nous sommes nés une seule fois, et il n'est pas possible de naître deux fois ; ne plus être dure nécessairement l'éternité ; mais toi, qui pourtant n'es pas maître du lendemain, tu renvoies à plus tard ce qui donne de la joie [11] ; or la vie est ruinée par l'attente et chacun, parmi nous, meurt dans l'affairement.

15. Pour ce qui est des usages, de même que nous apprécions ceux qui nous sont propres – que nous en ayons d'utiles, et approuvés par les hommes, ou que ce

ne soit pas le cas –, de même faut-il aussi faire avec ceux de nos voisins, dès lors qu'ils ont une conduite honorable.

16. Personne, voyant le mal, ne le choisit, mais si l'on est appâté par lui en le prenant pour le bien, on se retrouve pris au piège tendu par un mal plus grand [12].

17. Ce n'est pas le jeune qui est bienheureux, mais l'homme âgé, s'il a vécu de belle manière. Le jeune, en effet, au sommet de sa vigueur, erre éperdu par les coups du sort ; tandis que l'homme âgé a amarré dans l'âge, comme dans un port, ceux des biens dont il désespérait auparavant, les mettant à l'abri au moyen d'une sûre gratitude.

18. Si l'on supprime les regards portés sur l'autre, les relations intimes et la vie commune, on se délivre de la passion amoureuse.

19. L'homme âgé oublieux des biens passés est né aujourd'hui.

20. Parmi les désirs, les uns sont naturels et nécessaires, d'autres naturels mais non nécessaires, d'autres enfin ne sont ni naturels ni nécessaires, mais proviennent d'une opinion sans fondement [13].

21. Il ne faut pas contraindre la nature, mais la persuader. Nous la persuaderons en comblant les désirs nécessaires, les naturels également s'ils ne causent pas de tort, et en rejetant sèchement ceux qui en causent.

22. Le temps illimité et le temps limité contiennent un plaisir égal, si l'on a correctement mesuré les limites du plaisir par le raisonnement [14].

23. Toute amitié est, par elle-même, digne d'être choisie, bien qu'elle ait son origine [15] dans le bienfait qu'on en tire.

24. Les rêves ne sont pas investis par une nature divine, ni une puissance divinatoire, mais ils se produisent en vertu d'un impact de simulacres [16].

25. La pauvreté, mesurée à l'aune de la fin de la nature, est une grande richesse, tandis qu'une richesse à laquelle on n'a pas assigné de limites est une grande pauvreté.

26. Il faut bien saisir que le discours long et le discours bref tendent au même point.

27. Dans les autres occupations, le fruit arrive après qu'on s'est donné du mal pour les mener à bien, tandis qu'en philosophie la satisfaction coïncide avec la connaissance. La jouissance ne vient pas en effet après l'apprentissage ; mais, en même temps qu'il y a apprentissage, il y a aussi jouissance.

28. Il ne faut approuver ni ceux qui donnent leur amitié aussitôt, ni ceux qui le font trop lentement, mais il faut oser s'exposer à un danger en faveur d'une amitié [17].

29. Je préférerais, pour ma part, en usant de la franchise de celui qui pratique l'étude de la nature, prononcer des oracles utiles à tous les hommes, même si aucun d'eux ne devait les comprendre, plutôt que recueillir, en donnant mon assentiment aux opinions <reçues>, le concert de louanges qui tombe du grand nombre.

30. Certains se préparent à la vie durant toute leur vie, sans percevoir que le poison mortel de la naissance nous a été versé à tous. (Métrodore, fr. 53 Körte.)

31. Contre le reste, il est possible de se procurer la sécurité, mais à cause de la mort, tous les hommes habitent une cité sans remparts. (Métrodore, fr. 51 Körte.)

32. La vénération à l'égard du sage est un grand bien pour celui qui le vénère.

33. La voix de la chair : « Ne pas être affamé, ne pas avoir soif, ne pas avoir froid. » Qui a cela, et a l'espoir de l'avoir plus tard, peut même rivaliser avec Zeus [18] pour ce qui est du bonheur.

34. Nous n'avons pas tant besoin que nos amis satisfassent notre besoin que de la certitude que notre besoin <sera satisfait> [19].

35. Il ne faut pas gâter ce qui est présent par le désir de ce qui est absent, mais prendre en compte le fait que ce qui est présent, également, était appelé de nos vœux.

36. La vie d'Épicure, si on la compare à la vie des autres hommes, pourrait être considérée comme un mythe, pour sa douceur et son autosuffisance. (Hermarque, fr. 49 Longo Auricchio.)

37. La nature est faible confrontée au mal, et non quand elle l'est au bien, car elle est préservée par les plaisirs, mais détruite par les douleurs.

38. Il est d'une absolue petitesse, celui pour qui il y a beaucoup de bonnes raisons de quitter la vie.

39. N'est un ami, ni celui qui recherche l'utilité en toutes circonstances, ni celui qui ne l'associe jamais <à l'amitié>. Le premier, en effet, se sert du service rendu pour faire du petit commerce avec les dons réciproques, tandis que l'autre brise l'espoir d'un avenir favorable.

40. Celui qui déclare que tout arrive par nécessité ne peut lancer aucune accusation contre celui qui déclare que tout n'arrive pas par nécessité, car il dit que cela même [20] arrive par nécessité.

41. Il faut en même temps rire, philosopher, administrer sa maison et, pour le reste, s'occuper de ses affaires privées, et ne jamais cesser de proclamer les formules qui trouvent leur origine dans la droite philosophie.

42. C'est dans un même temps que naît le plus grand des biens et que l'on est délivré [21] <de la douleur>.

43. Être avide d'argent en commettant l'injustice est impie, et l'être en étant juste est honteux. Il est en effet inconvenant d'épargner avec avarice, y compris en agissant de manière juste.

44. Le sage, qui s'est mesuré [22] aux nécessités de la vie, sait partager, plutôt que prendre, si grand est le trésor qu'il a trouvé dans l'autosuffisance.

45. L'étude de la nature ne nous prépare pas à être des vantards, ni des beaux parleurs, ni à faire étalage de la culture convoitée par la foule, mais à être des hommes déterminés et autosuffisants, fiers des biens qui leur sont propres et non pas de ceux qui tiennent aux circonstances [23].

46. Chassons définitivement les habitudes déplorables, comme on chasse des hommes mauvais qui nous ont longtemps fait du tort.

47. Je t'ai devancée, ô Fortune, et j'ai fait obstacle à toute intrusion de ta part. Et ni à toi ni à aucune autre vicissitude, nous ne nous livrerons. Mais quand la force des choses nous expulsera, nous sortirons de la vie en crachant abondamment sur celle-ci et sur ceux qui s'y

accrochent en vain, et nous proclamerons par un beau péan que nous avons bien vécu. (Métrodore, fr. 49 Körte.)

48. S'efforcer de rendre ce qui suit meilleur que ce qui précède, tant que nous sommes en chemin. Mais quand nous avons atteint la limite, éprouver une joie toujours égale.

49. Ne peuvent se délivrer de la crainte à l'égard des questions vraiment fondamentales ceux qui ne connaissent pas la nature de l'univers, mais qui continuent de s'inquiéter de ce que racontent les mythes. Aussi n'est-il pas possible, sans l'étude de la nature, de goûter les plaisirs à l'état pur [24].

50. Aucun plaisir n'est en soi un mal ; mais il en est dont les facteurs apportent bien plus de tourments que de plaisirs [25].

51. Tu me fais savoir que, chez toi, le mouvement de la chair te rend particulièrement enclin à l'acte sexuel. Mais tant que tu ne congédies pas les lois, que tu n'ébranles pas les usages légitimement établis, que tu ne causes nulle peine à ton prochain, que tu n'épuises pas ta chair et que tu ne consumes pas ce qui est nécessaire à ton existence, use comme tu le veux de ta propre décision. Toutefois, il n'est pas possible de ne pas être retenu par l'une au moins de ces conditions : les plaisirs du sexe, en effet, ne sont jamais profitables, et il faut se réjouir s'ils ne font pas de tort. (Métrodore [26].)

52. L'amitié danse autour du monde, nous ordonnant à tous, comme un héraut, de nous éveiller à ce qui fait notre béatitude.

53. Il ne faut envier personne, car les hommes bons ne donnent pas prise à l'envie ; quant aux mauvais, plus ils atteignent leur but, plus ils se font de mal à eux-mêmes.

54. Il ne faut pas se donner l'air de philosopher, mais philosopher réellement. Nous avons en effet besoin, non pas de paraître en bonne santé, mais de l'être véritablement.

55. Il faut remédier aux malheurs en ayant de la reconnaissance pour ce qui est perdu [27] et en sachant qu'il n'est pas possible de faire que ce qui a été ne se soit pas accompli.

56-57. Le sage ne souffre pas plus s'il est torturé que si son ami est torturé. <Mais s'il est victime d'une injustice de sa part> [28], sa vie entière sera plongée dans la confusion à cause de sa défiance [29] et il sera terrassé.

58. Il faut que nous nous délivrions de la prison des occupations domestiques et publiques [30].

59. Ce n'est pas le ventre qui est insatiable, comme le dit la foule, mais une opinion fausse d'après laquelle on n'a jamais fini de rassasier le ventre.

60. Tout homme quitte la vie comme s'il venait tout juste de naître [31].

61. C'est aussi une très belle chose que la vue de nos proches, quand le cercle le plus proche fait preuve de concorde ou, tout au moins, y apporte un fort concours.

62. Si c'est légitimement que les parents se mettent en colère contre leurs enfants, il est assurément stupide de s'y opposer au lieu de demander l'obtention du pardon. Mais si ce n'est pas légitime, mais déraisonnable, il est tout à fait ridicule d'enflammer la déraison plus encore en nourrissant <sa propre> colère, et de ne pas chercher, dans un esprit de conciliation, à les faire changer d'attitude [32] par d'autres moyens.

63. Dans le dépouillement également il y a une juste mesure [33], et celui qui ne sait pas la prendre en compte est à peu près dans l'état de celui qui s'égare faute de limites.

64. Il faut que la louange venue des autres suive spontanément ; quant à nous, attachons-nous à notre propre guérison.

65. Il est vain de demander aux dieux ce que l'on est soi-même capable de se procurer.

66. Soyons en sympathie avec nos amis, non pas en nous lamentant, mais en nous souciant d'eux.

67. Une vie libre ne peut pas consister à acquérir d'importantes richesses, parce qu'il n'est pas facile de se livrer à cette activité sans s'assujettir aux foules ou aux puissants, mais elle possède tout en continuelle abondance. Cependant, si jamais elle bénéficie de richesses importantes, il lui sera facile de les distribuer pour gagner la bienveillance du prochain.

68. Rien de suffisant, pour qui le suffisant, c'est peu [34].

69. L'ingratitude de l'âme rend le vivant indéfiniment avide face à la variété des manières de vivre [35].

70. Ne fais rien dans ta vie qui puisse susciter en toi de la crainte si cela doit être connu de ton prochain.

71. Pour tous les désirs, il faut poser cette question : « Que m'arrivera-t-il si ce à quoi j'aspire en vertu de mon désir s'accomplit, et que m'arrivera-t-il si cela ne s'accomplit pas [36] ? »

72. Il n'est d'aucune utilité de se procurer la sécurité vis-à-vis des hommes, si on laisse subsister les inquié-

tudes au sujet des choses d'en haut, de ce qui se passe dans les régions inférieures et, en général, de ce qui se passe dans l'illimité [37].

73. Même l'apparition de certaines douleurs corporelles est utile pour se garder contre celles du même genre.

74. Dans une recherche menée en commun par la discussion, le vaincu est parvenu à un résultat plus important, dans la mesure où il a appris quelque chose de plus.

75. Ingrate envers les biens passés, la formule qui dit : *Considère le terme d'une longue vie* [38].

76. Tu es en train de vieillir tel que, moi, j'exhorte à le faire et tu as su distinguer entre philosopher pour soi-même et philosopher pour la Grèce : je me réjouis avec toi [39].

77. Le fruit le plus important de l'autosuffisance, c'est la liberté [40].

78. L'homme bien né se consacre principalement à la sagesse et à l'amitié, dont l'une est un bien mortel [41], et l'autre un bien immortel.

79. Qui est sans trouble ne tourmente ni lui-même ni autrui.

80. Ce qui incombe d'abord au jeune, pour sa sauvegarde, c'est de préserver son âge [42] et de se garder contre ce qui souille toutes choses à cause de l'aiguillon des désirs.

81. On n'est délivré du trouble de l'âme et on n'engendre la joie digne de considération, ni par la richesse, fût-elle la plus grande, ni par les honneurs publics et l'admiration de la foule, ni par rien d'autre qui dépende de causes aux limites indéfinies [43].

NOTES

Présentation des Lettres *et* Maximes *d'Épicure
par Diogène Laërce*

1. Diogène Laërce vient de donner une liste des livres d'Épicure. Sur le contenu et la structure des paragraphes 1 à 28 du livre X, voir ci-dessus, p. 49. Pour le texte des paragraphes précédents et notamment de la vie d'Épicure, voir les traductions de J.-F. Balaudé dans Goulet-Cazé [1999], p. 1237-1259, et de A. Laks dans Laks [1976]. Les « opi-nions » (*doxai*) sont les points de doctrine professés et défendus par Épicure. Le même terme sert à désigner les maximes qui constituent le recueil de préceptes éthiques intitulé *Maximes capitales* (ci-dessous §§ 139-154).

2. Diogène s'adresse à un ou une dédicataire inconnu(e), comme en III, 47.

3. C'est-à-dire réduite à ses éléments principaux. Voir *Hrdt.*, 35-36.

4. La condamnation épicurienne de la dialectique – le terme désigne à la fois la logique et l'art des discours –, comme celle de la pratique de la définition, est souvent mentionnée dans la littérature antique, notamment à des fins polémiques. Voir Cicéron (*Académiques* II, 97 = Us. 376 ; Dossier, texte [18]), qui ironise sur ce rejet de la dialectique. Celui-ci masquerait en fait l'incompétence d'Épicure en logique. Notons cependant qu'à l'époque de Cicéron l'épicurien Philodème écrit un traité sur la méthode d'inférence, une méthode empirique consistant à partir des signes sensibles donnés dans l'expérience pour former ou éprouver les assertions sur la réalité cachée ou non manifeste (*to adêlon*). Ce traité, communément désigné sous le titre latin *De signis*, témoigne des efforts du Jardin pour donner le change aux stoïciens sur le terrain même de la logique, mais par une voie qui ne soit pas pure-ment analytique ni formelle. Cette méthode est évoquée au § 32. Les principes en sont donnés par Épicure lui-même : *Hrdt.*, 37-38 ; 50-52 ; *MC* XXIV.

5. Épicure renvoie à l'évidence – et donc au caractère incontestable – du rapport de signification entre le mot et la chose, dans la mesure où cette évidence peut suppléer aux démonstrations. Voir *Hrdt.*, 37-38 et

les notes. Voir également, à propos de ce que l'on entend communément par le mot « temps », *Hrdt.*, 72-73 et la note. Sur la nécessité
de s'en remettre aux termes du langage ordinaire, voir Dossier, textes
[9]-[10].

6. Sur les critères, voir Introduction, p. 17-26. Sur l'appréhension ou
projection d'images (*phantastikê epibolê*), des sens ou de la pensée, voir
Hrdt., 38 ; 50-51 ; *MC* XXIV. Sur la préconception ou prolepse (*prolêpsis*) en particulier, voir ci-dessous §§ 33-34 et la note ; 37-38 ; 72 ;
Mén., 124 ; *MC* XXXVII-XXXVIII.

7. Les sensations sont « vraies » antérieurement à tout jugement
concernant leur vérité ou leur fausseté. Elles jouissent d'une validité
immédiate. Elles sont « privées de raison », c'est-à-dire irrationnelles ou
a-rationnelles (*alogos*), parce qu'elles ne sont ni dépendantes de la
raison ni engendrées par elle, et sans souvenir aucun, parce qu'elles ne
conservent rien en elles-mêmes de ce qui les a précédées, aucune trace
notamment des jugements antérieurs. De même, elles ne modifient en
rien le mouvement – ou l'impression – produit par l'objet perçu, par
exemple par transport de simulacres. Il n'y a d'erreur possible qu'à
partir du moment où il y a jugement ou opinion, c'est-à-dire un « mouvement » rationnel que nous produisons en nous-même à propos de
l'image que l'on a appréhendée, mais qui s'écarte de cette image (voir
Hrdt., 50-51). C'est ainsi qu'en voyant de loin une tour ronde, je *juge*
qu'elle est ronde, alors qu'elle est en fait carrée. Ce jugement erroné est
un fait de raison ; or la sensation est « privée de raison » ; il n'est donc
pas imputable à la sensation. Sur le caractère irréfutable de la sensation,
voir les nombreux arguments de Lucrèce en *DRN*, IV, en particulier
aux vers 469-512. Toutefois, si la sensation est valide, ce n'est pas uniquement par défaut – parce qu'elle n'est pas susceptible d'erreur –,
mais également en vertu de sa nature physique : elle est « effective »,
c'est-à-dire réellement conforme à un phénomène objectif : même si
c'est à tort que je crois voir ronde la tour que je regarde au loin – et
qui est en réalité carrée –, il n'en demeure pas moins que je vois effectivement cette tour et que le phénomène optique qui me la représente
comme ronde est un phénomène réel. Sur l'explication physique de la
formation des images perceptives, voir *Hrdt.*, 46-53. Sur l'évidence sensible, voir également Dossier, textes [5] à [8].

8. Ou bien : « tout raisonnement ».

9. L'expression « choses apparentes » traduit *ta phainomena*. Sur ce
point, voir ci-dessus, p. 20.

10. Ou par « rencontre directe » (*periptôsis*). La difficulté est notamment de savoir si ce terme évoque la coïncidence entre deux expériences
(Bailey) ou bien le caractère inopiné et circonstanciel de la formation
des conceptions à partir de l'expérience.

11. C'est le texte le plus clair sur la fonction de la préconception
dans la méthodologie et dans la théorie de la connaissance des épicuriens. Il montre au moins trois choses : qu'elle est la notion de base de

toute construction de la pensée, ce qui invite à l'identifier à la « notion première » évoquée en *Hrdt.*, 38 ; qu'elle est une empreinte ou un schéma (*tupos*) des images sensibles, dont elle permet ainsi la rétention spontanée et fidèle ; qu'elle permet d'anticiper sur les expériences à venir ou sur la suite des expériences en cours, qu'il s'agisse de l'expérience naturelle ou de la recherche scientifique.

12. Une *hupolêpsis*. La *Lettre à Ménécée* (§ 124) donne un exemple de supposition fausse – toute *hupolêpsis* n'est pas fausse – en mentionnant le cas des dieux : les opinions de la foule à leur propos, qui les figure jaloux, terrifiants ou bienveillants, etc., sont des « suppositions fausses », c'est-à-dire des constructions infondées de l'opinion et non pas des représentations conformes à la préconception que nous avons naturellement du divin.

13. La première impression sensible n'est peut-être pas le terme ultime de l'expérience ou de l'inférence (s'il s'agit de statuer sur les réalités cachées) : il faut en quelque sorte « mettre en attente » le jugement, c'est-à-dire le considérer comme étant encore en attente de confirmation. Voir *Hrdt.*, 50-52 ; *MC* XXIV. L'erreur vient toujours d'une sorte de précipitation.

14. Voir *Hrdt.*, 37.

Lettre à Hérodote

1. Littéralement : « ce qu'il y a de plus capital ».

2. L'empreinte (*tupos*), ou encore le schéma ou l'esquisse, comme celle que déposent en nous les simulacres dans la perception à distance. Voir ci-dessous, § 46. La connaissance générale de la doctrine, dont la *Lettre à Hérodote* est l'abrégé, est donc à la fois un schéma théorique et un schème mental, un certain état de l'âme. C'est ce schéma d'ensemble, correctement compris et mémorisé, qui donne sens à la connaissance du détail ou des parties de la doctrine.

3. Le résumé de la doctrine appelle une perception d'ensemble, une *epibolê*, appréhension, acte d'appréhender, focalisation ou projection mentale. Sur ce terme, voir notamment §§ 31, 50, 51 et *MC* XXIV.

4. « du détail », ou « par partie » (*kata meros*).

5. Cette expression traduit *puknôma*, terme qui désigne aussi la densité corporelle (voir par exemple le § 50). Il fait écho au « sans interruption » (*puknon*) du § 35, qui évoque l'intensité de l'appréhension. La présentation de la méthode emprunte donc une fois encore au registre physique.

6. La totalité des énoncés qui constituent la doctrine, qui offre un regard d'ensemble sur la totalité des choses elles-mêmes.

7. Épicure indique ici que la fin véritable de l'étude de la nature est de contribuer à la tranquillité de l'âme. Voir ci-dessous, §§ 78-83.

8. Ou « non jugé ». Si l'on démontre à l'infini, faute d'avoir préalablement posé un principe indémontrable, nos connaissances demeurent douteuses. Dès lors aucune « inférence à partir de signe » (*semeiôsis*) n'est possible, puisque aucune donnée ne peut constituer un signe probant, c'est-à-dire un point de départ inconditionné permettant une inférence à propos de ce qui est encore en attente d'être confirmé (*to prosmenon*), et notamment une inférence à propos des choses non manifestes (*ta adêla*), comme le vide ou les atomes. Dans ce passage, la sensation est présentée comme le signe probant par excellence. Voir notamment *MC* XXIV. Toutefois, l'évocation de la « notion première » (*to prôton ennoêma*) fait probablement référence à la préconception (*prolêpsis*), qui joue également le rôle d'un point de départ inconditionné dans la recherche de la vérité. Le texte épicurien le plus complet sur la méthode d'inférence est le traité de Philodème *De l'inférence par signes* (*De signis*).

9. Ce passage, qui établit la thèse du caractère immuable du tout, présente des difficultés importantes, exposées notamment dans Brunschwig [1995], p. 15-42. Il contient l'énoncé d'un principe (P) (« le tout a toujours été tel qu'il est maintenant, et il sera toujours tel »), et deux propositions explicatives : E1 (« en effet, il n'y a rien en quoi il change ») et E2 (« en dehors du tout, en effet, il n'y a rien qui, étant passé en lui, produirait le changement »). La structure de l'argument semble être : « P *car* E1 *car* E2 ». E1 est cependant équivoque : s'il s'agit d'un changement purement spatial, cela voudrait dire qu'il n'y a pas de *lieu* dans lequel le tout pourrait passer. Toutefois, dans ce cas, on ne voit pas clairement en quoi E2 explique ou justifie E1. On peut alors supposer que E1 évoque un changement de *nature* (un changement qualitatif ou une transformation du tout) : le tout ne peut changer véritablement de nature ou d'état (E1), parce qu'il contient la somme de tous les existants, de sorte que rien ne peut le pénétrer et modifier ainsi sa nature (E2). Cependant, la première hypothèse concernant E1 ne peut être éliminée, et notre traduction conserve volontairement l'ambiguïté de la phrase grecque. Dès lors, ou bien l'on gardera ouvertes les deux possibilités, ou bien l'on choisira en E1 le sens purement spatial, en supposant que E2 n'explique pas E1 mais P. Dans ce cas, E2 apparaît comme un argument supplémentaire à l'appui de la thèse générale du paragraphe, « le tout a toujours été tel qu'il est maintenant, et il sera toujours tel », et non pas comme une justification de E1. L'argument aurait dès lors pour structure : « P *car* [E1 ; E2] ».

10. Première des scholies ou gloses de commentaires qui ont été ajoutées dans l'Antiquité au texte de la *Lettre*. Elles étaient peut-être présentes dans le texte utilisé par Diogène Laërce. Elles attestent en tout cas, chez leur auteur, une très bonne connaissance de la doctrine. On peut donc supposer que celui-ci appartenait au cercle épicurien.

11. En conservant l'ajout de Gassendi (entre crochets). Voir en effet *Pyth.*, 86.

12. Voir ci-dessus, § 38.

13. Voir Dossier, texte [2].

14. Les corps et le vide.

15. Ou « atomes » (*atoma*).

16. Littéralement : « des natures insécables <constitutives> de corps ». La phrase est parfois traduite ainsi : « les principes insécables sont nécessairement les natures des corps ». Il n'y a que deux catégories de corps : les composants et les composés. Or seuls les premiers sont insécables. Ils sont donc les seuls à pouvoir être « principes » (*archai*). Ainsi, les atomes ne sont pas seulement une certaine catégorie de corps : ce sont les principes de toutes choses, parce qu'ils en sont les composants ultimes et inaltérables.

17. Si l'on pouvait embrasser, c'est-à-dire circonscrire, le nombre des formes atomiques, cela voudrait dire qu'il est fini. Dans ce cas, il ne pourrait produire un nombre infini de différences. Cela ne veut pas dire pour autant que le nombre de *formes* atomiques différentes soit lui-même infini. Si tel était le cas, nous devrions admettre l'existence d'atomes de toutes grandeurs ; or c'est inconcevable, car il faudrait que certains atomes nous soient visibles. On admettra donc qu'il y a un nombre infini d'atomes appartenant à chaque forme (voir aussi §§ 55-56). Le sens exact de la scholie est obscur et son insertion difficilement explicable.

18. Voir ci-dessous, § 61.

19. Bignone a supposé à propos de cette lacune que le texte mentionnait ici, parmi les causes de la chute des atomes, la déviation ou déclinaison (*parenklisis* en grec ; *clinamen* en latin). On n'en trouve aucune mention dans les textes conservés d'Épicure.

20. Marcovich édite αἰδίων (« éternels »), suivant la correction de Gassendi, comme Von der Mühll, Long, Hicks, Arrighetti, Long-Sedley. Les manuscrits donnent αἰτίων ou αἰτιῶν (« causes ») et sont suivis par plusieurs traducteurs, comme Conche et Balaudé. Si l'on suit la progression du passage – Épicure vient de signaler que le mouvement des atomes était éternel –, la correction donne à l'argument un sens plus immédiat. Les mouvements qui viennent d'être décrits sont éternels parce que les atomes et le vide sont eux-mêmes éternels. Les atomes sont en effet d'emblée en mouvement, du fait de l'existence du vide, de sorte que leur éternité implique celle du mouvement. Cela dit, la leçon manuscrite est parfaitement acceptable, mais il faut alors comprendre le raisonnement ainsi : les atomes et le vide sont causes – sous-entendu : de mouvement –, or ils sont éternels ; donc le mouvement est éternel.

21. Explication de la formation des simulacres (*eidôla*), images émanant des corps solides et reproduisant leur forme ainsi que leur cadence vibratoire. Le terme traduit ici par « empreinte », *tupos*, est rendu plus haut (§§ 33 ; 35-36 ; 45) par « schéma », lorsqu'il est question des formules élémentaires de la doctrine et des états mentaux correspondants,

dont la *Lettre à Hérodote* doit favoriser la formation. Voir Introduction, p. 7-8.

22. Plus littéralement : « ce n'est pas depuis un lieu à partir duquel l'on saisira son déplacement qu'il s'éloignera ». En clair : nous percevons les simulacres, mais nous ne percevons pas leur déplacement. Ils ont d'ailleurs pour caractéristique de représenter simultanément un même objet en plusieurs lieux à des distances variables. L'effet visuel de leur déplacement est pour nous immédiat, alors qu'ils parcourent en réalité une certaine distance, ce qui prend nécessairement du temps. Ce temps est donc pour nous théorique, ou saisi par la raison, par opposition à ce que saisit la sensation.

23. En considérant le déplacement dans le vide. On considère maintenant que, puisqu'il y a déplacement des simulacres, et non pas transmission immédiate de l'image comme par une illumination soudaine du milieu intermédiaire (comme dans la théorie aristotélicienne de la vision par illumination du milieu transparent), leur vitesse n'est pas absolue. Dès lors il en va comme si les simulacres rencontraient des obstacles sur leur parcours. En un sens, phénoménologiquement parlant, il n'y a pas d'obstacle, puisque nous ne percevons pas la progression des simulacres. De fait, les lignes suivantes montrent ceci : dès lors qu'il y a émanation, c'est que les simulacres trouvent les voies appropriées à leur passage. Il arrive cependant que le flux de simulacres s'affaiblisse et s'érode en traversant l'air intermédiaire. Voir Lucrèce, *DRN*, IV, 353-363.

24. C'est-à-dire : ce principe élémentaire, nécessaire au parcours continu des thèses essentielles constituant la doctrine. Voir ci-dessus, §§ 36-37 et les notes.

25. Ce qui veut peut-être dire : en même temps que les simulacres se forment et nous atteignent, la chose qu'ils représentent devient chose pensée. Plus simplement, il peut s'agir d'une métaphore suggérant que la génération des simulacres est aussi rapide que la pensée.

26. Les simulacres, à la différence des corps solides, peuvent subsister même si le remplissage compensatoire – la compensation des pertes atomiques par l'apport de nouveaux atomes – ne s'est pas effectué en profondeur, mais seulement en surface. De fait, les simulacres ne sont que de fines pellicules. Ils peuvent donc se former spontanément dans l'espace environnant, et cela de différentes manières, comme l'image de l'homme et celle du cheval peuvent, en se combinant, former celle du centaure (Lucrèce, *DRN*, IV, 739-742). Ainsi s'expliquent, de manière parfaitement naturelle, les visions mentales décrites par Lucrèce (IV, 722-823).

27. Marcovich, comme Gassendi, préfère les « évidences » (ἐναργείας) aux « activités » (ἐνεργείας), que donnent les manuscrits. Les deux interprétations se justifient. Celle que l'on retient ici privilégie la perspective épistémologique par rapport à la perspective cinétique (l'idée d'une synergie des simulacres) : la sensation confirme que nous

saisissons ses objets avec évidence et en accord ou en « sympathie » avec la source d'émission des simulacres.

28. Il s'agit d'une formule récurrente (δεῖ...νομίζειν) dans la *Lettre à Hérodote*, utilisée par Épicure pour introduire un point de doctrine nouveau. On n'entendra pas ici « admettre » en un sens concessif ou restrictif, mais au sens de « il faut se mettre d'accord sur le fait que », ou « il faut concevoir et poser que ». La traduction adoptée entend signaler que la formule introduit des dogmes fondamentaux de la physique, des propositions dont il faut accepter la valeur axiomatique, si l'on veut procéder à des inférences en la matière ou entrer dans la connaissance du détail.

29. Épicure démarque ici sa propre théorie de deux explications concurrentes de la vision. La première est sans doute celle de Démocrite (voir le témoignage de Théophraste, *Des sens*, §§ 50-52 ; 81 [DK 68 B 135]), qui attribue une fonction nécessaire – peut-être celle d'un milieu réfléchissant – à l'air intermédiaire entre le vu et le voyant. La seconde suppose la projection d'un flux ou d'un rayon lumineux depuis le voyant vers l'objet vu. Elle est conforme à un modèle repérable chez Empédocle et chez Platon (voir *Timée*, 45 b).

30. Les simulacres préservent non seulement les couleurs et la forme du solide, mais aussi l'équilibre cinétique global qui caractérise la vibration de ses atomes. Il y a donc « sympathie » ou « co-affection » entre les atomes qui composent le substrat, entre les atomes qui composent l'empreinte, mais aussi entre les premiers et les seconds.

31. Cet effet peut être le résidu d'un simulacre altéré, par opposition à celui qui conserve sa consistance et sa continuité, mais il peut également s'agir de la trace mentale qu'il dépose et qui provoquerait une vision mentale.

32. Entre crochets : texte supprimé par Usener.

33. Sans doute les différents sens.

34. Il s'agit des simulacres, qui garantissent toujours une ressemblance entre la représentation et ce qui est, même si cette ressemblance est imparfaite, comme dans le cas des rêves ou des autres types d'illusions. L'erreur ne vient donc pas des conditions naturelles et sensorielles de la représentation, mais de l'opinion – ou « jugement » – que la raison lui ajoute. Voir les développements que Lucrèce consacre à cette question dans le chant IV du *DRN*, par exemple en IV, 379-386.

35. Le mouvement par lequel nous ajoutons une opinion se produit *en nous*, ce qui signifie qu'il dépend de nous et non pas de l'image elle-même (voir Lucrèce, *DRN*, IV, 465-468). D'autre part, l'appréhension de l'image (*phantatiskê epibolê*) n'est pas ce mouvement ; par conséquent, elle n'est pas elle-même fausse. On distinguera donc ici : a. l'image formée par la réception du flux de simulacres (les simulacres en provenance de l'individu qui me fait face) ; b. l'appréhension mentale de l'image (l'attention spontanée que je porte à l'image en moi de cet individu) ; c. le mouvement surajouté de l'opinion ou jugement, mouve-

ment souvent précipité, qui consiste à former une opinion ou jugement
(« C'est Métrodore » ou : « C'est Épicure »), avant que l'assertion n'ait
été vérifiée. L'erreur se situe à ce dernier niveau. Sur cette explication
de l'erreur et sur la méthode de confirmation, voir Sextus Empiricus,
Contre les savants, VII, 211-216 (Dossier, texte [6]) ; Diogène Laërce,
Vies, X, 34.

36. En lisant πνεύματος avec les manuscrits, et non la correction de
Gassendi reprise par Marcovich : ῥεύματος

37. Ou « sensation auditive » : l'affection (*pathos*) est ici l'état sensoriel et non pas le sentiment ou l'émotion, comme lorsqu'il s'agit du
plaisir ou de la peine. Cette occurrence est fréquente dans le traité
épicurien *Sur les sensations* (*PHerc.* 19/698) hypothétiquement attribué
à Philodème, qui insiste sur la concomitance entre l'affection et la perception (*epaisthêsis*). Ce dernier terme apparaît du reste dans la suite
de notre passage.

38. Il pourrait paraître curieux que le flux sonore s'étende
« jusqu'à » (*pros*) sa source, alors que celle-ci constitue par définition
le point de départ de l'émission de corpuscules. Épicure vient cependant
de préciser que le son « se disperse », ce qui suggère qu'il s'épanche
dans toutes les directions, et non pas seulement en ligne droite. Voir en
ce sens Lucrèce, *DRN*, IV, 601-611. De fait, celui ou celle qui émet un
son le reçoit également. Malgré cela le son, comme les autres émissions
de simulacres, maintient la synergie, ou la sympathie, et la cohésion des
corpuscules qui le composent.

39. Ou : « qui a la nature du souffle ». Ce passage est probablement
une critique de Démocrite, qui avait expliqué la propagation du son
par « l'émiettement de l'air en corps de figures semblables » (Aétius,
IV, 19, 3 [DK 68 A 128]), ce qui laisse penser que, selon lui, l'émission
du son a un effet sur la configuration des particules d'air. Les épicuriens
rejettent le modèle de la propagation du son par transformation de
l'air, au profit du modèle de la pénétration, le flux sonore étant lui-
même un souffle qui s'insinue dans les intervalles des particules d'air
ou de tout autre corps environnant. Voir Lucrèce, *DRN*, IV, 599-614.

40. Il y a de bonnes et de mauvaises odeurs, les unes appropriées,
proportionnées à la nature du récepteur, et les autres inappropriées.
Cette idée trouve sans doute son origine chez Démocrite, si l'on en
croit Philodème, *De la mort*, 29, 27 Mekler (*PHerc.* 1050) [DK 68 B
1a] : « mais, selon Démocrite, la putréfaction suscite le trouble, à cause
de la représentation produite par ces odeurs et des difformités ». Les
odeurs jouent ainsi un rôle dans le comportement et la préservation
des espèces, comme le montre Lucrèce, *DRN*, IV, 673-705 : les vautours
sont attirés par l'odeur des cadavres ; les abeilles par celle du miel.

41. Voir ci-dessus les §§ 38-39 et 41. Les changements ne sont ni des
genèses ni des destructions absolues, mais des déplacements d'atomes,
puisque ceux-ci sont indestructibles et engendrés depuis toujours.

42. En conservant avec les manuscrits la négation (μὴ), et non pas la correction adoptée par Marcovich (μὲν). On comprend qu'il s'agit des atomes, qui se déplacent dans le vide mais n'admettent pas, à la différence des composés, de déplacements internes.

43. En conservant le τοῦτο des manuscrits, et non pas la correction ταῦτα, adoptée par Marcovich.

44. Sur cet argument, voir §§ 42-43 et la note.

45. La division ou section (*tomê*) est impossible par définition dans l'atome ou nature insécable (*atomos*). La division à l'infini l'est donc également dans les agrégats, qui sont composés d'atomes. Épicure indique en outre, de manière plus radicale, que le passage (*metabasis*) d'une partie à celle qui la suit immédiatement, et donc la distinction de parties, ne peut s'opérer à l'infini, et cela dans quelque corps borné que ce soit. Toute la suite du passage vise à établir qu'il y a un terme, un *minimum*, non seulement à la division réelle, mais aussi à la distinction des parties vers le plus petit, dans les composés comme dans les atomes. Il y a donc des *minima* atomiques, ou parties minimes, dont la dimension est invariable (les *minima* sont égaux, puisqu'ils sont l'unité de grandeur minimale). Sur la doctrine épicurienne des parties ultimes de l'atome, voir également Lucrèce, *DRN*, I, 599-634.

46. Si un corps est composé de parties en nombre illimité, si petites soient-elles, il sera nécessairement d'une grandeur illimitée.

47. En d'autres termes : toute division matérielle atteint une extrémité ou une limite, une partie ultime. On passera donc mentalement d'une telle partie à une autre partie égale, en avançant de proche en proche. Corrélativement, il est impossible de passer mentalement d'une telle partie à une partie qui lui serait inférieure, une sous-partie, puis à une autre encore inférieure, et ainsi de suite. On ne peut donc, si l'on admet l'égalité des extrémités ou *minima*, concevoir une division illimitée (ou concevoir un corps qui comprendrait un nombre illimité de parties). Il y a cependant au moins deux manières différentes de comprendre l'argument, qui dépendent de l'extension que l'on donne à la double négation « il n'est pas possible de ne pas ». Selon l'interprétation qui est ici retenue (voir en ce sens Arrighetti, Balaudé, Bollack, Conche), « il n'est pas possible » porte sur les deux propositions et « de ne pas » ne porte pas sur la dernière proposition. On comprend donc : « il n'est pas possible de ne pas concevoir la partie qui lui succède [...] et *d'en venir* par la pensée à l'existence de l'illimité ». Selon une autre construction, la seconde négation inclurait la seconde proposition, ou bien celle-ci serait comprise comme ayant une valeur positive. On comprendrait donc : « il n'est pas possible de ne pas concevoir la partie qui lui succède [...] et *de ne pas en venir* par la pensée à l'existence de l'illimité » ; ou bien : « il n'y a pas moyen de ne pas concevoir ce qui vient à sa suite comme étant de même type, et, avançant ainsi de proche en proche, il devrait être possible, dans cette mesure, d'atteindre l'infini par la pensée » (Long-Sedley 9 A 6). Ce qui voudrait dire : si une

grandeur contenait un nombre infini de parties (hypothèse sous-entendue), le passage d'une partie à l'autre conduirait à une infinité – en fait impossible – d'opérations mentales. Voir les explications données en ce sens par Long et Sedley, *Les Philosophes hellénistiques, I*, trad. J. Brunschwig et P. Pellegrin, GF-Flammarion, 2001, p. 94. Enfin (suggestion que je dois à Marie-Pierre Noël), on peut comprendre que la double négation est explétive et que la conjonction des deux propositions indique qu'elles sont impossibles de façon simultanée : « il n'est pas possible <à la fois> de concevoir la partie qui lui succède [...] et d'en venir par la pensée à l'existence de l'illimité », ce qui revient sur le fond à la première interprétation.

48. Pour admettre un tel passage, il faudrait que la grandeur *minimum* soit elle-même composée de parties.

49. C'est-à-dire : nécessairement s'impose à nous le constat que cette partie et toute autre que l'on pourrait discerner sont de grandeur égale. Si l'on discerne des parties quand on observe les corps à l'échelle du *minimum* (en l'occurrence le *minimum* sensible), nous avons nécessairement affaire à des parties égales, c'est-à-dire aux *minima* eux-mêmes.

50. Les *minima*, qu'il s'agisse du seuil de perception ou des *minima* de l'atome, sont les sous-multiples indécomposables des grandeurs qu'ils composent.

51. Le terme « analogie » résonne ici à double sens : il s'agit à la fois de la comparaison, par inférence, entre les parties minimales de l'atome et le seuil de perception, et du rapport, au sens mathématique, entre ces *minima* et la grandeur totale. Comme le montre la suite immédiate du texte, le rapport entre la quantité des *minima* et la grandeur du tout qu'ils composent s'applique aux grandeurs sensibles comme à la grandeur de l'atome.

52. On peut entendre cette dernière proposition de deux manières : ou bien comme évoquant le rapport entre le *minimum* (« quelque chose de petit ») et ce qu'il mesure, ou bien comme faisant allusion à une méthode de projection de la grandeur atomique vers la grandeur sensible, nécessairement plus grande.

53. Marcovich conserve le texte des manuscrits : ἀμετάβολα, souvent corrigé, à la suite d'Usener, en ἀμετάβατα (« ce qui n'admet pas de passage <d'une partie à l'autre> »). Si, derrière l'expression « ce qui n'admet pas de changement », on entend « les atomes », on peut comprendre l'argument ainsi : les *minima* ont en commun avec les atomes de valoir comme entités premières, mais, à la différence des atomes, ils ne peuvent avoir de mouvement qui leur soit propre.

54. Le passage est elliptique et diversement interprété. On comprend ici l'argument de la manière suivante : a. dans l'univers infini, il n'y a ni haut ni bas absolus ; b. cependant, par rapport à nous, il y a un haut et un bas, parce qu'il serait absurde de dire que, par rapport à un même point (le point où nous nous situons ou tout autre point dans l'univers), ce qui est en haut est aussi en bas, et inversement ; c. nous pouvons

donc assigner une direction – vers le haut ou vers le bas – au déplacement d'un mobile, relativement à un point donné. Cette forme de conventionnalisme permet à Épicure de maintenir à la fois la thèse a. et l'opération c. : la thèse de l'infinité de l'univers ne nous empêche pas de distinguer un haut et un bas et, ainsi, d'assigner une direction aux mouvements.

55. En conservant le texte des manuscrits, « petits et » (μικρῶν καὶ), supprimé par Marcovich à la suite de Gassendi.

56. « trouvant tous un passage proportionné » : la même expression est utilisée plus haut (§ 47) à propos de la circulation des simulacres.

57. Ce qui veut probablement dire : aussi vite que l'on met de temps à relier mentalement les deux points qui définissent la trajectoire du mobile.

58. Autre manière de comprendre la phrase (Long-Sedley) : « on dira aussi que dans le cas des composés les atomes vont plus vite les uns que les autres, bien qu'ils aient la même vitesse » (Long-Sedley 11 E 4).

59. Sous-entendu : par opposition à ce qui est « ajouté par le jugement » (*prosdoxazomenon*). Même dans le *minimum* de temps continu, c'est-à-dire dans un laps de temps extrêmement bref et saisi par la sensation, les agrégats et les atomes qu'ils renferment se meuvent plus ou moins vite et dans une direction unique. Pourtant, si l'on considère par la pensée le temps imperceptible dans lequel les atomes vibrent et se déplacent, le mouvement n'est pas continu mais saccadé, sans cesse perturbé par les chocs et contre-chocs. Le mouvement perceptible de l'agrégat, même lorsqu'il paraît plus ou moins rapide, continu et unidirectionnel, est la résultante des multiples mouvements atomiques qui se produisent dans cet agrégat. Or ceux-ci sont de vitesse égale, discontinus et multidirectionnels. Voir Lucrèce, *DRN*, IV, 794-796 : « dans un temps que nous percevons unique, celui d'une seule émission de voix, se dissimulent de multiples moments que la raison découvre » (trad. J. Kany-Turpin).

60. Sur la composition de l'âme, voir également Aétius, IV, 3, 11 (voir Dossier, texte [4]) ; Plutarque, *Contre Colotès*, 1118 D (314 Us.) ; Lucrèce, *DRN*, III, 231-242. Selon Aétius, l'âme se compose de quatre éléments, dont l'un ressemble au feu et produit la chaleur, un autre à l'air et produit le repos, un troisième au souffle ou vent (*pneuma*) et produit le mouvement. Un quatrième élément, qui correspond sans doute à la dernière partie évoquée ici par Épicure, produit la sensation. Lucrèce l'appelle la « quatrième nature » (*quarta natura*).

61. L'âme est la cause principale de la sensibilité, mais elle ne peut l'exercer que si le corps réunit les conditions nécessaires (« la puissance qui s'est constituée autour d'elle ») et lui permet ainsi de le faire. Le même terme, δύναμις, est alternativement traduit par « faculté » – quand il s'agit de la capacité de sentir – et par « puissance » – quand il s'agit de la force protectrice qu'apporte le corps, force qui permet l'exercice et la conservation de cette faculté.

62. Une fois que le corps est intégralement et définitivement détruit, l'âme est dispersée et ne peut plus exercer ses facultés, comme l'indique la suite du texte. Voir *DRN*, III, 403-416.

63. Le même verbe, διασπείρω, a également servi plus haut à désigner la dispersion des atomes dans le vide (§ 42) et la propagation du son par dispersion de corpuscules (§ 52). Nous sommes donc invités à nous représenter la mort comme un phénomène de séparation et de dissémination matérielle des atomes constitutifs de l'âme.

64. L'âme, très probablement.

65. Sur la distinction entre partie rationnelle et partie irrationnelle de l'âme, voir chez Lucrèce la distinction entre l'esprit (*animus*) et l'âme (*anima*) et, sur la localisation de la première dans la poitrine, voir *DRN*, II, 269 ; III, 140, ainsi que la notice d'Aétius, IV, 4, 6 (Us. 312). Voir encore Démétrius Lacon, *PHerc.* 1012, col. 29, 38 De Falco (Us. 313) ; XLVI-XLVII Puglia. Sur le sommeil, voir notamment Lucrèce, *DRN*, IV, 916-928 ; Diogène d'Œnoanda, fr. 9 Smith. Il est probable que l'auteur de la scholie fasse allusion à un passage du traité d'Épicure *Sur la nature*.

66. Voir ci-dessus, §§ 35-36. Les raisonnements tenus sur l'âme constituent des schémas théoriques qui comprennent en intension la connaissance de chaque point particulier, connaissance que révélera l'examen du détail, mené en se référant aux critères que sont les affections et les sensations.

67. Il s'agit ici des propriétés permanentes (*sumbebêkota*), par opposition aux accidents ou attributs accidentels (*sumptômata*). Voir aussi Lucrèce, *DRN*, I, 449-458. De ce passage particulièrement elliptique, il ressort que les propriétés stables du composé ne sont ni des entités intelligibles et incorporelles qui existeraient par soi, ni des composants matériels. Comme elles ne sont pas non plus des accidents, indépendamment desquels le corps pourrait subsister, elles ne sont rien d'autre que le corps lui-même, considéré sous l'aspect de ses caractères propres et permanents. Ces caractères sont eux-mêmes déterminés par les mouvements et propriétés des atomes qui composent l'agrégat corporel. Or, comme il n'y a rien d'autre dans le corps que l'ensemble de ces caractères, qu'il n'y a pas de noyau substantiel identifiable indépendamment de telles propriétés, nous devons dire que c'est d'elles, et de rien d'autre, que le corps tient sa propre nature (ou constitution) permanente. Le corps n'est rien d'autre que l'ensemble constitué par sa propre grandeur, ses propres couleurs, son propre volume, son propre poids, etc.

68. Le même adjectif, *athroos*, est traduit sous sa forme substantivée par « agrégat » dans la même phrase, jeu de mots qu'il est impossible de rendre en français de manière naturelle. La notion d'ensemble du corps n'est pas un agrégat physique, mais, en garantissant la cohésion du corps et de ses caractéristiques, elle constitue comme un agrégat de propriétés.

69. L'évidence qu'il *y a* des accidents. Épicure vise sans doute Démocrite qui, considérant que seuls sont réels les atomes et le vide, estime que les qualités sensibles sont purement conventionnelles ou relatives à nos usages et à nos croyances. En ce sens, Démocrite leur refuse l'existence véritable. Voir notamment : Sextus Empiricus, *Contre les savants*, VII, 135 [DK 68 B 9] ; Galien, *Des éléments selon Hippocrate*, I, 2 [DK 68 A 49] ; *De l'expérience médicale*, XV (éd. Walzer-Frede) [DK 68 B 125] ; Diogène Laërce, *Vies*, IX, 72 [DK 68 B 117].

70. C'est-à-dire les propriétés stables.

71. Cette dernière recommandation (on comprend ici le propos comme étant implicitement normatif) veut peut-être dire que c'est à la sensation qu'il faut s'en remettre pour saisir ce que les accidents ont de propre, par opposition aux corps et aux propriétés permanentes. C'est elle en effet qui révèle, dans son accomplissement même, que cette cire est actuellement chaude, qu'elle ne le sera pas nécessairement toujours, qu'elle peut subsister même si elle ne l'est plus et que sa chaleur est bien réelle. On songera, d'une manière générale, aux exemples donnés par Lucrèce aux vers 451-458 du chant I du *DRN* : exemples de propriétés permanentes, *coniuncta* en latin (poids de la pierre, chaleur du feu, fluidité de l'eau, caractère tangible des corps et caractère intangible du vide), et exemples d'accidents, *eventa* (esclavage, pauvreté et richesse, liberté, guerre, concorde).

72. La référence au livre II du *Sur la nature* est douteuse. Elle dépend en partie de la localisation que l'on adopte pour le *PHerc*. 1413, qui contient plusieurs fragments significatifs sur le temps et qui correspond manifestement à un passage du grand traité d'Épicure. De ces deux paragraphes particulièrement denses, on retiendra principalement trois choses. a. Le temps n'a aucun caractère substantiel : il n'y a pas de mouvement de référence qui permettrait de mesurer le temps (comme le mouvement du ciel chez Aristote, *Physique*, IV, 11, 218b23-27) et il ne peut être conçu par soi, indépendamment des événements auxquels il se rapporte. Le temps n'a pas d'essence propre. Ainsi s'explique qu'il n'y ait pas de préconception du temps à proprement parler, puisque la préconception ou prolepse exprime l'essentiel de la chose (ce qu'est l'homme, le cheval, etc.). b. Il y a néanmoins une évidence du temps, parce que nous discernons des phases événementielles (la nuit et le jour, le mouvement et le repos, etc.). Cette évidence est confirmée lorsque nous « prenons en compte » de tels faits dans un raisonnement qui part de l'expérience commune. Épicure, pour désigner ce type de raisonnement, emploie ici le terme *epilogismos*. Le langage courant témoigne de cette évidence. c. Enfin, puisqu'il n'est ni une réalité par soi ni une propriété permanente (un même événement peut prendre plus ou moins de temps ; or il n'y a pas de temps-substrat, d'*être-dans-le-temps*, qui demeurerait identique sous les différences de durée et qui pourrait subsister comme propriété permanente), le temps ne peut être qu'un accident (*sumptôma*) particulier, accident lui-même relié à ces autres

accidents que sont les phases événementielles. L'épicurien Démétrius Lacon dira que le temps est un « accident d'accidents » (voir Dossier, texte [3]). Qu'il fasse jour et non pas nuit est un accident ; que la journée passée à travailler me paraisse plus longue qu'une journée à la plage (ou inversement) est un accident du jour et, en ce sens, un accident d'accident.

73. Sur la formation des mondes, voir § 45 et *Pyth.*, 88. Les mondes, comme les composés qu'ils contiennent et à l'image des réalités perceptibles, auxquelles ces composés sont étroitement ressemblants, sont destructibles. C'est ce que suggère la scholie. Voir en ce sens Lucrèce, *DRN*, V, 235-323. Le thème de la destruction du monde revient à plusieurs reprises chez ce dernier : voir également I, 1102-1113 ; II, 1144-1174 ; V, 91-145.

74. Les éditeurs ne s'accordent pas sur la limite exacte de la scholie, et certains la réduisent à la première phrase.

75. Ce qui signifie sans doute : ils se sont nourris et développés de la même manière dans chacun des mondes et sur la Terre. Certains éditeurs considèrent que ce qui est ici présenté comme une scholie (suivant Usener et Marcovich) appartient en fait au texte originel. Quoi qu'il en soit, dans tout ce passage, Épicure vise probablement Démocrite qui, au nom de la thèse de l'infinité des mondes, jugeait possible que certains soient privés d'êtres vivants, de soleil ou de lune (voir Hippolyte, *Réfutation de toutes les Hérésies*, I, 13 [DK 68 A 40]). Pour les épicuriens, les mondes ne prennent pas toutes les formes imaginables. Ce point est probablement à rapprocher de *Pyth.*, 89-90, qui établit que la formation d'un monde dépend de conditions matérielles appropriées. Il n'est pas concevable qu'une agrégation matérielle quelle qu'elle soit suffise à constituer un véritable monde et, en conséquence, que les formes de mondes soient en nombre infini.

76. Diogène d'Œnoanda (fr. 12 Smith) estime lui aussi que la genèse du langage est un fait naturel et que les mots n'ont pas été institués par convention. Voir encore Lucrèce, *DRN*, V, 1028-1090. Notre texte évoque un processus de particularisation progressive qui montre que la convention succède à la nature, et qui permet de rendre compte de la pluralité des langues.

77. Passage à la seconde période, celle de l'institution des conventions linguistiques.

78. Le rôle des prescripteurs linguistiques est analogue à celui de la nature : l'un comme l'autre « prescrivent » (*paregguô*) certaines choses, et tous deux instruisent les peuples mais subissent aussi des contraintes (*anagkazomai*). On peut supposer que les nomothètes viennent ici compléter, par l'usage du raisonnement, le premier enseignement de la nature. Ils définissent l'usage des mots pour les « réalités qui ne sont pas immédiatement perceptibles » ; littéralement : « les choses que l'on ne voit pas en même temps <que le reste> ». Il s'agit probablement des notions abstraites et des réalités invisibles, que l'on ne peut saisir en

même temps que les phénomènes. La dernière phrase pose des difficultés supplémentaires : on suppose ici qu'il s'agit toujours des prescripteurs, mais on peut également penser qu'il s'agit des hommes en général.

79. Ce sont les deux attributs caractéristiques du divin. Voir *Mén.*, 123.

80. Allusion à la théologie astrale de Platon et d'Aristote.

81. Voir ci-dessous, §§ 80-82. La question des phénomènes célestes et atmosphériques (les *meteôra*) est ici le point de passage de la physique à l'éthique. En réalité, le début de la *Lettre* (§ 37) a déjà signalé que l'étude de la nature était, en son ensemble, orientée et justifiée par la recherche de l'absence de trouble.

82. Allusion à la cosmogonie platonicienne, le « circuit » (*periodos*) étant le terme utilisé dans le *Timée* de Platon (58 a) pour désigner le mouvement circulaire qui produit le mélange fondamental des quatre éléments. La « nécessité » est, dans le *Timée*, la cause seconde et auxiliaire. Il est possible également que la mention de la « nécessité » cache une critique de Démocrite, pour qui celle-ci est non seulement le principe dont toutes choses dépendent dans l'état actuel du monde, mais aussi le premier tourbillon cosmogonique (Diogène Laërce, *Vies*, IX, 45 [DK 68 A 1] ; Sextus Empiricus, *Contre les savants*, IX, 113 [DK 68 A 83]). Dans le premier cas (une allusion à Platon seul), Épicure indiquerait ici simplement que la formation des mondes ne dépend d'aucun autre principe que l'état originel des rassemblements atomiques, ce qui s'accorde avec la physique démocritéenne mais s'oppose à l'idée platonicienne selon laquelle une intention et une intelligence présideraient à la formation et à l'organisation du monde. Dans le second cas, si ce passage contient, en plus de l'allusion à Platon, une référence polémique à Démocrite, il suggère que la « nécessité » n'est pas un principe suffisant d'explication. Voir en ce sens *Pyth.*, 90.

83. « cette fin » : la béatitude (*to makarion*). En matière de connaissance des phénomènes célestes, l'état de béatitude ne vient pas d'une connaissance érudite et complète, mais de la connaissance des principes fondamentaux (voir §§ 35-36) et de la conviction que les objets que l'on étudie n'ont rien de surnaturel et qu'ils n'ont pas d'intentions à notre égard. Voir ci-dessous, §§ 79-82.

84. Il n'y a qu'une seule explication pour les faits fondamentaux, les seuls dont la connaissance soit nécessaire à la béatitude. Dans d'autres cas, évoqués au § 80, il faut admettre une pluralité d'hypothèses explicatives, notamment en matière de *meteôra*. Voir *Pyth.*, 96. L'essentiel est alors que chacune des explications concurrentes ou convergentes soit incompatible avec les explications fausses, en l'occurrence celles qui cherchent à rendre compte par une intervention divine des phénomènes considérés.

85. Il faut donc procéder par inférence en se fondant sur l'analogie ou la ressemblance entre ce qui est proche de nous et tombe immédiate-

ment sous les sens et ce qui est éloigné ou invisible. Sur cette méthode, voir ci-dessus, §§ 37-38 et la note.

86. Voir ci-dessus, § 78 et la note 84.

87. La mort, en effet, « n'est rien pour nous ». Voir *Mén.*, 124-125 ; *MC* II.

88. Le remède au trouble de l'âme est donc le parcours de l'ensemble de la doctrine et de ses éléments fondamentaux. Épicure reprend, à partir d'ici, la thématique du début de la *Lettre*.

89. Voir ci-dessus, §§ 38 ; 63. Sur la théorie des critères de vérité, à laquelle il est fait allusion ici, voir la présentation de Diogène Laërce, ci-dessus, §§ 31-32, et Introduction, p. 17-26.

Lettre à Pythoclès

1. Les *meteôra*, c'est-à-dire, en l'occurrence, non seulement les mouvements et les propriétés des astres, mais également les phénomènes qui expliquent la formation des mondes, ainsi que les phénomènes atmosphériques et terrestres. On notera que le « ciel » d'Épicure, à la différence de celui d'Aristote, est régi tout entier par un seul et même mode de causalité, celui des mouvements et propriétés des atomes, causalité qui admet à la fois le nécessaire et l'aléatoire. Pour Aristote, alors que ce qui se produit au-delà de la sphère de la lune (les mouvements circulaires parfaits des astres, eux-mêmes éternels) est régi par la nécessité et s'accomplit sur le mode du « toujours », ce qui se passe dans le monde sublunaire s'accomplit de manière régulière mais seulement « dans la plupart des cas ». Sur ce point, sur l'objet de la *Lettre* et sur la méthode qu'elle préconise, à savoir celle des explications multiples ou de la pluralité des causes, voir Bénatouïl [2003]. Pour l'ensemble de la *Lettre*, on se référera à Bollack-Laks [1978]. Pythoclès, d'après le témoignage de Plutarque (*Contre Colotès*, 1124 C), était un jeune disciple particulièrement doué et très apprécié d'Épicure.

2. Comparer avec le début et la fin de la *Lettre à Hérodote*.

3. Voir ci-dessus, p. 133, note 28.

4. Voir *Hrdt.*, 63. La « conviction » (*pistis*), c'est aussi la « confiance » que rien ne menace réellement l'absence de trouble ou ataraxie. Voir *MC* XL.

5. Il s'agit des atomes, la *Lettre à Pythoclès* ayant cette particularité, par rapport à la *Lettre à Hérodote*, de les désigner par le terme *stoicheia*, « éléments », comme le fera également Diogène d'Œnoanda, fr. 6 Smith.

6. Alors que les phénomènes principaux ou fondamentaux doivent s'expliquer d'une seule manière, les phénomènes célestes peuvent recevoir une pluralité d'explications, toutes compatibles avec les choses apparentes, les *phainomena*. L'inférence portant sur ce qui est caché (non apparent) se fonde sur l'évidence des phénomènes (voir § 104),

conformément à la méthodologie mise en œuvre dans la *Lettre à Héro-dote*. Concernant les phénomènes célestes, la pluralité causale ne tient pas à la faiblesse de nos facultés, mais à la variété objective des processus qui sont à l'œuvre dans la nature, et dont l'observation – dans le cas des *meteôra* – ne saisit qu'un aspect. Sur la méthode de la pluralité des causes, voir aussi Diogène d'Œnoanda, fr. 13 Smith (cité ci-dessus, p. 53) et Lucrèce, *DRN*, V, 526-533.

7. Ou « sans fondement ».

8. Ces faits sont directement observables auprès de nous, c'est-à-dire sur la terre. Ils sont souvent convoqués ici pour élaborer des analogies indiquant comment les phénomènes éloignés sont susceptibles de se produire.

9. Cette proposition est supprimée par Usener et Marcovich. Nous la conservons, comme Von der Mühll, Arrighetti, Bollack-Laks, Conche, Balaudé.

10. Allusion à la cosmologie des premiers atomistes, Leucippe et Démocrite. Voir Leucippe, chez Diogène Laërce, *Vies*, IX, 31 [DK 67 A 1] ; Hippolyte, *Réfutation de toutes les hérésies*, I, 12 [DK 67 A 10].

11. Les premiers atomistes expliquent la formation d'un monde par un tourbillon de toutes sortes de formes atomiques, phénomène que Démocrite désigne sous le nom de « nécessité ». Voir notamment Diogène Laërce, *Vies*, IX, 45 [DK 68 A 1]. La critique d'Épicure est donc ici tournée contre ce dernier, dont l'explication serait insuffisante (voir les conditions énumérées au § 89, conditions requises, selon Épicure, pour que se forme un monde). Sur la critique épicurienne de Démocrite en général, voir Morel [1996], p. 249-355.

12. Entre crochets : texte considéré comme une glose.

13. Entre crochets : texte considéré comme une glose.

14. Voir *DRN*, V, 455-456.

15. « et de la lune » est une adjonction d'Usener.

16. Voir notamment *DRN*, V, 564-591 ; Cicéron, *Fin.*, I, 6, 20 ; Diogène d'Œnoanda, fr. 13, col. 2 Smith.

17. La localisation de cette dernière proposition – dans le texte de la *Lettre* ou bien dans la scholie – ainsi que son interprétation sont discutées. Il semble qu'elle trouve place assez naturellement dans la scholie qui vise à évaluer ce qui précède par l'argument de la luminosité. Il faut distinguer entre la taille de l'astre (ou sa grandeur) considérée par rapport à nous et la taille de l'astre en lui-même : relativement à nous, *l'image* du soleil – le halo de lumière que l'on voit – a une grandeur déterminée, même si, comme le dit la phrase suivante, le soleil est peut-être, en soi, d'une taille différente. L'intensité lumineuse de l'image produit donc une impression visuelle fiable (elle ne nous trompe pas sur la grandeur du phénomène apparent), et cela quelle que soit exactement la grandeur en soi du corps solaire, et quel que soit le point où nous nous trouvons par rapport à lui : « il n'y a aucune distance

<*i.e.* : que celle qui nous sépare de l'astre> dont la dimension soit plus adaptée ». Voir sur ce passage Sedley [1976*a*], p. 48-53.

18. Voir *DRN*, V, 650-668.

19. Ou : « à l'orient ». Sur les différentes hypothèses concernant le mouvement des astres, voir *DRN*, V, 509-525.

20. Voir *DRN*, V, 614-649.

21. Il s'agit probablement de la position oblique du cercle zodiacal. Voir *DRN*, V, 689-693.

22. Allusion à la construction d'appareils mécaniques servant de modèles à la représentation des mouvements célestes.

23. Voir *DRN*, V, 705-734.

24. Voir *DRN*, V, 751-770.

25. Diogène de Tarse.

26. L'alternance des saisons atteste, près de nous, la régularité des mouvements célestes : *DRN*, V, 737-751.

27. Voir *Hrdt.*, 76 ; *Pyth.*, 113.

28. Voir *DRN*, V, 680-704.

29. Voir *Pyth.*, 115-116. Il s'agit des signes avant-coureurs des phénomènes atmosphériques, probablement ceux qui sont décrits dans les paragraphes suivants (§§ 99-111). Épicure entend donner une explication purement causale et naturelle de ce que le grand nombre et les partisans de la divination interprètent comme un phénomène annonciateur d'origine divine.

30. Voir *DRN*, VI, 451-494.

31. Voir *DRN*, VI, 96-159.

32. Les récipients que nous utilisons, ou peut-être (Bollack-Laks) les cavités de notre corps.

33. Voir *DRN*, VI, 160-218.

34. Voir *DRN*, VI, 164-172.

35. Voir *DRN*, VI, 219-378. Lucrèce ajoute (v. 379-422) qu'il serait absurde d'imputer ce phénomène à une volonté divine.

36. Les manuscrits ajoutent ici : « le plus souvent contre une montagne élevée – c'est là surtout que tombe la foudre ». Cette phrase est considérée comme un ajout par Usener et Marcovich.

37. Voir *DRN*, VI, 423-450.

38. Comparer avec Lucrèce, *DRN*, VI, 535-607.

39. Ce paragraphe est considéré par certains éditeurs, dont Marcovich, comme une scholie.

40. On trouve chez Lucrèce une évocation rapide de la grêle, de la neige, de la glace et de l'arc-en-ciel en *DRN*, VI, 524-530.

41. Ou : « l'image » (*phantasma*).

42. Il s'agit des planètes.

43. Allusion probable à la cosmologie des premiers atomistes, Leucippe et Démocrite, déjà évoquée au début de la *Lettre*.

44. Voir *Hrdt.*, 76 ; *Pyth.*, 97.

45. Ou, ici : « par le même mouvement circulaire ».

46. « sans en appeler au mythe », ou peut-être : « que l'on ne peut dire <du fait de leur nombre> ».

47. Soit les animaux terrestres (voir § 98), soit les animaux du zodiaque.

48. Voir ci-dessus §§ 31-34.

49. La béatitude.

Doxographie éthique des épicuriens, I par Diogène Laërce

1. L'épicurien Diogène de Tarse. La signification de la formule n'est pas très claire, à cause de l'ambiguïté du relatif (ἧ). On peut se demander si le sage s'abstiendra de s'unir « à une femme à laquelle » les lois interdisent de s'unir, ou bien de s'unir à une femme « dans certaines circonstances » que les lois interdisent (adultère, etc.), ou bien encore de le faire « d'une manière » – physique – que les lois interdisent.

2. Les épicuriens.

3. Lacune de quelques lettres. Il s'agit probablement d'un titre d'ouvrage.

4. Voir *SV* 51.

5. À la différence des éditeurs précédents, Marcovich donne à la phrase une tournure négative et lit καὶ μὴν μὴ au lieu de καὶ μὴν καὶ. La correction peut être admise si l'on sous-entend un verbe de défense (« Épicure dit que le sage ne doit pas... »). Elle présente en tout cas l'avantage d'aller dans le sens de plusieurs textes qui dénoncent le refus épicurien du mariage et de la procréation. Voir en effet Épictète, *Entretiens*, III, 7, 19 : « Par le Dieu, imagines-tu une cité peuplée d'Épicuriens ? "Je ne me marierai pas. – Moi non plus, car il ne faut pas se marier" ; ni avoir des enfants, ni s'occuper de politique ! Que se passera-t-il ? D'où viendront les citoyens ? Qui les instruira ? » Voir encore Sénèque, fr. 45 Haase (Us. 19) : « Épicure, partisan du plaisir [...], dit que le sage ne doit se marier que dans de rares cas, parce que au mariage sont indissolublement liés de nombreux embarras. » Les épicuriens eux-mêmes ont peut-être cherché à s'opposer sur ce point au stoïcien Zénon de Citium, pour qui « le sage se mariera et engendrera des enfants » (Diogène Laërce, *Vies*, VII, 121). Sur ce passage discuté de la doxographie éthique épicurienne, voir Brennan [1996]. Ces difficultés tiennent en partie à la nature même de l'argument : ce texte est extrait des *Apories* (*diaporiai*) d'Épicure (Us. 18 à 21), ouvrage dans lequel le philosophe devait traiter les propositions de manière problématique (par arguments pour et contre). Plutarque rapporte un exemple de ce type d'analyse, exemple qu'il met au service de sa charge contre l'incivisme supposé des épicuriens : « Qu'ils ne faisaient pas la guerre aux législateurs, mais aux lois, on peut l'entendre de la bouche d'Épicure.

Il s'interroge en effet lui-même, dans ses *Apories*, sur la question suivante : "le sage accomplira-t-il des actes que les lois interdisent, s'il sait qu'il ne sera pas découvert ?" et il répond : "il n'est pas facile de qualifier la chose simplement" » (Plutarque, *Contre Colotès*, 1127 D ; Us. 18).

6. Ou bien, si l'on garde le texte des manuscrits (καὶ διατραπήσεσθαι τινας), « il se détournera de certaines personnes ».

7. En lisant, comme H.S. Long et Arrighetti : μεθέξειν αὐτὸν τοῦ βίου.

8. Diogène de Tarse.

9. Si nécessaire. La liste de ces préceptes ne se limite pas à des commandements et à des interdictions : elle inclut aussi des actions simplement licites, comme aller en justice, laisser des écrits ou servir le monarque.

10. En lisant avec Marcovich : ἀποκτήσεσθαι, au lieu de κτήσεσθαι (« il ne *possédera* rien qui lui soit cher »). On peut supposer notamment que le sage ne se dépossédera pas de ses amis.

11. En traduisant le pluriel (ἐν ταῖς θεωρίαις) par un singulier générique. On comprend ici « dans l'étude » – ou à la rigueur « aux observations » – plutôt que « aux spectacles », proposé par plusieurs traducteurs. Mais θεωρία peut aussi désigner une procession ou une fête solennelle.

12. Des statues *de* lui, vraisemblablement.

13. Les épicuriens. Formule dirigée à l'évidence contre les stoïciens, pour qui « toutes les fautes sont égales » (Diogène Laërce, *Vies*, VII, 120 ; voir encore VII, 127).

14. On peut supposer qu'il s'agit de « certains épicuriens ». Faut-il en déduire que le Jardin s'est divisé sur la question de savoir si la santé, et les autres biens que l'on pourrait dire extérieurs, sont des biens véritables ou des indifférents ? Dans ce cas, le premier terme de l'alternative peut être, là encore, un argument polémique contre les stoïciens, ceux-ci n'admettant pas, en toute rigueur, que la santé fasse partie des biens. Elle compte en réalité parmi les indifférents préférables (Diogène Laërce, *Vies*, VII, 106).

15. Voir *SV* 23.

Lettre à Ménécée

1. La santé de l'âme est le bonheur, tel que la *Lettre à Ménécée* va le définir. Le malheur, inversement, est une maladie de l'âme. Il y a, à cela, trois conséquences. a. Le bonheur et le malheur, comme la bonne et la mauvaise santé du corps, dépendent de l'application d'un traitement approprié. Il n'y a donc pas de fatalité dans le fait d'être malheureux : le bonheur et le malheur dépendent de nous (voir ci-dessous, § 133 : « ce qui est en notre pouvoir est sans maître »). b. La thérapie

de l'âme est l'affaire de la philosophie et d'elle seule, car seule la philosophie peut remédier aux maux psychiques (illusions, opinions fausses, craintes irrationnelles). c. Il y a urgence à philosopher. À la différence de Platon cette fois, Épicure ne pense pas qu'il faille attendre d'avoir un âge avancé ni d'avoir parcouru un long cycle d'études préparatoires avant de faire de la philosophie (voir Platon, *République*, VII, 540 a, qui fixe à cinquante ans l'âge approprié à la pratique de la philosophie). D'une part, il est dangereux pour l'âme de ne pas la soigner aussitôt ; d'autre part, il est contradictoire avec l'idée même de bonheur de le remettre à plus tard. De fait, quand le bonheur est absent, « nous faisons tout pour l'avoir ». Seul le bonheur assigne un but et un terme à nos activités, de sorte que tout autre état que le bonheur est voué à l'incomplétude et au manque. Décider de différer d'être heureux, cela reviendrait donc à vouloir le manque, à savoir viser une fin qui n'en est pas une.

2. Épicure distingue l'âge biologique de l'âge existentiel. Le jeune est aussi averti qu'un ancien devant l'existence, dès lors qu'il atteint la tranquillité de l'âme et qu'il ne craint plus l'avenir. Le vieillard, de son côté, peut littéralement *raviver* les moments de bonheur et se rendre effectivement heureux à leur souvenir. Il doit pour cela faire un usage adéquat de sa représentation du temps, et admettre que la représentation *présente* du bien passé est plus forte que la représentation de l'absence de ce bien. Dans une lettre à son disciple et ami Idoménée, Épicure, alors malade, écrit ainsi : « les souffrances consécutives à la rétention d'urine et à la dysenterie se sont poursuivies sans rien perdre de leur violence. Mais, face à tout cela, s'élève la joie de l'âme, fondée sur le souvenir de nos conversations passées » (Diogène Laërce, *Vies*, X, 22). Sur ce même thème, voir aussi les *SV* 17 ; 18 ; 55.

3. « Avoir soin » du bonheur et aussi « s'exercer » à faire ce qui le produit, conformément aux deux sens principaux du verbe *meletaô*, utilisé ici et dans la phrase suivante (« fais-en l'objet de tes soins »). Épicure invite, dans la *Lettre à Ménécée*, à un exercice simultanément intellectuel et pratique, de méditation et de mémorisation, que résument les quatre premières *Maximes capitales* : les dieux ne sont pas à craindre ; la mort n'est rien pour nous ; le plaisir est à la fois la limite vers laquelle il faut tendre et l'exclusion de toute douleur ; la douleur n'est pas illimitée. C'est aussi le plan globalement suivi par la *Lettre à Ménécée*, qui s'achève par le portrait du sage (§§ 133-135), réalisation vivante des quatre principes fondamentaux de l'éthique épicurienne. Philodème désigne cet ensemble de préceptes par l'expression *tetrapharmakos*, le quadruple remède (*Aux amis de l'École, PHerc.* 1005, V ; Dossier, texte [31]).

4. Sur la signification du verbe *nomizô*, voir *Hrdt.*, 49 et la note. Ici, il s'agit de considérer par la pensée les éléments du bien vivre.

5. Nous avons spontanément une notion du divin, puisque le mot « dieu » signifie d'emblée quelque chose pour nous. Dès que nous

entendons ou prononçons le mot, précise Diogène Laërce dans sa
présentation de la théorie épicurienne de la connaissance (voir ci-
dessus, § 33), nous avons l'esquisse ou le schéma de la préconception
qui lui correspond (l'homme, le cheval, le bœuf). Sur la notion commune (*koinê noêsis*) du dieu, ou préconception (pour traduire le terme
prolêpsis, au § 124) que nous en avons, et qui nous le représente comme
un être incorruptible et bienheureux, voir également l'important exposé
de l'épicurien Velléius au premier livre du traité de Cicéron *De la nature
des dieux*. Épicure indique ici ce qui est d'abord un fait : la notion du
divin est nécessairement constituée par ces deux propriétés très générales – il s'agit d'une « esquisse » et non pas à proprement parler d'une
définition. Il est en effet impossible de se représenter véritablement le
divin sans ces deux attributs. Toutefois, c'est également un devoir à
l'égard de nous-même, une nécessité éthique : il *faut* continuer de se
représenter le divin sous ces deux traits pour préserver l'âme d'une
crainte injustifiée des dieux. La règle sera donc de supprimer toutes les
représentations incompatibles avec ces attributs (voir sur ce point *Hrdt.*,
76-82). Notons que cette règle n'est pas seulement négative : les deux
caractéristiques essentielles sont également compatibles avec d'autres
qualifications. On pourra dire ou supposer, par exemple, que les dieux
ont une forme humaine parce que c'est la plus belle de toutes (propos
de Velléius chez Cicéron, *De la nature des dieux*, I, 46), ou encore que
les dieux parlent grec, puisque le grec est la langue des sages (Philodème, *Des dieux*, III, 14). Sur ce thème, voir également le *PHerc.* 1055,
édité dans Santoro [2000].

6. Il ne va pourtant pas de soi que le fait d'avoir une représentation
du divin implique l'existence de celui-ci. Face à cette difficulté, trois
solutions se présentent. a. On peut comprendre l'argument autrement
que comme une preuve ontologique de l'existence du divin, en attribuant à Épicure une conception « mentaliste » des dieux : la représentation du divin atteste son existence, parce que celui-ci n'est rien d'autre
qu'une projection mentale, à savoir sa représentation même, que nous
sommes certains d'avoir (quand je me représente *x*, je sais que j'ai une
certaine représentation de *x*). L'idée selon laquelle les dieux épicuriens
ne seraient en fait que des projections mentales, et non pas des objets
physiques existant par soi, a été défendue par plusieurs commentateurs
(J. Bollack, A. Long et D. Sedley, J.-F. Balaudé). b. La notion du divin
est en nous par nature, parce que nous recevons des images physiques
– les simulacres – émises par les corps des dieux. Cette notion n'est pas
le fait d'une décision humaine, de l'éducation ou d'une quelconque
convention culturelle. Le consensus qui fonde la représentation atteste
donc l'existence du divin. Voir en ce sens l'argument de Velléius chez
Cicéron, *De la nature des dieux*, I, 44. c. On peut enfin supposer que,
dans l'esprit des épicuriens, l'incorruptibilité du divin n'est pas seulement une qualification négative (la résistance à toute force contraire),
mais une propriété positive et absolue : le divin est incorruptible au

sens où il est éternel ; or ce qui est éternel ne commence ni ne cesse d'exister ; donc il existe nécessairement ; donc le divin existe. Voir, à l'appui de cette conclusion, Lucrèce, *DRN*, V, 1175-1178, ainsi que le glissement opéré par Velléius, qui qualifie les dieux d'« immortels » avant de les dire « éternels », *op. cit.*, § 45. Si l'on admet par ailleurs que l'immortalité du dieu est la conséquence immédiate de sa résistance physique (la compensation totale et immédiate de toutes ses déperditions d'atomes), il n'y a alors aucune raison de supposer que les dieux épicuriens ne sont que des êtres de représentation. Sur cette question, voir Kany-Turpin [2007].

7. Les suppositions fausses de la foule altèrent la vraie notion du divin et lui attribuent des propriétés incompatibles avec sa béatitude et son incorruptibilité, c'est-à-dire avec sa nature même. Ces fausses représentations sont causes des plus grands troubles pour les âmes des hommes. Elles conduisent en effet à imaginer des colères divines et des châtiments infernaux. Voir Lucrèce, *DRN*, I, 50-145 ; III, 978-994 ; 1053-1075 ; V, 1161-1240. Inversement, se représenter les dieux comme bienheureux, exempts de colère et de jalousie, c'est trouver en eux un véritable modèle de sagesse (voir Cicéron, *De la nature des dieux*, I, 51). La véritable piété est donc la tranquillité de l'âme, comme le dit Lucrèce (V, 1203), parce que celle-ci suppose que l'on ait une juste représentation du divin.

8. Τοῖς ἀγαθοῖς : ajout de Gassendi, suivi ici par Marcovich.

9. Prendre les dieux pour modèles contribue à notre bonheur. Ces deux phrases posent cependant des difficultés importantes. Dans la première, le texte grec est problématique et a subi de nombreuses corrections dans les éditions modernes. On peut trouver paradoxale l'idée que les dieux soient à l'origine des malheurs et des bienfaits, étant donné qu'ils ne se soucient pas des affaires humaines. Dans ce cas, il faudrait sous-entendre, comme le font certains traducteurs, que cette idée – comme la phrase suivante – est encore à mettre au compte des suppositions fausses de la foule. Celle-ci croit en effet, bien à tort, que les dieux sont intentionnellement causes de bienfaits et de malheurs. Cependant, Philodème, *De la piété*, col. 38, 1096-1097 Obbink) rapporte que, d'après l'épicurien Polyène, la nature divine – le divin – est « cause » de certains biens. Cela ne veut pas dire qu'ils agissent intentionnellement, comme des agents moraux mais, bien plus probablement, que l'idée que nous avons d'eux est, pour nous, bénéfique ou dommageable. Voir Tsouna [2007], p. 245-246. On peut donc supposer que ce sont les idées fausses à propos des dieux – et non pas les dieux eux-mêmes – qui sont causes de malheurs. Inversement, l'homme de bien atteindra l'absence de trouble grâce à sa juste conception du divin. Dans la seconde phrase, dès lors, on comprendra que les dieux eux-mêmes sont favorables – non pas intentionnellement ni volontairement, mais par la nécessité de leur nature et par l'intermédiaire de la représentation qu'on en a – à ceux qui leur sont semblables, principalement aux

sages, qui respectent pour leur part la préconception ou notion commune du divin (voir ci-dessous, §§ 133-135). Pour une lecture alternative du passage, voir par exemple Long-Sedley 23 B (*Les Philosophes hellénistiques, I, op. cit.*, p. 280-281).

10. Cette célèbre formule (voir les développements de Lucrèce à son sujet en *DRN*, III, 830 *sq.*) ne signifie pas que la mort ne nous importe en rien ou qu'elle est pour nous négligeable, mais qu'elle ne nous concerne en rien physiquement. De fait, nous ne sommes jamais contemporains de notre propre mort qui, pour cette raison précise, n'est pas à craindre. L'inférence qui permet de parvenir à cette conclusion consiste à considérer, d'une part, que la mort est absence de sensation et, d'autre part, que la sensation est le critère incontestable de notre existence personnelle. Quand il n'y a plus de sensation, il n'y a plus d'existence personnelle. Il importe en tout cas – et c'est en ce seul sens que la mort nous concerne – de méditer et d'être capable d'expliquer que la mort ne nous affecte pas dans notre existence physique personnelle. Sur ce point central, voir Warren [2004].

11. Ou « nous peine à vide », c'est-à-dire sans raison consistante. L'adverbe *kenôs* (« sans fondement », « à vide ») préfigure la distinction du § 127 entre désirs naturels et désirs « vides ». Se lamenter parce que la mort doit venir, alors qu'elle ne sera jamais rien pour nous, c'est aussi former le désir « vide », sans fondement réel, d'une vie éternelle.

12. Marcovich, comme H.S. Long, Arrighetti, Long-Sedley 24 A, édite le texte tel qu'il est corrigé et restitué par Usener. Selon d'autres éditeurs (Bollack, notamment), il faudrait comprendre : « ils fuient la mort, tantôt comme si elle était le plus grand des maux, tantôt comme la délivrance des choses de la vie, c'est-à-dire de la vie elle-même ».

13. Le sage assigne des limites à ses propres désirs, qu'il s'agisse de la limite des plaisirs ou de la limite de la vie. Voir *MC* XX. Ce qui est bon est limité, c'est-à-dire fixé par un terme que l'on peut atteindre, et non pas illimité et inaccessible. Inversement, c'est la même illusion du caractère illimité du bon qui altère notre jugement dans les deux cas évoqués : quand nous croyons que l'accumulation des biens extérieurs – ici, la nourriture – augmente le plaisir que nous en tirons, et quand nous croyons qu'une vie plus longue serait plus agréable. La qualité du plaisir ne dépend pas de sa quantité. Sur le rôle de la définition des limites dans l'éthique épicurienne, voir notamment De Lacy [1969] et Salem [1989].

14. Théognis, *Élégies*, I, v. 425 ; 427.

15. Ou encore : le futur. Voir ci-dessous, § 133.

16. Ou : « vides » (*kenai*). L'analogie consiste ici à identifier ce que les désirs ont de commun et ce en quoi ils diffèrent. Certains désirs sont consistants et sont réellement appropriés à notre nature, dont ils réalisent l'équilibre ; d'autres sont simplement sans fondement ou vides, et ne lui sont appropriés qu'en apparence (la richesse, les honneurs). Parmi les désirs naturels, il convient de distinguer entre, d'une part, les

désirs nécessaires à la survie (comme la satisfaction des besoins vitaux) ou au bonheur (comme la suppression de la douleur, la philosophie, l'amitié) et, d'autre part, ceux qui ne sont nécessaires ni à l'une ni à l'autre (le désir sexuel ou les satisfactions esthétiques). Cette discipline des désirs est rationnelle : c'est une « analogie » et une « étude rigoureuse ». Elle prépare le calcul des plaisirs et des peines (§§ 129-130). L'estimation qui en résulte se trouve cependant confirmée par l'affection de plaisir elle-même. Le plaisir (voir ci-dessous, §§ 128-129) est en effet le véritable critère de ce qui nous est approprié et naturel et, partant, le critère ultime de discrimination entre les désirs. Sur les différents types de désirs, voir également *Mén.*, § 130 ; *MC* XXVI ; XXIX ; XXX ; *SV* 20 ; 81, ainsi que les témoignages de Cicéron : *Tusculanes*, V, 93 ; *Fin.*, I, 45.

17. Thèse fondamentale de la conception épicurienne du plaisir : le plaisir est l'exclusion de toute douleur, de sorte qu'il n'y a pas d'état intermédiaire ou mixte, dans lequel nous pourrions éprouver *à la fois* plaisir et douleur (voir ci-dessous, §§ 130-131). Corrélativement, les arguments formulés par Socrate dans le *Gorgias* de Platon contre la vie de plaisir s'effondrent : il n'y a aucun sens à dire que la recherche du plaisir est une quête infinie, illimitée, au prétexte que tout plaisir recouvre un manque. Pour Épicure, le plaisir est fin (*telos*), c'est-à-dire aussi bien le but et l'achèvement que la limite ou le terme défini. C'est parce qu'il est limité, c'est-à-dire déterminé, que le plaisir est non seulement fin, mais aussi « principe » (*archê*) du bonheur (dans la phrase suivante) : le plaisir, parce qu'il est un état déterminé, peut jouer le rôle d'une règle stable de choix et de refus et se prêter à l'estimation rationnelle que représente le calcul prudent (§§ 129-132). Sur le plaisir comme fin, voir §§ 128 ; 131 ; 133 ; *MC* III ; X ; XI ; XVIII ; XIX ; XX ; XXI ; XXII ; XXV ; *SV* 25.

18. Ou : « congénital » (*suggenikon*), ce qui veut dire qu'il accompagne nécessairement notre constitution fondamentale. En ce sens, il est « naturel », approprié à notre nature. Il est « connaturel » (*sumphuton*), dit Épicure un peu plus loin. Nous en avons la preuve avec la recherche du plaisir et l'aversion de la douleur chez les jeunes animaux et les petits enfants, dès le berceau. Voir Diogène Laërce, *Vies*, X, 137 ; Cicéron, *Fin.*, I, 30 (Dossier, texte [19]) ; 71. C'est pourquoi nous pouvons dire que le plaisir coïncide avec notre « fin naturelle » (sur cette expression, voir notamment *MC* XXV). Sur la portée et les limites de cet argument, voir Brunschwig [1995], p. 69-112.

19. Ou d'un « critère » (*kanôn*). Les deux affections fondamentales, plaisir et peine, sont les critères de tout choix positif et de tout refus ou rejet (voir Diogène Laërce, *Vies*, X, 30-31 ; 34). Ainsi, loin de se cantonner dans leur domaine sans rien partager avec la raison, elles constituent la règle en vertu de laquelle le jugement pratique doit nécessairement s'exercer. Épicure doit donc d'abord exposer sa doctrine du plaisir et lui assigner une fonction de règle pour pouvoir ensuite abor-

der, à partir des lignes suivantes, le calcul pratique. Si le plaisir est un
état déterminé indubitable, c'est précisément parce qu'il est, comme la
douleur, une « affection » (*pathos*). Or une affection est en elle-même
évidente. C'est pourquoi l'affection figure parmi les critères (Diogène
Laërce, *Vies*, X, 31 ; 34), au même titre que la sensation et la préconception. Le plaisir peut donc jouer le rôle d'une règle stable de choix et de
refus et fonder l'estimation rationnelle que représente le calcul prudent
(§§ 129-132). Le plaisir n'est donc pas seulement un critère étroitement
hédoniste – ce à quoi l'on reconnaît ce qui procure de la jouissance –,
mais également un critère éthique : il oriente notre action et permet
l'exercice de la vertu (voir § 132).

20. Phrase en apparence très paradoxale : tout plaisir est un bien ;
donc tout plaisir devrait être à choisir ; pourtant tout plaisir ne doit
pas être choisi. La solution se trouve dans le calcul comparatif des
plaisirs et des peines. Si un plaisir doit occasionner des douleurs physiques ou des peines psychiques plus grandes, il ne doit pas être choisi.
Inversement, certaines douleurs peuvent être sources de plaisir ou
mettre fin à d'autres douleurs. Ainsi la douleur d'un traitement chirur-
gical doit être choisie si elle évite des douleurs plus grandes. Il n'en
demeure pas moins que « tout plaisir est un bien », c'est-à-dire est
intrinsèquement bon. De fait, tant qu'il dure, il exclut toute douleur
(*MC* III). Pourquoi, dans ce cas, s'abstenir de ce qui est intrinsèquement bon ? La solution pourrait être de distinguer entre le bien en
général – le plaisir comme fin globale de la vie – et tel ou tel bien – tel
ou tel plaisir – particulier. Nous devons toujours viser le bien en général, conformément à notre nature. Toutefois, pour ce faire, nous devons
laisser de côté de nombreux biens particuliers et, par conséquent, de
nombreux plaisirs ou moments de plaisir.

21. La mesure comparative des plaisirs et des peines est un aspect
du « raisonnement sobre » défini au § 132. Elle justifie également le
pragmatisme d'Épicure : la valeur de telle action ou de tel état est
relative à la fin poursuivie. Même si un plaisir est en soi toujours bon,
s'il s'avère qu'il risque de procurer par ses suites de plus grandes douleurs, nous procédons avec lui « comme si » il était un mal. La méthode
des plaisirs consiste donc à ajouter par le calcul rationnel une valeur
d'utilité supplémentaire à ce que l'affection désigne comme étant simplement bon ou mauvais.

22. Ou l'autarcie, l'indépendance. En grec : *autarkeia*. C'est un trait
communément reconnu au sage depuis Aristote (*Éthique à Nicomaque*,
X, 7-8). Pour Épicure, voir encore les *SV* 44-45 et *SV* 77. L'autosuffisance se définit ici comme la capacité à se satisfaire de ce qui est à
notre disposition (Lucrèce, *DRN*, V, 1117-1119), et non pas comme une
recherche systématique de la privation et de l'ascèse (« non pas dans
l'idée de faire avec peu en toutes circonstances »). Elle correspond à la
limite positive à laquelle est parvenu le sage, et à partir de laquelle il
n'éprouve plus de manque. Comme le dit l'épicurien Torquatus chez

Cicéron, le sage « se contient dans les limites définies par la nature » (*Fin.*, I, 44).

23. « Sans fondement », c'est-à-dire « vide », « sans consistance ». Le naturel se réciproque avec l'accessible. Le naturel, en effet, c'est ce qui procure du plaisir. Or le plaisir est facile à se procurer, parce qu'il se définit comme réplétion, suppression d'un manque ou d'une douleur. Dès lors que nous trouvons le remède approprié à notre nature physique, nous atteignons le plaisir. Or la douleur et les déséquilibres qui atteignent notre nature sont limités. De tels remèdes sont donc en principe faciles à trouver. Inversement, les désirs qui ne sont ni naturels ni nécessaires sont difficiles, voire impossibles à satisfaire, puisqu'il ne s'agit pas simplement de mettre fin à une douleur par définition limitée, mais de satisfaire des envies sans limites. Voir les *MC* XX et XXI ; Cicéron, *Tusculanes*, V, 93 ; *Fin.*, I, 45 ; Lucrèce, *DRN*, II, 16-46.

24. Sénèque dira ainsi, reprenant Épicure : « Du pain, de l'eau, voilà ce que la nature demande », *Lettres à Lucilius*, 25, 4 (Us. 602).

25. Voir Épicure, *De la nature* (*Peri phuseôs*), XXVIII, 31.13 Arrighetti ; Long-Sedley 19 E (Dossier, texte [10]) où le même verbe ἐκδεχομαι est utilisé au sens de « prendre un mot dans un sens donné », sens que le mot en question n'a pas nécessairement. Dans les deux cas il s'agit d'un sens erroné.

26. Le « raisonnement sobre » (*nêphôn logismos*) a donc deux aspects, une dimension analytique et une dimension critique. D'une part, il consiste dans l'analyse et la comparaison des raisons que nous avons de choisir ceci ou cela, tirant ses conclusions de la mesure comparative des plaisirs et des peines. D'autre part, il critique et rejette les opinions fausses que l'on forme communément à propos des désirs, des dieux, de la mort ou de la douleur. Ce faisant, il préserve l'âme du trouble, ou tumulte intérieur. Il œuvre donc directement à l'ataraxie, ou absence de trouble. Sa « sobriété » évoque sa mesure et l'oppose aux excès, à la démesure des désirs sans fondement.

27. En grec : *phronêsis*. Comme chez Aristote, la prudence est une vertu rationnelle ou intellectuelle qui dirige et unifie les autres qualités morales. Toutefois, à la différence de la prudence aristotélicienne, elle prend le plaisir pour règle. Les vertus épicuriennes, en effet, ne s'autorisent pas d'elles-mêmes, car elles n'ont de valeur que par référence au plaisir qu'elles sont susceptibles de procurer. Pour les épicuriens, en effet, « on choisit les vertus pour le plaisir, et non pour elles-mêmes, de même que l'on choisit la médecine pour la santé » (Diogène Laërce, *Vies*, X, 138). Cela dit, la prudence ne consiste pas exactement à soumettre la moralité au plaisir comme si elle en était un simple instrument ou un moyen parmi d'autres. Tel est le reproche que les stoïciens adressent aux épicuriens. En réalité, la prudence institue plutôt un rapport circulaire entre la vie agréable et les vertus, celles-ci et celle-là s'entraînant réciproquement (voir *MC* V). Les vertus sont les moyens du plaisir, mais des moyens nécessaires. Ainsi, l'épicurien Diogène

d'Œnoanda dira que les vertus ne sont pas des fins – seul le plaisir est
fin –, mais des « agents producteurs de la fin » (fr. 32 Smith), tout en
précisant que les vertus sont des agents qui produisent des effets immédiats et non pas des effets différés (fr. 33 Smith) : les vertus ne
s'opposent pas aux plaisirs mais leur sont coextensives. D'une manière
générale, le plaisir coïncide avec l'absence de trouble psychique ; or une
vie vertueuse, parce qu'elle est une vie de mesure, préserve de fait du
trouble psychique. Enfin, alors que la prudence aristotélicienne se définit comme un savoir pratique, par opposition à la sagesse de la vie
contemplative, le *bios theôretikos*, Épicure entend dépasser cette dichotomie. La prudence épicurienne est, en principe, à la fois théorique
et pratique.

28. En tout cas en ce qui concerne la dimension proprement pratique
de l'éthique et si l'on entend par « philosophie » une activité exclusivement théorique. En tout état de cause, une telle conception de la philosophie n'est pas celle d'Épicure.

29. Ici commence le portrait du sage épicurien. C'est également un
résumé de la *Lettre à Ménécée*, qui reprend la structure du quadruple
remède : les dieux, la mort, le plaisir comme fin naturelle, la douleur.
Le sage est en quelque sorte l'incarnation, la réalisation même de la
sagesse qui vient d'être évoquée. Dans le contexte de la *Lettre à Ménécée*, ce portrait nous invite non pas à appliquer des préceptes abstraits,
mais à vivre en compagnie du sage et à l'imiter.

30. Traduction délibérément glosée. Le texte est corrompu en cet
endroit. Marcovich comble ce qui semble être une lacune par « le
destin … ; … certaines choses se produisent par nécessité ».

31. Épicure envisage trois causes possibles : la nécessité, c'est-à-dire
l'enchaînement naturel, spontané et mécanique de certaines causes et
de certains effets ; la fortune ou hasard ; ce qui dépend de nous. D'où,
trois conséquences. a. Le destin, comme enchaînement prédéterminé et
inéluctable des causes et des effets, est exclu de la liste des causes. La
nécessité est dépourvue d'intelligence ou d'intention – elle ne peut donc
« rendre de comptes » – et elle n'est pas toute-puissante. Épicure a développé plusieurs arguments contre un déterminisme qui prétendrait se
fonder sur l'idée d'une nécessité toute-puissante, au livre XXV de son
traité *Sur la nature* (voir Long-Sedley 20 B-C ; Dossier, textes [13]-[14]).
Voir également *SV* 40 et Lucrèce, *DRN*, II, 251-293. Lucrèce, à l'idée
d'un enchaînement inéluctable et tout-puissant des causes et des effets,
oppose le mouvement de déclinaison (*clinamen*) de l'atome, écart indé-
terminé par rapport à sa trajectoire initiale. Ce mouvement est notamment censé rendre raison de notre pouvoir de décision, c'est-à-dire de
la capacité qu'a l'esprit de rompre l'enchaînement des causes et des
effets. b. Aucune de ces trois causes n'est toute-puissante et aucune ne
peut être éliminée : elles se limitent réciproquement. Ainsi, le hasard
n'est pas écarté de la liste des causes ; de fait, il peut favoriser ou gêner
certaines de nos actions. Il nous revient d'apprécier son pouvoir à sa

juste mesure. c. Ce qui est en notre pouvoir est limité de l'extérieur par la nécessité et le hasard mais, en lui-même, il est « sans maître ». Il est donc tout-puissant dans son ordre. L'autarcie du sage, évoquée au § 130, lui permet de rester maître de ses propres désirs en toutes circonstances. Épicure annonce la dichotomie opposant ce qui dépend de nous et ce qui ne dépend pas de nous, distinction qui deviendra emblématique du stoïcisme impérial, notamment chez Épictète.

32. C'est-à-dire : pas d'autre maître que lui-même.

33. C'est-à-dire : les philosophes de la nature. L'allusion vise probablement Démocrite, qui n'est pas à proprement parler un théoricien du destin, mais pour qui la nécessité régit tous les événements, naturels ou humains. Il est donc en ce sens conduit à des conclusions fatalistes. Voir en ce sens la critique de Démocrite, au nom de la déclinaison atomique, chez Diogène d'Œnoanda, Fr. 54 (Long-Sedley 20 G).

34. Marcovich ajoute πάντων (οὔτε ἀβέβαιον <πάντων> αἰτίαν). Les hommes ont tort, non pas de penser que le hasard est une cause instable – Épicure le pense également –, mais qu'elle est à la fois une cause instable et une cause « totale » ou « de toutes choses ». L'autre possibilité consiste à comprendre ἀβέβαιον au sens de « irréel, non existant » (Arrighetti), « inefficace » (Conche). Cependant, les épicuriens ne nient pas que le hasard ait une certaine efficacité causale.

35. Ou encore : « qu'elle dispense les ressources qui sont à l'origine de biens et de maux importants ».

36. Appel final, en écho aux §§ 122-123, à un exercice tout à la fois rationnel (fondé sur la mesure comparative des plaisirs et des peines, ainsi que sur la science de la nature) et pratique. Il est l'exercice constant du sage lui-même. Ce dernier est présenté sous deux traits, apparemment opposés : celui de sa participation à la sociabilité humaine et celui de sa divinité. Pourquoi un être devenu divin se soucierait-il d'autrui, alors qu'un être divin, incorruptible et bienheureux, est par définition exempt de tout souci, impassible face aux sollicitations de tous ordres ? En réalité ces deux aspects sont complémentaires, et cela pour deux raisons. a. Le type particulier de rapport à autrui qui est ici évoqué est probablement l'amitié. Or celle-ci n'est pas présentée comme un adjuvant occasionnel, un ornement facultatif de la vie du sage, puisque celui-ci vit par définition « parmi les hommes ». L'amitié qui rapproche ceux qui s'exercent à la sagesse, loin d'être cause de soucis, renforce les âmes de ceux qu'elle réunit et elle garantit, en ce sens précis, leur « sécurité » (voir MC XXVII ; XXVIII ; XL ; SV 52 ; Cicéron, Fin., I, 66-70). L'amitié s'impose donc d'elle-même comme une composante essentielle de la vie bonne. b. Le sage vit « comme un dieu », parce qu'il est bienheureux, mais cela ne veut pas exactement dire qu'il est un dieu, en tout cas un dieu en tout point identique au divin tel qu'il est évoqué au début de la Lettre. De fait, le sage ne devient pas physiquement incorruptible et il vit « parmi les hommes », c'est-à-dire dans le monde qui est le nôtre. La solution est sans doute

dans le mode de l'argumentation, c'est-à-dire dans l'analogie suggérée par le « comme » et par la thématique de la ressemblance. De même que les dieux figurent le modèle d'une vie heureuse, de même le sage doit-il être pris pour modèle. De fait, le modèle d'existence qui se rapproche le plus du sien est celui de l'existence divine. Lucrèce pourra dire, en ce sens, qu'Épicure « fut un dieu » (*DRN*, V, 8). Le célèbre prologue du chant II de Lucrèce, où l'on voit le sage se tenir à distance des tourments d'autrui, est une illustration frappante de la tranquillité quasi divine du sage épicurien (*DRN*, II, 1-16). Quant aux « biens immortels », il ne peut pas s'agir de biens extérieurs et matériels, mais seulement du véritable savoir que procure la science de la nature, savoir en un sens éternel et invariable. Voir Lucrèce, *DRN*, III, 13, et *SV* 78, où, selon une lecture possible, la sagesse (*sophia*) est présentée comme un « bien immortel ». L'amitié est peut-être, toujours selon la même sentence, un bien périssable : bien que l'ami soit mortel, l'effet bienfaisant de son souvenir nous accompagne après sa mort (*MC* XL). En tout cas, elle participe au caractère divin de la vie du sage en contribuant à la sécurité de son âme : le sage est celui qui vit comme un dieu, non pas *en dépit* de la société des hommes, mais *avec* elle, si ce n'est *grâce* à elle.

Doxographie éthique des épicuriens, II
par Diogène Laërce

1. Épicure.

2. Sur les cyrénaïques, voir notamment Diogène Laërce, *Vies*, II, 86-93 ; Aristoclès chez Eusèbe de Césarée, *Préparation évangélique*, XIV, 18, 31 ; Cicéron, *Fin.*, II, 39. Les philosophes de Cyrène conçoivent le plaisir et la douleur comme des mouvements parvenant à l'âme. Ils estiment par ailleurs que seul le plaisir corporel est véritablement un plaisir – ou tout au moins qu'il est supérieur au plaisir psychique –, que le plaisir « au repos », ou l'absence de douleur, n'en est pas un. Le plaisir éprouvé dans l'instant, pour les cyrénaïques, est le bien lui-même, y compris dans le cas où il résulterait d'une mauvaise action. Ici, contrairement à ce que tendent à montrer les témoignages polémiques d'Eusèbe de Césarée et de Cicéron, la position d'Épicure est clairement distinguée de celle des cyrénaïques. Sur l'ensemble de ce dossier, voir Laks [2007].

3. Diogène de Tarse.

4. Les expressions « absence de trouble » et « absence de douleur » traduisent respectivement *ataraxia* et *aponia*. L'*ataraxia* est l'état psychique idéal et la fin de la vie tout entière. Elle coïncide avec le plaisir stable de l'âme, voir ci-dessus *Hrdt.*, 82 ; *Pyth.*, 85 ; 96 ; *Mén.*, 128.

5. Les épicuriens distinguent entre, d'une part, les plaisirs « en mouvement » ou « cinétiques », comme le plaisir de boire quand on a soif, ou encore la joie ou la gaieté qui succèdent aux moments de crainte ou d'angoisse et, d'autre part, les plaisirs « en repos », « stables » ou « catastématiques ». Ces derniers correspondent à l'absence de douleur physique et à l'absence de peines psychiques, l'ataraxie. Ils traduisent ou renforcent l'état de stabilité de notre constitution (*katastêma*), parce qu'ils ne sont pas éprouvés comme un simple état d'amélioration, de réplétion ou de compensation. Ils sont donc nettement dissociés de la douleur, qu'elle soit corporelle ou psychique. Seuls les plaisirs catastématiques sont parfaitement indépendants de toute douleur antécédente, et seuls ils sont identifiables au *telos*. Sur cette distinction, qui n'apparaît pas explicitement dans les textes conservés d'Épicure, voir également le témoignage de Cicéron, *Fin.*, I, 39 ; II, 30-32. Sur ce dossier, voir notamment Salem [1989], p. 122-127 ; Warren [2007]. Contre la thèse, généralement admise, de l'authenticité de cette doctrine, voir Nikolsky [2001], qui la tient pour une construction de la polémique académicienne. Épicure lui-même, en opposant mouvement et repos, n'aurait pas distingué deux types de phénomènes, mais deux aspects du même phénomène.

6. Sur cette variante de l'argument dit « des berceaux », voir ci-dessus *Mén.*, 129 et la note correspondante.

7. Ou : « par affection immédiate » (*autopathôs*).

8. Sophocle, *Trachiniennes*, 787-788. Héraclès vient de revêtir une tunique enduite d'un poison mortel.

9. Diogène de Tarse.

10. Jeu de mots intraduisible entre « conduite de la vie » (*agôgê*) et « divertissement » (*diagôgê*). Ce dernier terme fait peut-être écho à « pour le plaisir » (*dia tên hêdonên*).

11. Il s'agit du livre de Diogène lui-même, dont les *Maximes capitales* d'Épicure sont ici présentées comme le couronnement.

Maximes capitales

1. Le dieu. Voir *Mén.*, 123-124 et les notes. Par extension, ces deux propriétés sont aussi celles du sage, qui vit à l'image d'un dieu. Voir *Mén.*, 135.

2. Marcovich reprend la négation introduite par Gassendi. On peut aussi comprendre, si l'on conserve la leçon des manuscrits : « les uns se distinguent numériquement, tandis que les autres présentent une ressemblance de forme due à l'afflux continuel de simulacres semblables en un même endroit » ; ou encore : « existant d'une part numériquement, d'autre part selon l'identité de forme... » (Balaudé). Cette glose est donc d'interprétation particulièrement difficile. Elle me paraît en tout cas souligner le fait que les dieux épicuriens sont saisis par l'intermé-

diaire de simulacres et sous forme d'images mentales. Ces dernières se
constituent à partir des similitudes qui caractérisent les flux de simulacres. Voir le témoignage de Cicéron, Dossier, texte [25] (7). Selon la
traduction proposée ici, les dieux ne sont pas appréhendés individuelle-
ment dans une expérience perceptive directe, ce qui explique sans doute
qu'ils ne soient pas, pour nous, numériquement distincts. Cela justifie
en outre que l'on se réfère, concernant la notion correcte du divin, non
pas à une expérience immédiate, mais à la préconception ou notion
commune que nous en avons (voir *Mén.*, 123-124 ; Cicéron, Dossier,
texte [25]). L'épicurien Velléius, dans le témoignage de Cicéron (§ 6),
explique que la forme humaine est « la plus belle de toutes » ; elle est
par conséquent la forme la plus appropriée à la représentation du divin.
Cela ne veut pas dire que les dieux aient le même type de pensées et
d'intentions que les hommes. De fait, ils n'éprouvent ni colère, ni envie
et sont indifférents aux affaires humaines.

3. Probablement : ni la douleur corporelle ni la douleur psychique.
L'élimination de toute douleur suffit à procurer et, conséquemment, à
délimiter le plus haut degré de plaisir.

4. Voir *Mén.*, 132 ; *SV* 5.

5. À savoir : vivre de manière prudente, belle et juste.

6. Nous traduisons « pour être en confiance à l'égard de ce qui vient
des <autres> hommes, c'est un bien selon la nature que celui du pouvoir et de la royauté » en conservant le texte des manuscrits (ἕνεκα τοῦ
θαρρεῖν ἐξ ἀνθρώπων ἦν κατὰ φύσιν ἀρχῆς καὶ βασιλείας ἀγαθόν).

7. Je comprends qu'il s'agit de la protection qui peut nous venir des
hommes, c'est-à-dire des biens matériels et des situations de pouvoir.
D'autres traducteurs comprennent qu'il s'agit d'une protection
« contre » les hommes. La protection ou sécurité (*asphaleia*) matérielle
et politique n'est pas, en tout cas, la véritable sûreté, à savoir la sécurité
de l'âme qu'apporte la doctrine d'Épicure. Voir *MC* XIV ; XXVIII.

8. Voir Lucrèce, *DRN*, V, 1120-1135, sur la vaine avidité de pouvoir
et de richesses. La maxime est obscure, mais on peut la comprendre
ainsi : ceux qui croient gagner une protection en s'élevant au-dessus de
leurs semblables peuvent l'obtenir effectivement, mais ils peuvent aussi
la perdre du fait même de ce mode de vie et de la fragilité des avantages
qu'il procure. Voir *MC* XIV.

9. Voir *Mén.*, 129-130 et les notes.

10. Ce texte veut peut-être dire que si tous les plaisirs affectaient une
même partie – ou un même centre psychique et physique – et avaient
une durée égale, ils ne différeraient pas les uns des autres. Or tous les
plaisirs n'ont pas la même stabilité, et nous devons aussi distinguer
entre plaisirs de l'âme et plaisirs du corps.

11. Voir *Hrdt.*, 78-82.

12. C'est-à-dire dans l'univers.

13. En lisant, avec les manuscrits : εἰλικρινεστάτη (« la plus pure »).

14. Ou : « vides ».

15. Voir *Mén.*, 133-135 et les notes.

16. Sur ce thème, central, de la limite des plaisirs, voir *MC* III, XIX à XXII, XXV, XXVIII ; *Mén.*, 131-133 et les notes.

17. La sensation, en effet, est le premier critère de vérité et, en ce sens, le fondement de toute autre connaissance. On ne peut donc l'éliminer sans éliminer du même coup les autres connaissances. Voir ci-dessus, §§ 31-32 et les notes ; Lucrèce, *DRN*, IV, 469-521.

18. Sur les critères et sur la méthode de confirmation ou attestation, voir les §§ 31-34 et *Hrdt.*, 37-38 ; 50-52. Voir Morel [2009], p. 117-159.

19. L'expression « fin de la nature » peut sembler paradoxale, dans la mesure où il n'y a pas de téléologie naturelle dans la physique épicurienne : les phénomènes naturels ne sont pas orientés vers un but prédéterminé et l'univers dans son ensemble n'est ni produit ni régi par une intention démiurgique ou par un dessein intelligent. La « fin » de la nature est ici la limite ou l'ensemble des limites que nous devons viser pour orienter et contenir nos désirs. L'absence de trouble psychique résulte de la claire analyse et de l'acceptation des limites qui nous sont assignées par notre constitution naturelle. Voir notamment *MC* XX-XXII et *SV* 25.

20. Peut-être la durée de la vie, qui, dès lors qu'elle est accompagnée par l'amitié, est à la fois limitée et sûre.

21. Voir *Mén.*, 127-128.

22. Il s'agit peut-être, plus précisément, de statues dédiées à des hommes.

23. Ou : « le signe de reconnaissance » (*sumbolon*). Le juste ou le droit (*dikaion*), considéré dans ce qu'il a de naturel, n'est autre que la forme que prend le besoin ou l'utile dans les sociétés humaines. Les conventions juridiques seront donc conformes à la nature si elles sont conformes à ce qui est utile à la communauté, en matière de préservation de soi et d'autrui. Or, comme le montrent les *MC* XXXVI-XXXVIII, ce qui est utile à une communauté donnée peut changer dans le temps et différer d'une cité à l'autre. La justice n'est rien « en soi », parce qu'elle n'est effective qu'à partir du moment où des hommes, à un moment et en un lieu donnés, ont passé entre eux un contrat (*MC* XXXIII). Le juste, bien qu'il se définisse universellement comme ce qui est « utile à la communauté », dépend toujours d'une situation singulière. Il est en ce sens nécessaire que les lois changent et diffèrent, et cela conformément à la nature elle-même. Il n'y a donc pas d'antinomie, dans la conception épicurienne du droit, entre nature et convention. L'épicurien Hermarque l'a montré par d'autres voies, en retraçant la genèse des sociétés et des institutions humaines. Voir le témoignage de Porphyre, *De l'abstinence*, I, 7-12 (Long-Sedley 22 M-N), qui reproduit la généalogie d'Hermarque. Le choix de l'imparfait par Épicure, dans les *MC* XXXII et XXXIII, renvoie peut-être, précisément, aux débuts de l'humanité.

24. Le terme par lequel Épicure désigne les premières communautés humaines, *sustrophê*, sert ailleurs (*Hrdt.*, 73 ; 74) à désigner les agrégats physiques.

25. Des individus concernés, des citoyens.

Sentences vaticanes

1. Cette série de sentences est éditée sous le titre *Gnomologium Epicureum Vaticanum*, c'est-à-dire *Florilège épicurien du Vatican*. Elle n'appartient pas au livre X de Diogène Laërce, mais a été découverte en 1888 dans un manuscrit du Vatican datant du XIVᵉ siècle (cod. Vat. gr. 1950). Elle est précédée du titre Ἐπικούρου Προσφώνησις, *Exhortation* – ou *Recommandation* – d'Épicure, mais il est très peu probable que toutes ces maximes soient dues à Épicure lui-même. Bien que certaines soient de simples variantes des *Maximes capitales*, d'autres sont aussi connues par la tradition indirecte. D'autres enfin sont attribuées à l'épicurien Métrodore par les témoins et citateurs antiques. Il est donc possible que nous ayons affaire à l'un de ces recueils de sentences épicuriennes qui devaient circuler dans l'Antiquité, et qui mêlaient à un noyau de formules authentiques des aphorismes qui n'étaient pas d'Épicure, mais de ses disciples.

2. Variante de *MC* I.

3. Variante de *MC* IV.

4. La traduction vise à rendre le jeu de mots entre σύντονος (intense, soutenu, pressant) et σύντομος (raccourci, bref, ramassé).

5. Variante de *MC* V.

6. Variante de *MC* XXXV.

7. Voir *MC* XXXIV.

8. Variante de *MC* XV.

9. L'épicurisme ne nie pas le pouvoir physique de la nécessité (*Mén.*, 133), mais il nie le nécessitarisme, c'est-à-dire l'idée que la nécessité serait toute-puissante (voir *Mén.*, 134 ; *SV* 40 et Dossier, textes [13]-[14]). Épicure entend sur ce point se démarquer de Démocrite, pour qui la nécessité est « principe de toutes choses ».

10. Homère, *Iliade*, I, 70.

11. En conservant la leçon manuscrite τὸ χαῖρον, plutôt que τὸν καιρὸν, adopté par Marcovich.

12. Que le bien apparent qui nous a attiré. Épicure, dans cette sentence, fait clairement usage du vocabulaire de la chasse pour évoquer l'attirance pour le mal.

13. Variante de *MC* XXIX.

14. Variante de *MC* XIX.

15. Ou : « son principe » (ἀρχή). La leçon « digne d'être choisie » (αἱρετή) est une correction d'Usener. La leçon manuscrite donne : « une vertu » (ἀρετὴ). En toute rigueur, seul le plaisir est digne d'être

choisi pour lui-même, de sorte que l'on ne peut pas dire, sans déroger aux principes de la doctrine, que l'amitié est « par elle-même digne d'être choisie ». Voir en ce sens Brown [2002]. Inversement, nous manquons de textes attestant clairement que l'amitié pour Épicure *est* à proprement parler une vertu. La sentence peut vouloir dire que l'amitié, bien qu'elle soit utile et légitimement intéressée, est un bien véritable et non pas un simple instrument du bonheur.

16. Voir Diogène d'Œnoanda, fr. 9 et 10 Smith. Voir également l'explication naturaliste des rêves comme effets ultimes de mouvements de simulacres pénétrant l'agrégat corporel avant d'être élaborés et recomposés par la pensée, chez Lucrèce, *DRN*, IV, 722-824 ; 962-1029.

17. Voir ci-dessus, § 121b et *SV* 56-57 et la note.

18. La mention de Zeus est une conjecture inspirée par plusieurs témoignages antiques selon lesquels, pour Épicure, la simplicité de la vie du sage et son bonheur en font l'égal de Zeus. Voir Us. 602.

19. Ou bien : « Nous n'avons pas tant besoin que nos amis satisfassent notre besoin que de la certitude qu'<ils peuvent satisfaire> notre besoin. »

20. Celui qui affirme que tout arrive nécessairement – probablement Démocrite, auquel Épicure attribue une position de ce type – se voit contraint d'admettre, en vertu de sa propre thèse, la proposition de l'adversaire (« tout n'arrive pas par nécessité »), car elle-même est nécessaire. De même, il doit admettre la nécessité du fait même que tout n'arrive pas par nécessité.

21. Je traduis « délivré », en suivant la leçon manuscrite : ἀπολύσεως Autre lecture possible, en adoptant la correction d'Usener (ἀπολαύσεως) reprise par Marcovich : « il faut exactement le même temps pour créer le plus grand des biens et pour en jouir » (Long-Sedley 21 G 2, *Les Philosophes hellénistiques, I, op. cit.*).

22. En suivant la leçon manuscrite : συγκριθεὶς (Usener, Marcovich : συγκαθεὶς).

23. Ou bien : « qui tiennent aux choses ».

24. Variante de *MC* XII.

25. Variante de *MC* VIII. Voir Cicéron, *Tusculanes*, V, 95.

26. Un fragment de papyrus (*Papyrus Berolinensis* 16369) nous conserve le début de la sentence, qu'il rapporte expressément à une lettre de Métrodore à Pythoclès.

27. Sur le thème de la gratitude que l'on doit éprouver à l'égard des moments de bonheur passés, voir *Mén.*, 122 ; *SV* 17 ; 55 ; 69 ; 75.

28. Conjecture de Marcovich, qui propose ainsi, après d'autres éditeurs, de relier les deux sentences. La première partie de la sentence se comprend bien si l'on prend à la lettre la communauté et la réciprocité d'affections qui caractérisent les relations entre les amis : « nous nous réjouissons de la joie de nos amis à l'égal de la nôtre et nous souffrons de leurs peines au même degré qu'eux » (Cicéron, *Fin.*, I, 67). Voir également ci-dessus § 121b et *SV* 28.

29. Ou « à cause de la perfidie », sous-entendu : de son ami.

30. Sur ce thème, central, de l'idéal d'une existence en retrait de la vie publique, et sur le mot d'ordre épicurien « vis caché », voir Salem [1989], p. 140-152 ; Roskam [2007] ; Morel [2007].

31. Cette sentence peut signifier que le vieillard sur le point de mourir est généralement aussi ignorant de la vie et de la mort qu'il l'était à sa naissance. Elle peut aussi vouloir dire qu'il ne sert à rien de vouloir prolonger la vie à toute force, parce qu'on est aussi pauvre dans la mort qu'à la naissance.

32. Très vraisemblablement : faire changer les parents d'attitude. Le texte de la sentence est incertain en plusieurs endroits.

33. La signification exacte de la sentence est difficile à établir. L'option retenue (voir dans le même sens Arrighetti, Conche, Balaudé) s'autorise de l'idée que l'excès de parcimonie n'est qu'avarice et ne vaut donc pas mieux que l'excès opposé. Voir Horace, *Satires*, II, 2, 53-69.

34. Qui ne sait pas se satisfaire de ce qu'il possède est misérable. Voir en ce sens Sénèque, *Lettres à Lucilius*, 9, 20.

35. L'expression « manière de vivre » traduit le grec *diaita*, c'est-à-dire, aussi bien, le régime prescrit par un médecin. L'épicurisme, thérapie de soi et de l'âme (voir *SV* 64), est donc très précisément une « diététique », un équilibre dans l'usage des biens dont nous disposons. En l'occurrence, le bon « régime » consiste à savoir se réjouir, dans le présent, du souvenir des moments heureux. Sur les âmes « ingrates » et insatisfaites, voir Lucrèce, *DRN*, III, 1003, et *SV* 17 ; 55 et la note ; 75.

36. Voir *Mén.*, 129 ; *SV* 16.

37. Variante de *MC* XIII.

38. Selon le mot de Solon, cité partiellement – et critiqué – par Aristote, *Éthique à Nicomaque*, I, 11, 1100a11. Comme Aristote, l'auteur de la sentence pense sans doute qu'il est absurde d'attendre la mort pour estimer la réussite de la vie et pour évaluer le bonheur. Pour Épicure, la remémoration des biens passés montre que nous pouvons, durant notre vie, en apprécier et en actualiser le bénéfice.

39. « Philosopher pour la Grèce » veut sans doute dire « vouloir plaire au peuple ». Sénèque (*Lettres à Lucilius*, 29, 10-11) interprète clairement cette sentence comme une dénonciation de la démagogie et s'autorise explicitement d'Épicure.

40. C'est l'une des très rares apparitions explicites de la notion de liberté (*eleutheria*) dans les textes conservés d'Épicure. La sentence suggère que la liberté est moins un idéal à atteindre qu'une faculté à exercer, puisque l'autosuffisance (voir *Mén.*, 130) est facile à se procurer. Sur la liberté et la responsabilité, voir O'Keefe [2005] ; Masi [2006] ; Morel [2009], p. 162-183. Voir Dossier, textes [13] à [18].

41. Ou : « un bien de la pensée » (νοητὸν), dans la leçon manuscrite. Il est par ailleurs difficile de savoir, dans la leçon retenue, si la sagesse est le bien mortel et l'amitié le bien immortel, ou bien l'inverse.

42. Ce qui veut peut-être dire : son innocence.

43. Le texte est problématique. Je traduis le texte tel qu'il est édité par Arrighetti, suivant la correction d'Usener (ἀδιορίστους) : τῶν παρὰ τὰς ἀδιορίστους αἰτίας.

DOSSIER

Épicure : fragments et témoignages [1]

I. SUR LA PHYSIQUE

[1] Aétius I, 20, 2 (Us. 271)
Épicure dit que la différence entre vide, lieu et espace n'est qu'une différence de nom [2].

[2] Sextus Empiricus, *Contre les savants*, X, 2 (Us. 271)
Il faut donc bien concevoir que, selon Épicure, il y a un aspect de ce qu'il appelle la « substance intangible [3] » qui se nomme le « vide » (*kenon*), un autre le « lieu » (*topos*), un autre l'« espace » (*chôra*), les noms s'échangeant selon les divers points de vue que l'on prend sur elle, puisque la même substance, quand elle est dépourvue de tout corps, s'appelle « vide » ; quand elle est occupée par un corps, elle est nommée « lieu » ; et quand des corps passent à travers elle, elle devient « espace ». Mais le terme générique que l'on emploie chez Épicure est celui de « substance intangible », ainsi nommée du fait qu'elle manque de toute résistance au toucher [4].

---

1. Nous proposons ici une sélection. Extraits (notes exceptées) de A. Long et D. Sedley, *Les Philosophes hellénistiques, I, op. cit.* Les traductions des passages du traité *Sur la nature* d'Épicure sont ponctuellement modifiées d'après la dernière traduction proposée par D. Sedley et J. Brunschwig, parue dans Delattre-Pigeaud [2010].
2. Long-Sedley 5 C.
3. Voir *Hrdt.*, 40.
4. Long-Sedley 5 D.

[3] Sextus Empiricus, *Contre les savants*, X, 219-227

(1) Selon l'interprétation que donne de lui Démétrius Lacon, Épicure dit que le temps est un accident des accidents, qui s'attache aux jours et aux nuits, aux heures, à la présence des sentiments et à leur absence, aux mouvements et aux repos. Toutes ces choses-là sont des accidents qui viennent à coïncider avec certains sujets, et puisque le temps les accompagne toutes, il serait naturel de l'appeler un accident des accidents. (2) En effet – pour remonter un peu plus haut, de façon que l'on suive mieux notre exposé – c'est un principe universel que parmi les choses qui sont, certaines existent par elles-mêmes, alors que d'autres se conçoivent en référence à celles qui existent par elles-mêmes ; celles qui existent par elles-mêmes sont des choses comme les substances (à savoir le corps et le vide), alors que celles qui se conçoivent en référence à celles qui existent par elles-mêmes sont ce qu'ils appellent des « attributs ». (3) Parmi ces attributs, certains sont inséparables des choses dont ils sont les attributs, d'autres sont de nature à en être séparés. Inséparables des choses dont elles sont les attributs sont, par exemple, la résistance du corps et l'absence de résistance du vide ; car il n'est pas possible de concevoir le corps sans résistance, ni le vide sans absence de résistance ; ce sont là des attributs permanents de l'un et de l'autre – résister pour l'un, ne pas résister pour l'autre. (4) Non inséparables des choses dont ils sont les attributs sont, par exemple, le mouvement et le repos ; car les corps composés ne sont ni en mouvement incessant ni en repos ininterrompu : tantôt ils ont l'attribut du mouvement, tantôt celui du repos (bien que l'atome, pris en lui-même, soit toujours en mouvement, puisqu'il doit être à proximité soit du vide soit du corps : s'il est à proximité du vide, il se meut à travers lui à cause de son absence de résistance, et si c'est du corps, il s'éloigne de lui par ricochet à cause de sa résistance). (5) Ces choses que le temps

accompagne sont donc des accidents – je veux dire le
jour et la nuit, l'heure, la présence de sentiments et leur
absence, les mouvements et les repos. En effet, le jour et
la nuit sont des accidents de l'air environnant, le jour
devenant son attribut en vertu de l'illumination qui lui
vient du soleil, et la nuit lui survenant en vertu de la
cessation de l'illumination qui lui vient du soleil. L'heure,
qui est une partie soit du jour soit de la nuit, est à son
tour un accident de l'air, tout comme le jour et la nuit ;
et à chaque jour, à chaque nuit, à chaque heure, le temps
est coextensif. C'est pour cette raison que l'on dit d'un
jour ou d'une nuit qu'ils sont longs ou courts, pendant
que nous passons le temps qui en est l'attribut. Quant à
la présence de sentiments et à leur absence, ce sont soit
des douleurs soit des plaisirs, et pour cette raison ce ne
sont pas des substances, mais des accidents de ceux qui
éprouvent plaisir ou peine – et des accidents qui ne sont
pas intemporels. En outre, le mouvement, et aussi le
repos sont eux-mêmes, comme nous l'avons déjà établi,
des accidents des corps, non séparés du temps : car la
vitesse et la lenteur du mouvement, la durée plus ou
moins grande du repos, c'est par le temps que nous les
mesurons [1].

[4] Aétius IV, 3, 11 (Us. 315)

Épicure [dit que l'âme est] un mélange fait de quatre
éléments, dont l'un ressemble au feu, l'autre à l'air,
l'autre au souffle de vent, le quatrième n'ayant pas de
nom.

C'est à ce dernier qu'il attribue la responsabilité de la
sensation. Le souffle de vent, dit-il, produit en nous le
mouvement, l'air produit le repos, le chaud produit la
chaleur manifeste du corps, et l'élément sans nom produit la sensation en nous, car celle-ci ne se trouve dans
aucun des éléments qui ont un nom [2].

---

1. Long-Sedley 7 C.
2. Long-Sedley 14 C.

II. Sur la théorie de la connaissance

[5] Sextus Empiricus, *Contre les savants*, VII, 206-210 (extrait partiel d'Us. 247)

[Résumé de la doctrine d'Épicure] (1) Certains sont induits en erreur par la différence des impressions qui paraissent nous atteindre en provenance du même objet sensible, par exemple visible, différence qui fait que l'objet apparaît d'une autre couleur, ou d'une autre forme, ou altéré de quelque autre manière ; car ils ont supposé que, lorsque les impressions diffèrent et sont ainsi en conflit, l'une doit être vraie, et celle qui s'y oppose être fausse. C'est là une naïveté, caractéristique de ceux qui sont aveugles à la nature réelle des choses. (2) En effet, ce n'est pas le solide tout entier qui est vu, pour prendre l'exemple des choses visibles ; c'est la couleur du solide. Et dans la couleur, il y en a une part qui est sur le solide lui-même, comme dans le cas des choses que l'on voit de près ou à peu de distance ; mais une part en est à l'extérieur du solide, et elle est objectivement située dans l'espace qui lui est adjacent, comme dans le cas des choses vues à grande distance. Cette couleur qui s'altère dans l'espace intermédiaire, et qui prend une forme particulière, provoque une impression qui correspond à ce qui est son véritable état objectif. (3) Ainsi, de même que ce que nous entendons en fait n'est pas le son qui est à l'intérieur du vase de bronze que l'on heurte, ou de la bouche de l'homme qui crie, mais celui qui vient au contact de notre sens, et de même encore que personne ne dit que celui qui entend à distance un son faible entend mal, sous prétexte qu'en s'approchant il le perçoit plus fort, (4) de même je ne dirais pas que la vue se trompe sous prétexte qu'à grande distance elle voit la tour petite et ronde, et de plus près grande et carrée. Je dirais plutôt qu'elle est dans le vrai, parce que, lorsque l'objet sensible lui apparaît petit et de telle forme, il est réellement petit et de cette forme, les bords des images s'étant érodés en raison de leur voyage à travers l'air ; et quand il lui apparaît grand et d'une autre forme, il est pareillement, cette fois encore, grand et de cette autre forme. Ce n'est cependant pas le même objet qui est les deux à la fois : car il est réservé à l'opinion pervertie de supposer que l'objet de l'impression qui est vu de près et celui qui est vu de loin sont un seul et même objet. (5) La fonction propre de la sensation est de n'appréhender que ce qui lui est présent et qui la met en mouvement, par exemple la couleur, et non de décider que l'objet ici est différent de l'objet là. (6) C'est pourquoi, pour cette raison, toutes les sensations sont vraies. [Les opinions, de leur côté, ne sont pas toutes vraies,] mais comportent quelque différence. Parmi elles, certaines sont vraies, d'autres fausses, puisque ce sont des jugements que nous portons sur la base de nos impressions, et que nous jugeons parfois correctement, mais parfois incorrectement, soit parce que nous ajoutons et que nous attachons quelque chose à nos impressions, soit parce que nous leur enlevons quelque chose, et pour le dire en général, parce que nous frappons d'erreur la sensation irrationnelle [1].

[6] Sextus Empiricus, *Contre les savants*, VII, 211-216 (extrait partiel d'Us. 247) [2]

(1) Parmi les opinions, selon Épicure, certaines sont vraies, et certaines fausses. Sont vraies celles qui sont attestées par l'évidence et celles qui sont non contestées par elle ; fausses, celles qui sont contestées par l'évidence et celles qui sont non attestées par elle. (2) L'attestation est la perception, par le biais d'une impression évidente de soi, du fait que l'objet de l'opinion est tel qu'on croyait qu'il était. Par exemple, si Platon s'avance de très loin, je forme l'opinion conjecturale, à cause de la distance, que c'est Platon. Mais quand il s'est approché,

---

1. Long-Sedley 16 E.
2. Suite immédiate du texte précédent.

l'attestation s'ajoute que c'est bien Platon, maintenant que la distance est supprimée, et cela est attesté par l'évidence elle-même. (3) La non-contestation est le fait que la chose non évidente que l'on suppose et que l'on croit suit de ce qui est manifeste. Par exemple, Épicure, quand il dit que le vide existe, ce qui est non évident, le prouve par le biais d'une chose évidente, le mouvement ; car si le vide n'existe pas, le mouvement ne doit pas exister non plus, le corps mû n'ayant pas de place où aller si tout est plein et compact. Ainsi, ce qui est manifeste, puisque le mouvement existe, ne conteste pas la chose non évidente qui fait l'objet de l'opinion. (4) La contestation, en revanche, est quelque chose qui est en conflit avec la non-contestation ; car c'est l'élimination de ce qui est manifeste par la chose non évidente qui est supposée. Par exemple, le stoïcien dit que le vide n'existe pas, et ce jugement porte sur une chose non évidente ; mais une fois que cette supposition est faite, la chose manifeste, à savoir le mouvement, doit être co-éliminée avec l'autre ; car si le vide n'existe pas, nécessairement le mouvement n'a pas lieu non plus, selon la méthode que nous avons déjà mise en lumière. (5) De même encore, la non-attestation fait pendant à l'attestation ; elle est en effet l'appréhension, par le biais de l'évidence, du fait que l'objet de l'opinion n'est pas tel qu'on croyait qu'il était. Par exemple, si quelqu'un s'avance de loin, nous formons la conjecture, à cause de la distance, que c'est Platon. Mais quand la distance est supprimée, nous reconnaissons grâce à l'évidence que ce n'est pas Platon. Voilà quel genre de chose est la non-attestation : ce que l'on croyait n'a pas été attesté par ce qui est manifeste. (6) Ainsi, attestation et non-contestation sont le critère de ce que quelque chose est vrai, tandis que non-attestation et contestation sont celui de ce que quelque chose est faux. Le socle et le fondement de toutes choses, c'est l'évidence [1].

---

1. Long-Sedley 18 A.

[7] Sextus Empiricus, *Contre les savants*, VIII, 63 (extrait partiel d'Us. 253)

(1) Épicure avait coutume de dire que tous les sensibles sont vrais, que toute impression provient de quelque chose d'existant et ressemble à la chose qui met la sensation en mouvement ; (2) et que ceux qui disent que certaines impressions sont vraies, mais certaines autres fausses, sont dans l'erreur, parce qu'ils sont incapables de séparer l'opinion de l'évidence. (3) Dans le cas d'Oreste, à coup sûr, quand il croyait voir les Furies, sa sensation, mise en mouvement par les images, était vraie (car les images existaient objectivement) ; c'est son esprit qui formait une opinion fausse quand il pensait que les Furies étaient des corps solides [1].

[8] Plutarque, *Contre Colotès* [2], 1109 C-E (extrait partiel d'Us. 250)

Pour ce qui concerne les fameuses « correspondances de taille » et « consonances » des pores dans les organes des sens, et les « mélanges multiples » des semences qui, selon eux [les épicuriens], sont disséminées dans toutes les saveurs, odeurs et couleurs, et qui éveillent des sensations qualitatives différentes chez les différentes personnes, cela ne court-il pas tout droit vers la formule « pas davantage [comme ceci que comme cela] », dans leur idée ? En effet, pour rassurer ceux qui croient que la sensation est trompeuse parce qu'ils voient que les sujets sentants sont affectés de manières opposées par les

---

1. Long-Sedley 16 F.
2. Le *Contre Colotès* de Plutarque est une réponse au traité de l'épicurien Colotès de Lampsaque intitulé *Sur le fait que la conformité avec les thèses des autres philosophes rend la vie impossible*. L'ouvrage de Colotès, rédigé autour de 260, a pour objet de dénoncer le scepticisme auquel conduiraient la plupart des doctrines philosophiques, et de leur opposer la philosophie d'Épicure, pour qui la vérité des sensations est indubitable. Plutarque retourne ici, contre les épicuriens eux-mêmes, la critique adressée par Colotès à la thèse de Démocrite « aucune chose n'est davantage ceci que cela ». Voir sur ce point Morel [1996], p. 336-346.

mêmes objets, ils enseignent que, puisque toutes choses sont confondues et mélangées pêle-mêle, et que les unes sont de nature à s'adapter aux unes, les autres aux autres, ce n'est pas de la même qualité qu'il y a contact et appréhension, et que l'objet ne met pas tout le monde en mouvement de la même façon par toutes ses parties : en fait, tous accueillent seulement ce dont la taille correspond à leur pouvoir de sensation, de sorte qu'ils ont tort de se disputer pour savoir si la chose est utile ou mauvaise, blanche ou non, croyant conforter leurs propres sensations en réfutant celles des autres. Il ne faut combattre aucune sensation : toutes ont contact avec quelque chose, chacune tirant du mélange multiple, comme d'une source, ce qui lui est proportionné et adapté. Mais il ne faut pas se prononcer sur le tout quand on a contact avec les parties ; et il ne faut pas non plus croire que tous sont affectés de la même manière, puisque les uns sont affectés par une qualité, par un pouvoir, et les autres par d'autres [1].

[9] Épicure, *Sur la nature*, XXVIII
(31, 10, 2-12 Arrighetti)

En supposant qu'à cette époque [2] nous pensions et disions quelque chose qui équivalait, dans la terminologie que nous utilisions alors, à dire que l'erreur humaine tout entière n'a pas d'autre forme que celle qui naît à l'articulation des préconceptions et des apparences, en raison des conventions très variées du langage... [le texte s'interrompt ici] [3].

---

1. Long-Sedley 16 I.
2. Allusion d'Épicure à ses propres vues antérieures sur le langage ordinaire, qu'il semble avoir d'abord tenu pour la cause principale de nos erreurs. Le texte [10] expose, en réponse à l'épicurien Métrodore, la thèse finalement adoptée : le langage ordinaire, bien qu'il soit fondé sur des conventions, est fiable et il doit être pris pour guide. Voir par exemple Diogène Laërce, *Vies*, X, 31 ; 33, et *Hrdt.*, 37 ; 72-73.
3. Long-Sedley 19 D.

[10] Épicure, *Sur la nature*, XXVIII
(31, 13, 23-14, 12 Arrighetti)

Mais peut-être n'est-ce pas le moment de prolonger la discussion en citant ces cas ? Tout à fait d'accord, Métrodore. Je pense en effet que tu pourrais citer beaucoup de cas, d'après tes propres observations passées, où certains ont pris les mots en divers sens ridicules, et même en n'importe quel sens, plutôt que dans leur signification linguistique effective. En revanche, notre propre usage des mots ne transgresse pas les conventions linguistiques, et nous ne changeons pas les noms dans le cas des choses évidentes [1].

[11] Commentaire anonyme au *Théétète* de Platon,
22, 39-47

Épicure dit que les noms [propres] sont plus clairs que les définitions, et qu'il serait vraiment absurde de dire, au lieu de « Salut, Socrate ! », « Salut, animal raisonnable mortel [2] ! »

[12] Cicéron, *Des termes extrêmes des biens*
et des maux, I, 22 (extrait partiel d'Us. 243)

Dans l'autre branche de la philosophie, la logique, qui concerne la recherche et l'argumentation, votre maître [Épicure] me paraît désarmé et comme nu. Il abolit les définitions. Il n'enseigne rien sur la division et la partition. Il ne donne aucun conseil pour construire un argument déductif. Il ne montre pas comment résoudre les sophismes, ni comment dissiper les ambiguïtés [3].

---

1. Long-Sedley 19 E.
2. Long-Sedley 19 F.
3. Long-Sedley 19 H.

III. SUR L'ÉTHIQUE

[13] Épicure, *Sur la nature*, XXV
(34, 21-22 Arrighetti)

(1) Mais beaucoup d'êtres capables par nature d'atteindre tels ou tels résultats n'y parviennent pas, du fait d'eux-mêmes et non du fait d'une seule et même responsabilité des atomes et d'eux-mêmes. (2) Et ce sont ces êtres-là que nous combattons spécialement, à qui nous adressons des reproches, que nous haïssons pour une disposition qui prend sa source dans leur nature désordonnée, comme nous le faisons concernant tous les animaux. (3) Car la nature de leurs atomes n'a contribué en rien à certains de leurs comportements ni à certaines intensités dans leurs comportements et leurs dispositions, mais ce sont leurs développements eux-mêmes [1] à qui incombe la responsabilité totale ou principale de certaines choses. (4) Il résulte de cette nature que certains de leurs atomes ont des mouvements désordonnés, mais ce n'est pas à leurs atomes que toute <la responsabilité de leurs comportements doit être attribuée […]>. (5) Ainsi quand un développement se produit qui reçoit une différenciation quelconque des atomes selon un mode distinctif – non pas à la manière où l'on voit différemment quand on regarde de distances différentes –, il acquiert une responsabilité qui procède de lui-même ; (6) puis il la transmet directement à ses substances premières et de la totalité de cela il fait une règle [2]. (7) C'est pourquoi ceux qui sont incapables de faire de telles distinctions correctement sont dans la confusion en ce qui concerne l'attribution des responsabilités [3].

---

1. Il faut comprendre : leur développement psychique personnel, résultat de l'action et de l'éducation morale.
2. « une règle » ou : « une sorte d'unité ».
3. Long-Sedley 20 B.

[14] Épicure, *Sur la nature*, XXV
(34, 26-30 Arrighetti)

(1) Depuis le tout début, nous avons toujours des semences [1] qui nous dirigent les uns vers ceci, d'autres vers cela, d'autres vers ceci *et* cela, actions, pensées et dispositions en plus ou moins grand nombre. Par suite, vient un moment où ce que nous développons – des caractéristiques de telle ou telle sorte – dépend absolument de nous, et où ce qui [2], par nécessité, s'écoule à l'intérieur de nous à travers nos canaux, venant des objets qui nous entourent, dépend de nous, ou des opinions que nous formons nous-mêmes [...]. (2) <Et contre l'argument selon lequel notre choix éventuel entre ces possibilités doit avoir comme cause physique soit notre constitution initiale soit ces influences extérieures> qui ne cessent d'agir sur nous, nous pouvons invoquer le fait que nous nous faisons des reproches, nous nous opposons et nous nous corrigeons mutuellement, comme si la responsabilité se trouvait aussi en nous-mêmes, et pas seulement dans notre constitution innée et dans la nécessité accidentelle de ce qui nous entoure et nous pénètre. (3) Car si quelqu'un attribuait à ces processus eux-mêmes – faire et recevoir des reproches – la nécessité accidentelle de tout ce qui se trouve lui être présent au moment considéré, j'ai bien peur qu'il ne puisse jamais comprendre de cette manière <son propre comportement s'il continue la discussion [...]>. (4) <Il peut simplement choisir de maintenir sa thèse [3], alors qu'en pratique il continue> à blâmer ou à louer. Mais en agissant ainsi, il laisserait intact le comportement lui-même que, en tant que notre moi est concerné, nous concevons en conformité avec la préconception de notre responsabilité, et il n'aurait fait qu'en changer le nom <...> (5) <...> d'une telle erreur.

---

1. Des potentialités, ou bien des atomes.
2. Les simulacres.
3. La thèse déterministe, probablement une thèse du même type que celle de Démocrite.

Car un tel raisonnement se réfute lui-même, et ne peut jamais établir que tout appartient au genre des choses dites « nécessaires » ; mais il débat de cette question même en supposant que son adversaire est lui-même responsable de dire des absurdités [1]. (6) Et même s'il va à l'infini en disant que c'est *celle-ci* parmi ses actions qui est à son tour nécessairement produite, en en appelant toujours au raisonnement, il ne raisonne pas empiriquement, aussi longtemps qu'il continue à s'imputer à lui-même la responsabilité d'avoir raisonné correctement et à imputer à son adversaire celle d'avoir raisonné incorrectement. (7) Mais à moins qu'il n'arrête de s'attribuer à lui-même son action et qu'il ne la rapporte plutôt à la nécessité, il ne serait même pas <cohérent [...]>. (8) <D'un autre côté, > si en appliquant le mot « nécessité » à ce que nous appelons notre activité propre, il ne fait que changer un nom, et s'il ne prouve pas que nous possédons une préconception qui a des traits défectueux [2] quand nous disons que notre activité propre est responsable, son propre <comportement pas plus que celui des autres ne sera affecté [...]>. (9) <...> mais même dire que la nécessitation est vide comme résultat de votre thèse. Si quelqu'un ne peut pas expliquer cela, et n'a pas d'autre élément ni d'impulsion en nous qu'il pourrait détourner d'accomplir les actions que nous accomplissons en en attribuant la responsabilité à « notre activité propre », mais donne le nom de « nécessité » à tout ce que nous prétendons faire en en attribuant la responsabilité à « notre activité propre », il ne fera que changer un nom. (10) Il ne modifiera aucune de nos actions à la manière dont, dans certains cas, celui qui voit quelles sortes d'actions sont nécessaires dissuade régulièrement ceux qui veulent faire quelque chose en dépit de la contrainte. (11) Et l'esprit s'efforcera d'apprendre quelle sorte

---

1. Variante de l'argument de *SV* 40.
2. Or les préconceptions sont vraies et évidentes d'elles-mêmes. Voir Diogène Laërce, X, 33, et notre Introduction, p. 20.

d'action il doit alors considérer comme celle que nous accomplissons d'une certaine manière par notre activité propre, mais sans le désirer. Car il n'y a rien d'autre qu'il puisse faire ou dire <...> (12) <...> impensable au plus haut point. Mais à moins que quelqu'un ne maintienne cela à toute force, ou ne montre quel fait il réfute et quel fait il introduit, c'est seulement un mot qui est changé, comme je me tue à le répéter.

(13) Les premiers qui ont exposé les causes de manière satisfaisante, gens qui sont non seulement bien supérieurs à leurs prédécesseurs, mais à bien des coudées au-dessus de ceux qui les ont suivis, sont restés aveugles sur eux-mêmes – alors qu'ils ont apporté de grands soulagements en beaucoup de domaines – quand ils ont attribué la responsabilité de toutes choses à la nécessité et au hasard. (14) De fait, le raisonnement qui enseignait cela se trouva ruiné quand il tint caché au grand homme [1] que ses actes entraient en conflit avec son opinion ; et s'il n'arrivait pas qu'un certain aveuglement à l'égard de la doctrine ne s'empare de lui quand il agissait, il serait dans un trouble continuel : dans la mesure où son opinion l'emporte, il tombe dans les pires maux ; si elle ne l'emporte pas, il se trouve rempli de dissension du fait de la contradiction entre son opinion et ses actes.

(15) C'est à cause de cela que le besoin se fait aussi sentir d'expliquer le sujet que je discutais au moment où j'ai commencé cette digression, <de peur qu'un pareil mal ne nous arrive> [2].

[15] Cicéron, *Du destin*, 21-25

(1) À ce point, d'abord, si j'étais disposé à être d'accord avec Épicure et à nier que toute proposition fût vraie ou fausse, je préférerais recevoir ce coup que d'accepter que tout arrive par le destin. En effet, la pre-

---

1. Démocrite, auquel il est fait allusion dès les lignes précédentes. Il est, pour Épicure, l'un des représentants majeurs de la position déterministe ou « nécessitariste ». Voir texte [15], (3).
2. Long-Sedley 20 C.

mière thèse a quelque chose qui peut se discuter, alors
que l'autre est vraiment intolérable. Ainsi Chrysippe
tend-il tous ses nerfs pour nous persuader que tout
axioma (proposition) est vrai ou faux. Car tout comme
Épicure a peur que, s'il admet cela, il devra admettre que
tout arrive par le destin – car si l'un des deux termes
d'une alternative est vrai de toute éternité, il est également certain, et s'il est certain, il est aussi nécessaire, ce
qu'il considère comme suffisant pour établir à la fois la
nécessité et le destin –, de même Chrysippe craint que,
s'il n'arrive pas à établir que toute proposition est vraie
ou fausse, il ne puisse soutenir que tout arrive par le
destin et en vertu des causes éternelles des choses futures.
(2) Mais Épicure pense éviter la nécessité du destin par
la déclinaison des atomes [1]. Ainsi, une troisième sorte de
mouvement naît, à côté du poids et du choc, quand un
atome dévie d'un intervalle minimum (qu'il appelle *ela-
chiston*). Que cette déclinaison ait lieu sans cause, il est
bien obligé de l'admettre, sinon explicitement, du moins
en pratique. Ce n'est en effet pas par le choc d'un autre
atome qu'un atome décline. Car enfin comment pour-
raient-ils se heurter mutuellement, si les corps atomiques
sont transportés par leur poids propre verticalement et
en ligne droite, comme le soutient Épicure ? Car s'ils ne
se touchent même pas, il s'ensuit que l'un n'est jamais
dévié de sa course par un autre. La conséquence est que,
même si l'atome existe et qu'il subit une déclinaison, il
subit une déclinaison sans cause. (3) Épicure a introduit
cette théorie parce qu'il craignait que, si le mouvement
des atomes était toujours dû à une pesanteur naturelle et
nécessaire, nous n'aurions aucune liberté, puisque ainsi
notre esprit serait mû de la façon dont l'y contraindrait
le mouvement des atomes. Démocrite, l'inventeur des
atomes, a préféré accepter cette conséquence que tout

---

1. Sur la déclinaison ou déviation atomique, *clinamen* en latin, voir
ci-dessus, p. 154. Voir également le texte [16].

arrive par nécessité, plutôt que de priver les corps atomiques de leurs mouvements naturels.

(4) Carnéade était plus subtil, qui enseignait que les
épicuriens pouvaient soutenir leur position sans cette
déclinaison fictive. Car, puisqu'ils enseignaient qu'il pouvait exister un certain mouvement volontaire de l'esprit,
il eût mieux valu soutenir cela qu'introduire la déclinaison, alors surtout qu'ils n'en pouvaient pas découvrir la
cause. Et en le soutenant, ils pouvaient facilement résister à Chrysippe. (5) En effet, en accordant qu'il n'y a pas
de mouvement sans cause, ils n'auraient pas accordé que
tous les événements étaient le résultat de causes antécédentes. Car notre volonté n'a pas de causes externes antécédentes. Donc, quand nous disons que quelqu'un veut
ou ne veut pas quelque chose sans cause, nous profitons
d'une convention linguistique commune : par « sans
cause » nous entendons sans cause externe antécédente,
non sans *aucune* sorte de cause. De même que, quand
nous disons qu'un vase est vide, nous ne parlons pas
comme les physiciens qui soutiennent que le vide est un
néant absolu, mais notre expression signifie qu'il ne
contient ni eau, ni vin, ni huile, de même quand nous
disons que l'esprit se meut « sans cause », nous voulons
dire qu'il se meut absolument sans cause externe antécédente, et non pas qu'il se meut absolument sans cause.
(6) De l'atome lui-même on peut dire, quand il se meut
à travers le vide du fait de sa pesanteur et de son poids,
qu'il se meut sans cause, du fait que nulle cause ne s'y
ajoute du dehors. Mais là aussi, pour que tous les physiciens ne se moquent pas de nous si nous disions que
quelque chose arrive sans cause, nous devons faire une
distinction et dire ceci : c'est la nature de l'atome lui-
même de se mouvoir du fait de son poids et de la pesanteur, et c'est cette nature elle-même qui est la cause pour
laquelle il se meut de cette manière. (7) De même pour
les mouvements volontaires de l'esprit, il n'est pas besoin
de chercher une cause externe. En effet le mouvement
volontaire lui-même possède en lui-même intrinsèque-

ment cette nature d'être en notre pouvoir et de nous obéir. Et ce n'est pas sans cause, car la cause est la nature propre de cette chose [1].

[16] Diogène d'Œnoanda, 54, 1, 14-3, 14 (Smith)

Une fois que la divination a été éliminée, quelle autre preuve peut-il y avoir du destin ? Car si quelqu'un recourt au raisonnement de Démocrite, qui dit que du fait de leurs rencontres mutuelles les atomes n'ont pas de mouvement libre, et que, de ce fait, tous les mouvements sont produits par la nécessité, nous lui répliquerons : « Ne sais-tu pas, qui que tu sois, qu'il y a aussi dans les atomes un mouvement libre, que Démocrite n'a pas su découvrir, mais qu'Épicure a mis en évidence, une déclinaison, comme il le montre par l'évidence des faits ? » Mais le principal, c'est que si l'on croit dans le destin, c'est la fin de toute condamnation et de toute admonestation, et même les méchants <n'encourront aucun blâme> [2].

[17] Cicéron, *Du destin*, 37

(1) De deux contradictoires – par contradictoires j'entends ici une paire dont l'un des membres affirme quelque chose que l'autre nie – il est nécessaire, quoi qu'en dise Épicure, que l'un soit vrai et l'autre faux ; par exemple : « Philoctète sera blessé » était vrai dans tous les siècles antérieurs, et « Philoctète ne sera pas blessé » était faux. (2) À moins que peut-être nous ne soyons enclins à adopter la position des épicuriens, qui disent que de telles propositions ne sont ni vraies, ni fausses (3) ou, qui, quand cela leur fait honte, disent quelque chose qui est encore plus honteux, à savoir que les disjonctions de contradictoires sont vraies, mais que parmi les propositions originaires qu'elles contiennent, aucune n'est vraie [3].

---

1. Long-Sedley 20 E.
2. Long-Sedley 20 G.
3. Long-Sedley 20 H.

[18] Cicéron, *Académiques*, II, 97 (Us. 376)

Car bien qu'on ne puisse pas faire admettre à Épicure, qui méprise et tourne en ridicule l'ensemble de la dialectique, qu'une proposition de la forme « soit Hermarque sera vivant demain, soit il ne sera pas vivant » soit vraie, en dépit du fait que les dialecticiens ont pour règle que toute disjonction de la forme « soit p soit non-p » est non seulement vraie mais même nécessaire, vois combien est prudent l'homme que les stoïciens considèrent comme un balourd. « Car si, dit-il, je concède que l'un des deux est nécessaire, il sera nécessaire pour Hermarque soit d'être vivant demain, soit de ne pas être vivant. Or il n'y a aucune nécessité de cette sorte dans la nature des choses [1]. »

[19] Cicéron, *Des termes extrêmes des biens et des maux*, I, 29-32, 37-39 (avec des omissions)

[Torquatus, porte-parole épicurien] (1) Nous recherchons ce qu'est le bien suprême et ultime, qui, de l'avis de tous les philosophes, doit être tel qu'il soit la fin en vue de laquelle tout est ordonné comme moyen, mais qui ne soit lui-même ordonné comme moyen à rien. Épicure le place dans le plaisir, qu'il estime être le plus grand des biens, la douleur étant le plus grand des maux. Voici comment il entreprend d'exposer sa doctrine. (2) Tout animal, dès sa naissance, recherche le plaisir et en jouit comme du plus grand des biens, alors qu'il repousse la douleur comme le plus grand des maux, et l'évite dans la mesure du possible. Et il agit ainsi quand il n'est pas encore corrompu, suivant le jugement pur et sain de la nature elle-même. En conséquence, dit Épicure, il n'y a nul besoin de prouver ou de discuter pour quelle raison le plaisir doit être recherché et la douleur évitée. Il pense que cela est perçu, exactement comme la chaleur du feu, la blancheur de la neige et la douceur du miel, dont aucune n'a besoin d'une confirmation par des arguments

---

1. Long-Sedley 20 I.

élaborés : il suffit de les signaler [...] (3) Puisqu'il ne reste rien à un homme si on lui a enlevé ses sensations, il faut que ce soit la nature elle-même qui juge de ce qui est conforme ou contraire à la nature. Mais que perçoit-elle ou que juge-t-elle, si ce n'est le plaisir et la douleur, sur la base desquels elle recherche ou évite quoi que ce soit ? (4) Certains membres de notre école, néanmoins, voudraient transmettre ces doctrines sous une forme plus subtile : déniant qu'il soit suffisant de juger de ce qui est bon et mauvais par la sensation, ils disent que le caractère intrinsèquement désirable du plaisir et intrinsèquement indésirable de la douleur peut aussi être saisi par l'esprit et la raison. Ainsi soutiennent-ils que le fait que nous sentions que l'un est désirable et l'autre indésirable est virtuellement une préconception naturelle et innée dans notre esprit. [...] Pour que vous soyez en mesure de voir l'origine de toute l'erreur de ceux qui incriminent le plaisir et louent la douleur, je vais mettre en lumière la totalité de la question, et rapporter les mots mêmes du fameux découvreur de la vérité et, pour ainsi dire, de l'architecte de la vie heureuse. (5) Personne ne rejette, ne déteste ni ne fuit le plaisir lui-même parce qu'il est plaisir, mais parce que de grandes douleurs en résultent pour ceux qui ne savent pas comment le rechercher rationnellement. Personne non plus n'aime, ne recherche ni ne veut obtenir la douleur parce qu'elle est douleur, mais parce que parfois des circonstances se présentent qui font qu'on peut se procurer quelque grand plaisir par le moyen de la peine et de la douleur [...]. (6) Le plaisir que nous recherchons n'est pas seulement ce qui met en branle notre nature elle-même avec quelque douceur et qui est perçu par les sens accompagné d'une certaine jouissance ; nous tenons pour le plus grand plaisir ce que nous ressentons une fois que l'on a éliminé toute douleur. Car lorsque nous sommes libérés de la douleur, nous jouissons de cette libération effective et de l'absence de toute peine ; mais tout ce de quoi nous jouissons est plaisir, tout comme tout ce qui nous cause de la peine est douleur. Donc, la suppression complète de la douleur a été avec raison appelée plaisir. Ainsi, quand la faim et la soif ont été supprimées par de la nourriture et de la boisson, la simple suppression de la peine amène le plaisir à sa suite. Ainsi, dans tous les cas, la suppression de la douleur produit un plaisir à sa place. (7) En conséquence, Épicure n'a pas admis l'existence de quoi que ce soit entre le plaisir et la douleur. Ce que certains ont considéré comme intermédiaire – l'absence complète de douleur – il le considérait non seulement comme un plaisir, mais aussi comme le plaisir le plus grand. Car quiconque a conscience de la manière dont il est affecté est nécessairement en état de plaisir ou de douleur. En outre, Épicure pense que l'absence complète de douleur marque la limite du plaisir le plus grand, de sorte qu'au-delà le plaisir peut varier et se différencier, mais ne peut ni s'accroître ni s'étendre. (8) Mais à Athènes […] il y a au Céramique une statue de Chrysippe assis la main étendue, laquelle main indiquait un petit syllogisme qui faisait ses délices : « Y a-t-il quelque chose que ta main, affectée comme elle l'est, désire ? – Certainement pas. – Mais si le plaisir était le bien, elle désirerait quelque chose. – Oui, je crois. – Donc le plaisir n'est pas le bien. » […] Le raisonnement est entièrement valable contre les cyrénaïques, mais n'atteint pas Épicure [1].

[20] Cicéron, *Tusculanes*, III, 41-42 (Us. 67, 69)

[Citation de l'ouvrage d'Épicure *Sur la fin*] (1) « Pour ma part je ne peux rien concevoir qui puisse être le bien, si j'en soustrais les plaisirs perçus par le goût, ceux perçus dans l'activité sexuelle, ceux qui viennent quand on entend de la musique, les agréables mouvements perçus par les yeux par le moyen des belles choses, ou n'importe quel autre plaisir qui prend naissance dans l'homme en sa totalité par le sens que l'on voudra. Il n'est assurément pas possible de dire que le plaisir de

---

1. Long-Sedley 21 A.

l'esprit est seul à mettre au rang des biens. En effet, je comprends ainsi le plaisir de l'esprit : l'attente de toutes les choses qu'on vient de dire, pourvu que par nature on puisse les acquérir sans douleur [...]. » (2) Un peu plus loin, il dit : « J'ai souvent demandé à ceux qu'on appelle des sages ce qu'ils peuvent garder au nombre des biens s'ils en soustraient ces choses, à moins qu'ils ne veuillent répandre des mots vides. Je n'ai rien pu en apprendre ; et s'ils veulent continuer à babiller à propos des vertus et des sagesses, ils ne parleront de rien d'autre que de la manière dont sont produits les plaisirs dont j'ai parlé [1]. »

[21] Athénée, 546 F (Us. 409, 70)

Épicure dit : « Le plaisir du ventre est le principe et la racine de tout bien, et c'est à lui que se ramènent les choses sages et les choses les plus raffinées. » Et dans son *De la fin* [2], il dit aussi : « Il nous faut honorer le beau, les vertus et les choses de ce genre s'ils procurent du plaisir ; mais s'ils ne le font pas, il faut leur dire adieu [3]. »

[22] Cicéron, *Des termes extrêmes des biens et des maux*, II, 9-10

(1) Cicéron : « Est-ce que, dis-je, je puis te demander si celui qui a soif prend plaisir à boire ? » Torquatus [le porte-parole épicurien] : « Qui peut nier cela ? » Cicéron : « Est-ce le même que celui de la soif étanchée ? » (2) Torquatus : « Non, il est d'un genre différent. La soif étanchée comporte une stabilité du plaisir, alors que le plaisir de l'acte de l'extinction de la soif est mobile. » (3) Cicéron : « Pourquoi alors appelles-tu des choses aussi différentes du même nom ? » Torquatus : « Ne te rappelles-tu pas ce que j'ai dit peu auparavant, que lorsque la douleur a été complètement supprimée, le plaisir peut varier, mais non augmenter ? » Cicéron : « [...] je ne comprends pas tout à fait ce qu'il en est de cette variation, quand tu dis

---

1. Long-Sedley 21 L.
2. Ou : *Sur la fin*.
3. Long-Sedley 21 M.

DOSSIER 185

que lorsque nous sommes libérés de la douleur, nous avons le plaisir suprême, mais que lorsque nous jouissons de ces choses qui procurent un mouvement agréable à nos sens, le plaisir est alors un plaisir mobile, qui produit une variation dans les plaisirs sans augmenter ce plaisir de ne pas souffrir [1]. »

[23] Plutarque, *Contre Colotès*, 1111 B (Us. 546)

Bien que choisissant l'amitié en vue du plaisir, [Épicure] a dit qu'il accepte les plus grandes souffrances dans l'intérêt de ses amis [2].

[24] Sénèque, *Lettres*, 19, 10 (Us. 542)

[Épicure] dit qu'il est plus important de considérer avec qui l'on mange et l'on boit que ce que l'on mange et l'on boit, car manger de la viande sans la compagnie d'un ami, c'est une vie de lion ou de loup [3].

[25] Cicéron, *De la nature des dieux*, I, 43-49

[L'épicurien Velléius parle.] (1) Quiconque considère combien mal fondées et inconsidérées sont ces doctrines [théologiques non épicuriennes] se devrait de vénérer Épicure et de le placer parmi les êtres mêmes que cette investigation concerne. (2) Car d'abord, lui seul a vu que les dieux existent parce que la nature elle-même a imprimé leur concept dans l'esprit de tous les hommes. Quelle est, en effet, la nation ou la race humaine qui n'a pas, sans qu'on le lui enseigne, quelque préconception des dieux ? Le mot d'Épicure pour cela est *prolêpsis*, c'est-à-dire ce que nous pouvons appeler l'empreinte d'une chose, préconçue par l'esprit, sans lequel la compréhension, l'enquête et la discussion sont impossibles. Le pouvoir et la valeur de ce raisonnement, nous les avons appris dans le livre, descendu du ciel, d'Épicure sur la règle et le critère. Ainsi voyez-vous le fondement

---

1. Long-Sedley 21 Q.
2. Long-Sedley 22 H.
3. Long-Sedley 22 I.

de cette enquête admirablement posé. Car puisque la croyance n'a été établie par aucune convention, coutume ou loi, et recueille le consentement de tous, on doit nécessairement comprendre qu'il existe des dieux, étant donné que nous en avons une connaissance semée en nous, ou plutôt innée. Or ce sur quoi la nature de tout le monde est d'accord doit nécessairement être vrai. On doit donc reconnaître qu'il existe des dieux. (3) Puisque ceci est admis quasiment par tout le monde – non seulement par les philosophes mais même par les gens incultes – reconnaissons que ceci aussi est admis : que ce que j'appelle notre préconception ou notre prénotion des dieux (car de nouvelles choses demandent de nouveaux noms, tout comme Épicure lui-même l'a appelé *prolêpsis*, un nom que personne ne lui avait appliqué auparavant) est telle que nous pensons que les dieux sont bienheureux et immortels. Car en même temps qu'elle nous donnait un modèle des dieux eux-mêmes, la nature a aussi gravé dans nos esprits une conception d'eux comme éternels et bienheureux. (4) S'il en est ainsi, la maxime bien connue d'Épicure [*Maximes capitales* I] dit avec raison : « L'être bienheureux et éternel ne souffre ni ne cause aucun souci, et n'est donc affecté ni par la colère ni par la bienveillance. Car toutes ces choses sont des marques de faiblesse. » (5) Si notre seul but était de rendre un culte aux dieux de manière pieuse et sans tomber dans la superstition, ce que j'ai dit devrait suffire. Car la nature sublime des dieux, étant éternelle et suprêmement bienheureuse, mériterait le culte pieux des hommes, puisque ce qui occupe un rang suprême mérite révérence. Et toute peur du pouvoir et de la colère divins aurait été supprimée. Car on comprend que la colère et la bienveillance ne peuvent appartenir à une nature bienheureuse et immortelle, et qu'une fois qu'on les a supprimées, aucune des peurs que pourraient susciter ces êtres supérieurs ne nous menace. Mais pour confirmer cette croyance, l'esprit a besoin de connaître la forme, le mode de vie et la manière de penser des dieux. (6) En ce qui concerne leur forme,

nous avons en partie l'indication de la nature, en partie
l'enseignement du raisonnement. Car la nature ne nous
fournit à tous, quelle que soit notre race, rien d'autre
pour les dieux qu'une forme humaine : à quelle autre
forme quelqu'un peut-il songer, qu'il soit éveillé ou
endormi ? Mais pour ne pas nous en tenir à des concepts
primitifs, nous obtenons la même conclusion par l'auto-
rité de la raison elle-même. Car étant donné que ce qui
semble convenir à cette nature qui est la plus sublime,
que ce soit parce qu'elle est bienheureuse ou parce qu'elle
est éternelle, doit aussi être le plus beau, quel arrange-
ment des membres et des traits, quelle forme, quelle
apparence pourraient être plus beaux que ceux de
l'espèce humaine ? En tout cas, avec tes amis, Lucilius
[les stoïciens], vous avez coutume (contrairement à mon
cher Cotta [l'académicien] qui sur ce point varie), pour
illustrer la créativité artistique du dieu, de décrire
comment tous les traits de la figure humaine sont bien
arrangés non seulement en vue de l'utilité mais aussi en
vue de la beauté. Mais si la forme humaine est supérieure
à toutes les formes des autres êtres vivants, et si Dieu est
un être vivant, il possède à coup sûr cette forme qui est
la plus belle de toutes. Et comme on est d'accord que les
dieux sont bienheureux au plus haut point, que personne
ne peut être bienheureux sans vertu, que la vertu est
impossible sans la raison, et que la raison ne peut exister
que dans une forme humaine, il faut admettre que les
dieux ont apparence humaine. (7) Néanmoins, cette
forme n'est pas un corps mais un quasi-corps, et elle n'a
pas de sang mais un quasi-sang. Quoique ces découvertes
d'Épicure soient trop fines et ses mots trop subtils pour
être saisis par n'importe qui, je m'appuie sur votre capacité à comprendre, et je vous les expose plus brièvement
que le sujet ne le demanderait. Épicure qui, non seulement voit par l'esprit des choses cachées et profondément
obscures, mais en traite comme s'il les avait sous la main,
enseigne que la puissance et la nature des dieux sont
d'une sorte telle qu'elles sont en premier saisies non par

les sens mais par l'esprit, étant donné qu'elles ne possèdent ni l'espèce de solidité ni l'identité numérique de ces choses que, du fait de leur caractère compact, on appelle *steremnia* ; mais que nous saisissons les images par leur similarité et par un processus de transfert, puisqu'une série infinie d'images tout à fait semblables proviennent des atomes sans nombre et affluent vers les dieux [1], et que notre esprit, en se concentrant intensément sur ces images avec le plus vif sentiment de plaisir, en tire une compréhension de ce qu'est une nature bienheureuse et éternelle [2].

[26] Sextus Empiricus, *Contre les savants*, IX, 43-47

(1) La même réponse peut être faite à la croyance d'Épicure selon laquelle l'idée des dieux est venue d'impressions, survenues dans les rêves, d'images ayant forme humaine. Car pourquoi auraient-elles donné l'idée de dieux plutôt que celle d'hommes gigantesques ? Et, en général, il sera possible de répondre à toutes les doctrines que nous avons recensées que l'idée que les hommes ont de Dieu n'est pas fondée sur la simple grandeur d'un animal à forme humaine, mais comprend le fait d'être bienheureux et impérissable et celui d'être dépositaire du plus grand pouvoir dans l'univers. Mais à partir d'où et comment ces pensées se présentèrent chez les premiers hommes qui formèrent un concept de dieu, cela n'est pas expliqué par ceux qui en attribuent la cause à des impressions saisies en rêve et au mouvement ordonné des corps célestes. (2) À cela, ils répliquent que l'idée de l'existence de Dieu naquit à partir des impressions saisies en rêve ou des phénomènes dans le monde, mais que l'idée que Dieu est éternel, impérissable et parfaitement heureux jaillit par le biais d'un processus de transfert à partir des

---

1. « vers les dieux » : au lieu de la leçon manuscrite « *ad deos* », on accepte parfois la correction « *ad nos* », « vers nous », en comprenant « depuis les dieux, jusqu'à nous ».
2. Long-Sedley 23 E.

hommes. Car de même que nous avons acquis l'idée d'un Cyclope [...] en agrandissant l'homme ordinaire dans l'impression que nous avons de lui, de même nous avons commencé avec l'idée d'un homme heureux, bienheureux, en possession de tous les biens, puis nous avons fait croître ces caractères jusqu'à l'idée de dieu, leur sommet. Et, de même, ayant formé une impression d'un homme qui vit longtemps, les anciens accrurent l'espace de temps jusqu'à l'infini en combinant le passé et le futur avec le présent ; et, étant ainsi arrivés au concept d'éternel, ils dirent que Dieu était aussi éternel. (3) Ceux qui disent cela soutiennent une doctrine plausible. Mais ils tombent aisément dans le plus aporétique des modes, la circularité. Car en vue d'abord d'obtenir l'idée d'un homme heureux, et ensuite celle de Dieu par transfert, nous devons avoir une idée de ce qu'est le bonheur, puisque l'idée de l'homme heureux est celle de quelqu'un qui a part au bonheur. Mais selon eux le bonheur (*eudaimonia*) avait une nature divine (*daimonia*), celle d'un dieu, et le mot « heureux » (*eudaimôn*) était appliqué à quelqu'un qui avait sa déité (*daimôn*) bien (*eu*) disposée. En conséquence, pour saisir ce qu'est le bonheur humain, nous devons d'abord avoir le concept de dieu et de déité, mais pour avoir le concept de dieu nous devons d'abord avoir le concept de l'homme heureux. Donc chacun, présupposant le concept de l'autre, est impossible à penser pour nous [1].

[27] Porphyre, *Lettre à Marcella*, 31 (Us. 221)

[Citant Épicure :] « Vides sont les mots de ces philosophes qui n'offrent de remèdes pour aucune des souffrances humaines. Car de même qu'il n'y a aucune utilité dans l'art médical s'il ne donne pas de traitements pour les maux du corps, de même il n'y en a aucune dans la

---

1. Long-Sedley 23 F.

philosophie si elle n'expulse pas la souffrance de l'âme[1]. »

[28] Athénée, 588A (Us. 117)
[Citant Épicure :] « Je te félicite, Apelle, pour t'être dirigé vers la philosophie en étant vierge de toute culture[2]. »

[29] Diogène Laërce, *Vies*, X, 6
Dans sa lettre à Pythoclès, Épicure écrit : « Mon heureux ami, hisse la voile et fuis toute culture[3]. »

[30] Plutarque, *Contre le bonheur épicurien*[4], 1095 C (Us. 20)
Épicure déclare dans ses *Problèmes* que le sage aime le théâtre, qu'il tire plus de joie que tout autre des spectacles et des représentations de concours théâtraux. Pourtant, il n'accorde aucune place, même à table, aux questions de théorie musicale ou de critique littéraire[5].

[31] Philodème, *Contre les sophistes*[6], IV, 9-14
… le quadruple remède [*tetrapharmakos*] : « Dieu n'est pas à craindre, la mort ne crée pas de souci. Et, alors que le bien est facile à obtenir, le mal est facile à supporter[7]. »

[32] Sextus Empiricus, *Contre les savants*, XI, 169 (Us. 219)
Épicure disait que la philosophie est une activité qui, par des raisonnements et des discussions, produit la vie heureuse[8].

---

1. Long-Sedley 25 C.
2. Long-Sedley 25 F.
3. Long-Sedley 25 G.
4. Ou : *Qu'il n'est pas non plus possible de vivre plaisamment en suivant Épicure.*
5. Long-Sedley 25 H.
6. Texte désormais identifié sous le titre : *Aux amis de l'École, PHerc.* 1005. Voir Angelli [1988].
7. Long-Sedley 25 J.
8. Long-Sedley 25 K.

INDEX DES NOTIONS

---

1. Les astérisques renvoient à la traduction Long-Sedley (textes cités dans le Dossier).

CHRONOLOGIE

Les épicuriens	Autres écoles philosophiques	
		− 400
	− 399 Mort de Socrate	
	− 384 Naissance d'Aristote	
	− 360/ − 350 Mort de Démocrite	
	− 347 Mort de Platon	
−341 Naissance d'Épicure		
	− 322 Mort d'Aristote	
−306 Fondation du Jardin		
	− 301 Fondation du Portique stoïcien par Zénon de Citium	
		− 300
−270 Mort d'Épicure (successeur : Hermarque)		
	− 268-264 Fondation de la Nouvelle Académie par Arcésilas	
	− 262 Cléanthe chef du Portique	
	− 232 Chrysippe chef du Portique	
		− 200
	− 129 Panétius chef de l'école stoïcienne (successeur : Posidonius)	

Lucrèce			
Philodème			
			– 100
	– 43	Assassinat de Cicéron	
	– 4	Naissance de Sénèque	
			J.-C.
	50/60	Naissance d'Épictète	
[79	Éruption du Vésuve]		
	121	Naissance de Marc Aurèle	
	vers 135	Mort d'Épictète	
Diogène d'Œnoanda ?			
	161	Début du règne de Marc Aurèle	
	180	Mort de Marc Aurèle	

BIBLIOGRAPHIE

TEXTES D'ÉPICURE (ÉDITIONS, TRADUCTIONS)

Éditions d'ensemble

ARRIGHETTI G., *Epicuro, Opere*, Turin, Einaudi, 1961 ; 1973.

BAILEY C., *Epicurus. The Extant Remains*, Oxford, Clarendon Press, 1926.

DELATTRE D., PIGEAUD J. (dir.), *Les Épicuriens*, Paris, Gallimard, « Bibliothèque de la Pléiade », 2010.

ISNARDI PARENTE M., *Opere di Epicuro*, Turin, Unione Tipografico-Editrice Torinese, « Classici UTET », 1974 ; 1983².

USENER H. (éd.), *Epicurea*, Leipzig, Teubner, 1887.

USENER H., *Epicurea*, testi di Epicuro e testimonianze epicuree nella raccolta di Hermann Usener, testo greco e latino a fronte, traduzione e note di Ilaria Ramelli, presentazione di Giovanni Reale, Milan, Bompiani, 2002.

Lettres, maximes, sentences

BALAUDÉ J.-F., *Épicure. Lettres, maximes, sentences*, Paris, Le Livre de Poche, 1994.

BOLLACK J., *La Pensée du plaisir. Épicure : textes moraux, commentaires*, Paris, Minuit, 1975.

BOLLACK J., BOLLACK M., WISMANN H., *La Lettre d'Épicure*, Paris, Minuit, 1971.

BOLLACK J., LAKS A., *Épicure à Pythoclès. Sur la cosmologie et les phénomènes météorologiques*, Cahiers de philologie, vol. 3, Lille, Publications de l'université de Lille III, 1978.

CONCHE M., *Épicure. Lettres et maximes*, Villers-sur-Mer, Éditions de Mégare, 1977 ; Paris, PUF, 1987.

VERDE F., *Epicuro. Epistola a Erodoto*, traduzione e commento, introduzione di Emidio Spinelli, Rome, Carocci, 2010.

VON DER MÜHLL P., *Epicurus Epistulae tres et Ratae sententiae a Laertio Diogene servatae*, Stuttgart-Leipzig, Teubner, 1922.

Sur la nature (fragments)

ARRIGHETTI G., CANTARELLA R., « Il libro "Sul tempo" (*PHerc.* 1413) dell'opera di Epicuro *Sulla natura* », *CErc* 2, 1972, p. 5-46.

ARRIGHETTI G., GIGANTE M., « Frammenti del libro undicesimo *Della Natura* di Epicuro (*PHerc.* 1042) », *CErc* 7, 1977, p. 5-8.

LAURSEN S., « The Early Parts of Epicurus, *On Nature*, 25th Book », *CErc* 25, 1995, p. 5-109.

– « The Later Parts of Epicurus, *On Nature*, 25th Book », *CErc* 27, 1997, p. 5-82.

LEONE G., « Epicuro, *Della Natura*, Libro XIV », *CErc* 14, 1984, p. 17-107.

– « Epicuro, *Della Natura*, Libro XXXIV (*PHerc.* 1431) », *CErc* 32, 2002, p. 7-135.

MILLOT C., « Épicure, *De la nature*, Livre XV », *CErc* 7, 1977, p. 9-39.

SEDLEY D.N., « Epicurus, *On Nature*, Book XXVIII », *CErc* 3, 1973, p. 5-83.

On consultera également, pour les *Lettres* et les *Maximes*, les éditions et traductions de Diogène Laërce, notamment :

DORANDI T., *Diogenes Laertius, Lives of Eminents Philosophers*, edited with introduction, Cambridge, Cambridge University Press, « Cambridge Texts and Commentaries » (sous presse).

GOULET-CAZÉ M.-O. (dir.), *Diogène Laërce. Vies et doctrines des philosophes illustres*, Paris, Le Livre de Poche, 1999 [traduction, notices, notes].

HICKS R.D., *Diogenes Laertius, Lives of Eminent Philosophers*, Londres-Cambridge, Lœb Classical Library, 1925.

LONG H.S., *Diogenis Laertii Vitae Philosophorum*, recognovit brevique adnotatione critica instruxit H.S. L., Oxford, Oxford University Press, 1964.

MARCOVICH M., *Diogenes Laertius. Vitae Philosophorum*, I, Stuttgart-Leipzig, Teubner, 1999.

Voir également les extraits de textes épicuriens édités (dans l'édition anglaise uniquement) et traduits dans :

LONG A.A., SEDLEY D.N., *The Hellenistic Philosophers*, 2 vol. (vol. 1, *Translations of the Principal Sources with Philosophical Commentary* ; vol. 2, *Greek and Latin Texts with Notes and Bibliography*), Cambridge, Cambridge University Press, 1987.

– *Les Philosophes hellénistiques*, trad. J. Brunschwig et P. Pellegrin, 3 vol., Paris, GF-Flammarion, 2001.

INSTRUMENTS DE TRAVAIL

BALAUDÉ J.-F., *Le Vocabulaire d'Épicure*, Paris, Ellipses, 2002.

DEL MASTRO G., *Chartes. Catalogo multimediale dei Papiri Ercolanesi* (CD-Rom), Naples, 2005.

USENER H., *Glossarium Epicureum*, edendum curaverunt M. Gigante & W. Schmid, Rome, Edizioni dell'Ateneo & Bizzari, 1977.

WACHT M., *Concordantia in Lucretium*, Hildesheim-Zurich-New York, Olms-Weidmann, 1991.

WIDMANN H., *Beiträge zur Syntax Epikurs*, Tübinger Beiträge zur Altertumswissenschaft, XXIV. Heft, Stuttgart-Berlin, 1935.

OUVRAGES GÉNÉRAUX SUR ÉPICURE ET L'ÉPICURISME

BAILEY C., *The Greek Atomists and Epicurus*, Oxford, Clarendon Press, 1928.

BOYANCÉ P., *Lucrèce et l'épicurisme*, Paris, PUF, 1963.

GIOVACCHINI J., *Épicure*, Paris, Les Belles Lettres, 2008.

MOREL P.-M., *Épicure. La nature et la raison*, Paris, Vrin, « Bibliothèque des Philosophies », 2009.

O'KEEFE T., *Epicureanism*, Durham, Acumen, 2010.

RODIS-LEWIS G., *Épicure et son école*, Paris, Gallimard, 1975.

SALEM J., *L'Atomisme antique. Démocrite, Épicure, Lucrèce*, Paris, Le Livre de Poche, 1997.

OUVRAGES COLLECTIFS

ALGRA K.A., KOENEN M.H., SCHRIJVERS P.H. (dir.), *Lucretius and his Intellectual Background*, Amsterdam, North Holland, Verhandelingen der Koniklijke Akademie van Wetenschappen, 1997.

BÉNATOUÏL T., LAURAND V., MACÉ A. (dir.), *Les Cahiers philosophiques de Strasbourg*, 15 : « L'épicurisme antique », Strasbourg, 2003.

ERLER M. (dir.), *Epikureismus in der Späten Republik und der Kaiserzeit, Philosophie der Antike*, Band 11, Stuttgart, Franz Steiner Verlag, 2000.

GIANNANTONI G., GIGANTE M. (dir.), *Epicureismo greco e romano*, Atti del congresso internazionale, Naples, 19-26 mai 1993, Naples, Bibliopolis, 1996.

GIGANDET A., MOREL P.-M. (dir.), *Lire Épicure et les épicuriens*, Paris, PUF, 2007.

MONET A. (dir.), *Le Jardin romain. Épicurisme et poésie à Rome. Mélanges offerts à Mayotte Bollack*, Villeneuve-d'Ascq, Éditions du Conseil scientifique de l'université Charles-de-Gaulle-Lille 3, 2003.

SCHOFIELD M., STRIKER G. (dir.), *The Norms of Nature. Studies in Hellenistic Ethics*, Cambridge-Paris, Cambridge University Press-Éditions de la Maison des sciences de l'homme, 1996.

WARREN J. (dir.), *The Cambridge Companion to Epicureanism*, Cambridge, Cambridge University Press, 2009.

Epicurea in memoriam Hectoris Bignone. Miscellanea Philologica, Università di Genova. Facoltà di lettere. Istituto di filologia classica, Gênes, 1959.

Suzètèsis. Studi sull'epicureismo greco e romano offerti a M. Gigante, Naples, Bibl. della Parola del Passato, 16, 1983.

ÉTUDES

ALBERTI A., « The Epicurean Theory of Law and Justice », dans *Justice and Generosity, Studies in Hellenistic Social and Political Philosophy*, Proceedings of the Sixth Symposium Hellenisticum, dir. A. Laks, M. Schofield, Cambridge, Cambridge University Press, 1995, p. 161-190.

ALLEN J., « Epicurean Inferences. The Evidence of Philodemus's *De signis* », dans *Method in Ancient Philosophy*, dir. J. Gentzler, Oxford, Clarendon Press, 1998, p. 307-349.

ANGELI A., *Filodemo, Agli amici di scuola (PHerc. 1005)*, Naples, Bibliopolis, « La Scuola di Epicuro », 7, 1988.

ANNAS J., *Hellenistic Philosophy of Mind*, Berkeley-Los Angeles-Oxford, University of California Press, 1992.

– « Epicurus on Agency », dans *Passions and Perceptions. Studies in Hellenistic Philosophy of the Mind, Proceedings of the Fifth Symposium Hellenisticum*, dir. J. Brunschwig, M. Nussbaum, Cambridge, Cambridge University Press, 1993, p. 53-71.

– « La natura nell'etica epicurea », dans *Epicureismo greco e romano, op. cit.*, p. 299-311.

ASMIS E., *Epicurus' Scientific Method*, Ithaca-Londres, Cornell University Press, 1984.

BÉNATOUÏL T., « La méthode épicurienne des explications multiples », dans T. Bénatouïl, V. Laurand, A. Macé (dir.), *Les Cahiers philosophiques de Strasbourg*, 15 : « L'épicurisme antique », Strasbourg, 2003, p. 15-47.

BIGNONE E., *L'Aristotele perduto e la formazione filosofica di Epicuro*, Florence, La Nuova Italia, 1936 ; 1973² ; réimpr. et mis à jour : Milan, Bompiani, 2007.

BLOCH O., « Le contre-platonisme d'Épicure », dans *Contre Platon, I : Le platonisme dévoilé*, dir. M. Dixsaut, Paris, Vrin, 1993, p. 85-102.

– « L'héritage moderne de l'épicurisme antique », dans *Lire Épicure et les épicuriens, op. cit.*, p. 187-207.

BOBZIEN S., « Did Epicurus Discover the Free Will Problem ? », *Oxford Studies in Ancient Philosophy* 19, 2000, p. 287-337.

BOULOGNE J., *Plutarque dans le miroir d'Épicure. Analyse d'une critique systématique de l'épicurisme*, Villeneuve-d'Ascq, Presses du Septentrion, 2003.

BRENNAN T., « Epicurus on Sex, Marriage and Children », *Classical Philology* 91, 1996, p. 346-352.

BROWN E., « Epicurus on the Value of Friendship ("Sententia Vaticana" 23) », *Classical Philology*, vol. 97, n° 1 (janvier 2002), p. 68-80.

BROWN R.D., *Lucretius on Love and Sex*, Leyde, Brill, 1987.

BRUNSCHWIG J., *Études sur les philosophies hellénistiques. Épicurisme, stoïcisme, scepticisme*, Paris, PUF, 1995.

CLAY D., *Paradosis and Survival. Three Chapters in the History of Epicurean Philosophy*, Ann Arbor, University of Michigan Press, 1998.

– « L'épicurisme : école et tradition », dans *Lire Épicure et les épicuriens, op. cit.*, p. 5-27.

DE LACY Ph., « Epicurean *Epilogismos* », *American Journal of Philology* 79, 1958, p. 179-183.

– « Colotes' First Criticism of Democritus », dans *Isonomia, Studien zur Gleichheitsvorstellung in griechischen Denken*, dir. J. Mau, E.G. Schmidt, Berlin, 1963 ; 1971, p. 67-77.

– « Limit and Variation in the Epicurean Philosophy », *Phoenix* 23, 1969, p. 104-113, repris et traduit dans *Les Cahiers philosophiques de Strasbourg*, 15 : « L'épicurisme antique ».

DELATTRE D., « Un modèle magistral d'écriture didactique : la *Lettre à Hérodote* d'Épicure », dans *Mathesis e Mneme. Studi in memoria di Marcello Gigante*, dir. S. Cerasuolo, Pubblicazioni del Dipartimento di Filologia Classica « Francesco Arnaldi » dell'Università degli Studi di Napoli Federico II (25), Naples, 2004, p. 149-169.

DE SANCTIS D., « *Phronesis* e *phronimoi* nel Giardino », *CErc* 40, 2010, p. 75-86.

DORANDI T., « La "Villa dei Papiri" a Ercolano e la sua Biblioteca », *Classical Philology* 90, 1995, p. 168-182.

– « Le *corpus* épicurien », dans *Lire Épicure et les épicuriens, op. cit.*, p. 29-48.

DUMONT J.-P., « Plotin et la doxographie épicurienne », *Les Cahiers de Fontenay*, mars 1981, p. 191-204.

ENGLERT W.G., *Epicurus on the Swerve and Voluntary Action*, Atlanta, Scholars Press, 1987.

ERLER M., « Epikur » (p. 29-202) ; « Die Schule Epikurs » (p. 203-380) ; « Lukrez » (p. 381-490), dans *Die hellenistische Philosophie, Grundriss der Geschichte der Philosophie – Die Philosophie der Antike*, Band 4–1, dir. H. Flashar, Bâle, 1994.

– « Epicurus as *deus mortalis. Homoiosis theoi* and Epicurean Self-Cultivation », dans *Traditions of Theology. Studies in Hellenistic Theology, its Background and Aftermath*, dir. D. Frede, A. Laks, Leyde-Boston-Cologne, Brill, 2002, p. 159-181.

– « *Nephon logismos*. A proposito del contesto letterario e filosofico di una categoria fondamentale del pensiero epicureo », *CErc* 40, 2010, p. 23-29.

ERNOUT A., ROBIN L., *Commentaire exégétique et critique de Lucrèce, De rerum natura*, Paris, Les Belles Lettres, 1925.

FURLEY D.J., *Two Studies in the Greek Atomists*, Princeton, Princeton University Press, 1967.

– *The Greek Cosmologists, I : The Formation of the Atomic Theory and its Earliest Critics*, Cambridge, Cambridge University Press, 1987.

– *Cosmic Problems. Essays on Greek and Roman Philosophy of Nature*, Cambridge, Cambridge University Press, 1989.

– « Democritus and Epicurus on Sensible Qualities », dans *Passions and Perceptions. Studies in Hellenistic Philosophy of the Mind, Proceedings of the Fifth Symposium Hellenisticum*, dir. J. Brunschwig, M. Nussbaum, Cambridge, Cambridge University Press, 1993, p. 72-94.

GIGANDET A., « Les principes de la physique », dans *Lire Épicure et les épicuriens, op. cit.*, p. 49-71.

– « La connaissance : principes et méthode », dans *Lire Épicure et les épicuriens, op. cit.*, p. 73-98.

GIGANTE M. (dir.), *Catalogo dei Papiri Ercolanesi*, Naples, Bibliopolis, 1979.

– *Scetticismo e epicureismo*, Naples, Bibliopolis, 1981.

– *Ricerche filodemee*, Naples, Macchiaroli, 1969 ; 1983.

– *La Bibliothèque de Philodème et l'épicurisme romain*, Paris, Les Belles Lettres, 1987.

– *Cinismo e epicureismo*, Naples, Bibliopolis, 1992.

– *Kepos e Peripatos. Contributo alla storia dell'aristotelismo antico*, Naples, Bibliopolis, 1999.

GLIDDEN D.K., « Epicurean Prolepsis », *Oxford Studies in Ancient Philosophy* 3, 1985, p. 175-217.

– « Epicurean Semantics », dans *Suzètèsis. Studi sull'epicureismo greco e romano offerti a M. Gigante, op. cit.*, p. 185-226.

GOLDSCHMIDT V., *La Doctrine d'Épicure et le droit*, Paris, Vrin, 1977.

– « Remarques sur l'origine épicurienne de la "prénotion" », dans *Les Stoïciens et leur logique*, dir. J. Brunschwig, Actes du colloque de Chantilly, 18-22 septembre 1976, Paris, 1978 ; 2006², p. 41-60.

GOULET R., « Épicure de Samos », dans *Dictionnaire des philosophes antiques*, dir. R. Goulet, t. III : *D'Eccélos à Juvénal*, Paris, CNRS Éditions, 2000, p. 154-181.

GUYAU J.-M., *La Morale d'Épicure*, Paris, 1886 ; rééd. La Versanne, Encre Marine, 2002.

HAMMERSTAEDT J., « Il ruolo della *prolepsis* epicurea nell'interpretazione di Epicuro, *Epistula ad Herodotum* 37 SG », dans *Epicureismo greco e romano, op. cit.*, p. 221-237.

– « Atomismo e libertà nel XXV libro *Peri phuseôs* di Epicuro », *CErc* 33, 2003, p. 151-158.

HUBY P., « Epicurus' attitude to Democritus », *Phronesis* 23, 1978, p. 80-86.

JONES H., *The Epicurean Tradition*, Londres-New York, Routledge, 1989.

JUFRESA M., « Il tempo e il sapiente epicureo », dans *Epicureismo greco e romano, op. cit.*, p. 287-298.

KANY-TURPIN J., « Les dieux. Représentation mentale des dieux, piété et discours théologique », dans *Lire Épicure et les épicuriens, op. cit.*, p. 145-165.

KERFERD G.B., « Epicurus' Doctrine of the Soul », *Phronesis* 16, 1971, p. 80-96, repris et traduit dans *Les Cahiers philosophiques de Strasbourg*, 15 : « L'épicurisme antique ».

KOCH R., *Comment peut-on être dieu ? La secte d'Épicure*, Paris, Belin, 2005.

KONSTAN D., *Some Aspects of Epicurean Psychology*, Leyde, Brill, 1973.

– « Friendship from Epicurus to Philodemus », dans *Epicureismo greco e romano, op. cit.*, p. 386-396.

– *Lucrezio e la psicologia epicurea*, trad. Ilaria Ramelli, Florence, 2007 (traduction revue, mise à jour et augmentée de Konstan [1973]).

– « L'âme », dans *Lire Épicure et les épicuriens, op. cit.*, p. 99-116.

– « Commentary on Morel », *Proceedings of the Boston Area Colloquium in Ancient Philosophy* 23, 2008, p. 49-55.

LAKS A., « Édition critique et commentée de la "Vie d'Épicure" dans Diogène Laërce (X, 1-34) », dans *Cahiers de philologie, Études sur l'épicurisme antique*, I, dir. J. Bollack,
A. Laks, Lille, 1976, p. 1-118.
– « Une légèreté de Démocrite (*Epicurus, De natura liber incer-
tus* = 34.30, 7-15 Arrighetti) », *CErc* 11, 1981, p. 19-23.
– « Épicure et la doctrine aristotélicienne du continu », dans
*La Physique d'Aristote et les Conditions d'une science de la
nature*, dir. F. De Gandt, P. Souffrin, Paris, Vrin, 1991,
p. 181-194.
– « Plaisirs cyrénaïques. Pour une logique de l'évolution interne
à l'école », dans *Hédonismes. Penser et dire le plaisir dans
l'Antiquité et à la Renaissance*, dir. L. Boulègue, C. Lévy, Villeneuve-d'Asq, Presses du Septentrion, 2007, p. 17-46.
LEMKE D., *Die Theologie Epikurs. Versuch einer Rekonstruk-
tion, Zetemata*, Monographien zur Klassischen Altertumswissenschaft, Heft 57, Munich, Verlag C.H. Beck, 1973.
LÉVY C., *Les Philosophies hellénistiques*, Paris, Le Livre de
Poche, 1997.
LONG A.A., « *Aisthesis, Prolepsis* and Linguistic Theory in
Epicurus », *Bulletin of the Institute of Classical Studies* 18,
1971, p. 114-133.
– « Pleasure and Social Utility. The Virtues of Being Epicu-
rean », dans *Aspects de la philosophie hellénistique*, Entretiens
sur l'Antiquité classique, XXXII, Vandœuvres-Genève, 1986,
p. 283-329.
LUCIANI S., *L'Éclair immobile dans la plaine, philosophie et
poétique du temps chez Lucrèce*, Leuven, Peeters, 2000.
LURIA S., « Die Infinitesimaltheorie der antiken Atomisten »,
*Quellen und Studien zur Geschichte der Mathematik, Astronomie
und Physik*, Abteilung B, Band 2, Berlin, 1933, p. 106-185.
MANOLIDIS G., *Die Rolle der Physiologie in der Philosophie
Epikurs*, Monographien zur philosophischen Forschung,
Band 241, Francfort-sur-le-Main, Athenäum Verlag, 1987.
MANUWALD A., *Die Prolepsislehre Epikurs*, Bonn, Rudolph
Habelt Verlag GMBH, 1972.
MASI F., *Epicuro e la filosofia della mente. Il XXV libro
dell'opera* Sulla Natura, Sankt Augustin, Academia Verlag,
« Studies in Ancient Philosophy », vol. 7, 2006.
MASO S., *Capire e dissentire. Cicerone e la filosofia di Epicuro*,
Naples, Bibliopolis, 2008.

MEJER J., *Diogenes Laertius and his Hellenistic Background*, dans *Hermes*, Einzelschriften, Heft 40, Wiesbaden, 1978.

– « Diogenes Laertius and the Transmission of Greek Philosophy », *Aufstieg und Niedergang der römischen Welt*, II.36.5, 1992, p. 3556-3602.

MITSIS Ph., *Epicurus' Ethical Theory. The Pleasures of Invulnerability*, Ithaca-Londres, Cornell University Press, 1988.

MOREL P.-M., *Démocrite et la recherche des causes*, Paris, Klincksieck, 1996.

– *Atome et nécessité. Démocrite, Épicure, Lucrèce*, Paris, PUF, 2000.

– « Épicure, l'histoire et le droit », *Revue des études anciennes* 102, 2000-3/4, p. 393-411.

– « Les ambiguïtés de la conception épicurienne du temps », *Revue philosophique de la France et de l'étranger*, 2002-2, Le Temps dans l'Antiquité, p. 195-211.

– « Corps et cosmologie dans la physique d'Épicure. *Lettre à Hérodote*, § 45 », *Revue de métaphysique et de morale*, 2003-1, p. 33-49.

– « Epicureanism », dans *A Companion to Ancient Philosophy*, dir. M.L. Gill, P. Pellegrin, Malden-Oxford-Victoria, Blackwell, 2006, p. 486-504.

– « Les communautés humaines », dans *Lire Épicure et les épicuriens, op. cit.*, p. 167-186.

– « Method and Evidence : On the Epicurean Preconception », *Proceedings of the Boston Area Colloquium in Ancient Philosophy* 23, 2008, p. 25-48.

– « Epicurean Atomism », dans *The Cambridge Companion to Epicureanism*, dir. J. Warren, Cambridge, Cambridge University Press, 2009, p. 65-83.

NIKOLSKY B., « Epicurus On Pleasure », *Phronesis* 46, 2001, p. 440-465.

O'BRIEN D., *Theories of Weight in the Ancient World*, vol. 1, Paris-Leyde, Brill, 1981.

– « La taille et la forme des atomes dans les systèmes de Démocrite et d'Épicure ("préjugé" et "présupposé" en histoire de la philosophie) », *Revue philosophique de la France et de l'étranger*, 1982-2, p. 187-203.

O'KEEFE T., *Epicurus on Freedom*, Cambridge, Cambridge University Press, 2005.

PURINTON J., « Epicurus on the Telos », *Phronesis* 38, 1993, p. 281-320.
– « Epicurus on "Free Volition" and the Atomic Swerve », *Phronesis* 44, 1999, p. 253-299.
ROSKAM G., *« Live unnoticed ». Lathe biôsas. On the Vicissitudes of an Epicurean Doctrine*, Leyde-Boston, Brill, 2007.
SALEM J., *Tel un dieu parmi les hommes. L'éthique d'Épicure*, Paris, Vrin, 1989.
– *La mort n'est rien pour nous. Lucrèce et l'éthique*, Paris, Vrin, 1990.
– « Commentaire de la Lettre d'Épicure à Hérodote », *Cahiers de philosophie ancienne* 9, 1993.
– « Commentaire de la Lettre d'Épicure à Ménécée », *Revue philosophique*, 1993-3, p. 513-549.
– *Démocrite, Épicure, Lucrèce. La vérité du minuscule*, La Versanne, Encre Marine, 1998.
SANTORO M., [*Demetrio Lacone*], [*La forma del dio*] (*PHerc.* 1055), Naples, Bibliopolis, « La Scuola di Epicuro », 17, 2000.
SCHMIDT E.A., *Clinamen. Eine Studie zum dynamischen Atomismus der Antike*, mit einem Beitrag von Hans Günter Dosch : « Spontaneität in der Atomphysik des 20. Jahrhunderts. Schriften der Philosophisch-historischen Klasse der Heidelberger Akademie der Wissenschaften 42 », Heidelberg, Winter Verlag, 2007.
SCHOFIELD M., « *Epilogismos* : An Appraisal », dans *Rationality in Greek Thought*, dir. M. Frede, G. Striker, Oxford, Clarendon Press, 1996, p. 221-237.
SCHRIJVERS P.H., « La pensée d'Épicure et de Lucrèce sur le sommeil », dans *Cahiers de philologie. Études sur l'épicurisme antique*, I, dir. J. Bollack, A. Laks, Lille, 1976, p. 231-259.
SEDLEY D., « Epicurus and his Professional Rivals », dans *Cahiers de philologie. Études sur l'épicurisme antique*, I, dir. J. Bollack, A. Laks, Lille, 1976, p. 119-159. [1976*a*]
– « Epicurus and the Mathematicians of Cyzicus », *CErc.* 6, 1976, p. 23-54. [1976*b*]
– « Two Conceptions of Vacuum », *Phronesis* 27, 1982, p. 175-193.
– « On Signs », dans *Science and Speculation. Studies in Hellenistic Theory and Practice*, dir. J. Barnes, J. Brunschwig, M. Burnyeat, M. Schofield, Cambridge, Cambridge University Press, Paris, Éditions de la Maison des sciences de l'homme, 1982, p. 239-272.

– « Epicurus' Refutation of Determinism », dans *Suzètèsis. Studi sull'epicureismo greco e romano offerti a M. Gigante, op. cit.*, p. 11-51.
– « Epicurean Anti-Reductionism », dans *Matter and Metaphysics*, dir. J. Barnes, M. Mignucci, Naples, Bibliopolis, 1988, p. 295-327.
– « The Inferential Foundations of Epicurean Ethics », dans *Epicureismo greco e romano, op. cit.*, p. 313-339.
– *Lucretius and the Transformation of Greek Wisdom*, Cambridge, Cambridge University Press, 1998.
– *Creationism and its Critics in Antiquity*, Berkeley-Los Angeles-Londres, University of California Press, Sather Classical Lectures, vol. 66, 2007.
SILVESTRE M.L., *Democrito e Epicuro : il senso di una polemica*, Naples, Loffredo, 1985.
STRIKER G., *Essays on Hellenistic Epistemology and Ethics*, Cambridge, Cambridge University Press, 1996.
TSOUNA V., *The Ethics of Philodemus*, Oxford, Oxford University Press, 2007.
VANDER WAERDT P., « The Justice of the Epicurean Wise Man », *Classical Quarterly* 37, 1987, p. 402-422.
– « Colotes and the Epicurean Refutation of Skepticism », *Greek, Roman and Byzantine Studies* 30, 1989, p. 225-267.
VERDE F., « *Rebus ab ipsis consequitur sensus.* Il tempo in Epicuro », *Elenchos*, 2008-1, p. 91-117.
– « Minimi temporali nell'*Epistola a Erodoto* di Epicuro ? », *La Parola del Passato* 64, 2009, p. 205-225.
VLASTOS G., « Minimal Parts in Epicurean Atomism », *Isis* 56, 1965, p. 121-147.
WARREN J., *Epicurus and Democritean Ethics. An Archaeology of Ataraxia*, Cambridge, Cambridge University Press, 2002.
– *Facing Death. Epicurus and his Critics*, Oxford, Clarendon Press, 2004.
– « L'éthique », dans *Lire Épicure et les épicuriens, op. cit.*, p. 117-143.
WOOLF R., « What Kind of Hedonist was Epicurus », *Phronesis* 49, 2004, p. 303-322.

TABLE

Mise en page par Meta-systems
59100 Roubaix

N° d'édition : L.01EHPN000360.N001
Dépôt légal : septembre 2011
Imprimé en Espagne par Novoprint (Barcelone)